炼心

LIAN XIN

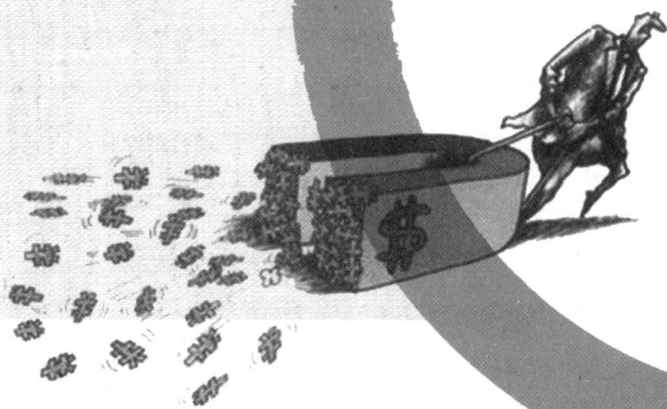

刘汪楠 著

百花洲文艺出版社

图书在版编目（CIP）数据

炼心 / 刘汪楠著. —— 南昌：百花洲文艺出版社,2012.10
ISBN 978-7-5500-0410-8

Ⅰ.①炼… Ⅱ.①刘… Ⅲ.①长篇小说 – 中国 – 当代 Ⅳ.①I247.5

中国版本图书馆CIP数据核字(2012)第237951号

炼心

刘汪楠　著

出 版 人	姚雪雪
责任编辑	余 茝
特约编辑	喻任如
美术编辑	方 方
制 作	张诗思
出版发行	百花洲文艺出版社
社 址	南昌市阳明路310号
邮 编	330008
经 销	全国新华书店
印 刷	南昌市印刷四厂
开 本	787mm×1092mm 1/16 印张 19.25
版 次	2012年12月第1版第1次印刷
字 数	230千字
书 号	ISBN 978-7-5500-0410-8
定 价	33.00元

赣版权登字 05-2012-128

邮购联系 0791-86895108
网 址 http://www.bhzwy.com
图书若有印装错误，影响阅读，可向承印厂联系调换。

卷首语

普通的微笑，或许只传递一个对你的好感。但是，一个有含意的微笑，可以有千百种解读。直白的故事，或许并不直白。意识流的暗示，可以让你有很多念想。

一个"利"字非常直白，却是古今中外令人追逐和玩命的结果。心理看似隐蔽，但毕竟是要通过行动这个载体表现出来。

权本身并没有褒贬之分，可以为民所用，可以用之造福百世千代。也可以用于谋私，也可以祸民。

企业内部，总经理有着相对的垄断权力。一个大公无私的企业家，会竭尽全力让企业飞速发展，让员工收入同步增长。可是，总经理在管理企业，谁来管理总经理？总经理玩权，企业资产和企业员工能不在股掌之中？企业中的人、财、物无不在玩弄之列，甚至企业中女员工的姿色，也让居心不良者窥视。书中星光集团的古清强独断专行，玩弄权术，搞得企业鸡犬不宁。作为企业主人的员工，在诸如古清强之流的总经理面前是那么的弱势。

本书通过主人公古清强的所作所为及所在企业中发生的一个个鲜活的故事，想告诉大家点什么。是喜是忧是兴奋是愤怒，由世人评说去。

　　通篇故事均系虚构。

第一章

灵肉夜话 >>> 1

星稀月圆晚风习习，灵魂与肉体愉快地漫步在公园的小路上。目睹花坛旁、长椅上一对对亲切地依偎着的情侣，很受感染，阵阵情欲的冲动，热血沸腾。

灵魂很激动地说："当年，情欲冲动的时候，非常的愉悦吧。"

肉体一阵脸红："你是清楚的，就怪你仓促地、模糊地下达指令。"

灵魂得意地笑着。

肉体："别幸灾乐祸。"

灵魂："我没有幸灾乐祸。"

肉体："有。尼采说过'笑就是：幸灾乐祸，不过带着好心肠。'"

灵魂："也不能全怪我。当时，你生理上冲动比我的指令还快。"

肉体沉默了片刻："当年你还不懂事，贪欲和罪恶的念头还没形成。尼采在《偶像的黄昏》里说过'一切美都刺激生殖，——正是美的效果的特性，从最感性的到最精神性的……'可以原谅，我们毕竟是青春的骚动。"

灵魂："也是。现在我们都已成熟了，有些欲望开始变得强烈了。"

肉体："不是成熟，是老成了。你要注意，要加强控制。欲望是不可以放纵的，纵欲很危险，非常容易滑向罪恶。"

灵魂："可是，欲望的满足会产生一种快感啊！"

肉体："这就更要严加控制，否则会对欲望产生一种贪婪的渴求。"

灵魂有些为难："这会有些痛苦。克制所有的欲望，我会失去生存的勇气。"

肉体："也不是让你克制全部的欲望。合理合法的、有节制的欲望是可以满足的。"

灵魂："好难把握。"

肉体："这就要靠平时的修炼、修养，时时刻刻都要不忘修炼和修养。"

灵魂："好吧，我试试看。"

肉体见灵魂的态度不够坚决，有些失望。无语地默默地相依，漫步走着。

第一回　不惑之年忆往昔　不堪回首荒唐事

全昌县城的京迪咖啡屋高档包间里，二男二女四个中年人正在乐呵呵地集会。他们是高中的同学，当年亲密无间的同学。

"二十年了，我们像无头苍蝇一样，在这大千世界上东碰西撞。想当初，高中毕业的时候我们是多么地天真。大学毕业的时候，我们还仍然很单纯。二十年了，才修炼到现在这副模样，还算不上是成功。"谢子正发着感叹，给每人添了一点咖啡："打拼了二十年，如今四十多岁了，才混出个科长来。"

谢子正现在是县开发区主任，正科级官员。在全昌县城，这个职位算是肥差。辖区内的企业头儿，排着队请他吃饭。此时的他，微微发胖的身材，一身得体而烫得平平整整的名牌西装，倒也打扮出几分官气几分斯文。

他正了正身子，微笑地扫视着另外三位同学，自豪中有几分得意。任外表，熟男帅哥，且有几分性感。任地位，正科级主任有权有位有威。

为了彰显地位，他今天以东道主的身份，特地召集最要好的同学来这里，庆祝自己荣任县开发区主任。

当年心心相通纯洁交往，不是兄妹胜似兄妹的同学，随着时间的推移，如今多了客套城府与心机。

现在的他们，纯真和幼稚从脸上消失得无影无踪，取而代之的是成熟与沧桑。眼前的谢子正，腰圆膀粗，就凭那泛着红光的印堂和挂着快乐的胖脸，足可以说明他正处在踌躇满志的年月。谁也不曾想到，二十年前，他还是一个十分野性的、瘦猴子似的农村小伙子。

高中时候还很腼腆的王一红，当时给人的感觉是几分羞涩几分温柔。四位同学中，她当年家庭条件是最好的，父亲是县农机厂的厂长。如今的她，明亮清澈的双眼已经夹杂着太多的故事，面容不再有以前那么可人，扁平的胸脯与瘦弱的身材，不再有女性外表的美。不过她的举止与气质，仍给人一种高素质女性的感觉。白皙的瓜子脸上，冷静与坚毅的纹丝，给人以女强人的印象。前两年，她也有幸竞争得到一个副科级岗位。这种职位的女性，在县城算得上是成功女性。

与王一红相比，李霞衣着时髦，紧身的衣服束缚着不大争气的浑圆身子。裸露的双臂和半敞的丰胸，给人以残留青春和性的诱惑。她是个花钱的主，光亮而奇薄的脸皮告诉别人，她常做护肤和磨脸。没有表情时，脸部光滑而平整，可一笑就将岁月的残沟暴露无遗。此时的她紧紧依偎在谢子正身边，目光快乐而散漫地看着对面的王一红和古清强。

"来。恭喜谢子正兄弟，我们四个同学，现在你的官最大。"古清强接过服务员端来的红酒，给每个人倒了一杯："希望谢主任以后多多关照我们几个同学。"

"说什么呢？怎么老是打官腔，不能称呼得亲切点呀。"李霞佯装嗔怒地放下酒杯："不喝了，怎么听起来像是官场的冷嘲热讽。"

"哟，我说李霞，护丈夫也不是这样护的呀。人家古总还没说错什么吧。"王一红尖刻地说："这第一杯酒你就想赖呀？"

"谁也不能赖，这是喜酒，喝。"谢子正高兴地端起酒杯，自豪而得意地一饮而尽。说："说实在的，这县局机关与企业相比，政府部门官大官小都分管某一项事情，就连一个股长或多或少手中都拥有一定的权力。能混到今天这个样子，我满足了。"

古清强专注地看着手里的高脚杯，优雅地举起，碰杯，然后一饮而干。他是一位举止端庄却言语幽默的汉子，宽阔的双肩，高大的身材，略微突出的大腹，表明也是一位养尊处优的中年人。

"人家古总也是副科级啊！"李霞笑着说："你才转正几天就这么狂傲。"

古清强现在是全昌县最大的企业集团——星光集团副总经理。尽管级别只有副科级，旗下公司却有近十家子公司，员工总数达两千多人。

"不一样啊！谢主任说得对。企业与机关相比，差异太大了。"古清强叹了口气。"政府部门大小都有权，企业不一样，副职就差多了，说穿了就是个摆设。"

谢子正得意地笑了笑，说："要说权罢，机关与企业都有权。只是政府部门能控制所辖地区的一切，而企业领导人只能控制企业内部的所有。机关每个单位每个部门都只是社会的一部分，可每个企业都是一个小社会。在这个小社会里，企业班子成员就是主宰一切的人员。"

"不对啊。企业里真正有权的只有正职。"古清强纠正说："企业的确是个独立王国，但只有一把手才是权力的垄断者。我们尽管也是班子成员，也享受副科级待遇，但只不过是拿工资时的副科级，只不过是一把手的陪衬。"

"原来这样呀？"王一红显得非常惊讶。

"在企业里，尽管也貌似社会设立了各种监督和管理部门，班子成员分工也貌似各分管一摊子，副职却没有任何决策拍板的权力。副职和部门主任全得听一把手的话，都是摆设和陪衬。"

"哎呀！不说这些不高兴的。今天我请同学来，就是想高兴高兴。不要太严肃了。"谢子正说："从现在起，我们不要叫什么谢主任、古总、王主任呀，恢复读高中时的称呼吧！"

"对，还叫红红、强哥、小霞子。"李霞马上附和着，她开心地叫道："可瘦子谢已经不瘦了呀！"

"你们怎么称呼我都没关系。"古清强说，"但谢主任，我们只能叫职务。他毕竟是政府官员。"

"别，就叫老称呼吧！就叫瘦子谢。"谢子正说，"让我记住过去。说句不好听的话，当年同学和老师都看不起我，因为我是农民的儿子。你们还记得吗？每次公布大考成绩，我都会被调到第一排位子，说是奖励先进，可是我从来没坐满过一个月，总是第二周又被关系户挤回到最后一排。为什么，因为我是个受苦受穷穿破旧衣服的农民儿子……"

"喝酒。你还真记恨哪。"古清强打断他的话，"今天是你的大喜日子，诉什么苦。"

"回忆是人老的标志。"王一红笑了笑说。

"是该讲点高兴的。"谢子正端起酒杯，提议说，"要不这样，每人讲一件自己经历过的糗事。"

"糗事？"古清强一激灵，像是被虫子蜇了一口。他抬头看了李霞一眼，双方的目光马上慌乱地避开。当然，这种反应只是一刹那，没有任何人察觉。

导致他们神经紧张的，真有一桩不堪回首的永远无法讲述的糗事。

高中毕业那年夏天的一个晚上，刚高考完的李霞，发现重病在床的母亲在哭泣。一问，才知道母亲已经发现自己的丈夫在外面有了情人。李霞一听，怒不可遏，想去找爸爸理论，却被娘拉住了。她悲戚地劝道："别怪他，我都病了一年多了，不能怪他。"

李霞似懂非懂，不知如何才好，问道："妈想要我做什么？"

"只要把他找回来就行了，不管他跟谁在一起，你叫他回家。"

"行，那我去找爸爸回来。"

她娘苦笑着，目送女儿出门。她从内心里希望丈夫多陪陪她说话，一个人在病床上太寂寞了。

一出门，李霞发现天已经黑透了。漆黑的夜静得出奇，她胆怯地欲行又止。琢磨了片刻之后，她还是回屋给同学古清强打了一个电话，叫他过来帮忙。古清强也没多想，放下电话就摸黑骑着自行车过来了。

半夜里被喊来，已经不是第一次了，古清强是她最要好的同学，也是离自己家最近的同学。李霞母亲有几次病情发作，都是在半夜里打电话叫古清强同学来，给自己父亲当帮手。最近一两年，他们俩经常约到一起温习功课。两个尖子生，书呆子似的，不为别的只为在一起互补互教。有时李霞也会上古清强家，但大多数时候古清强过来她家。

"伯母又病重啦？"古清强一见面就着急地问。

"不是，我娘要我找爸回家。天太黑了，我一个人不敢出去，帮我一起找他回来行吗？"

一听是这事，他有些迟疑，但还是答应了。

李霞的父亲是县中学教物理老师，学校给每一位老师都分配了一间单人宿舍，用于午间休息。他陪着她向县中奔去，校门虚掩着，门卫老头正拿着一台收音机出神地听戏。

或许是放假的原因，学校一片寂静。只有教工楼的二楼和五楼有两间校工宿舍还亮着灯。李霞知道，二楼是返聘来校教数学的王老师，他六十多岁了，是个单身孤老头，一年四季都不回家的。

借着月光，他俩摸黑上了五楼，或是天太黑害怕跌跤的原因，她不自觉地拉住古清强的手。别看小伙子平时大大咧咧的，生平第一次有只温柔的手牵着，生理的反应让他心跳快了许多。

李霞是位早熟的姑娘，平常只是对异性的他有种神秘的好奇，今天无意中的牵手，让她感觉青春热血的涌动，有一种心旷神怡的感觉。她牵住了就舍不得放开，就这么一直牵着。快近她父亲的宿舍时，她不想喊叫父亲，是因为仍舍不得立即松开牵着的手，而是默默地悄悄地靠近窗口。

窗帘被拉上了，却不是很严实，当他俩从窗帘的缝隙朝里张望时，俩人顿时呼吸急促，热血涌动。

天，她爸爸正赤身裸体在与情人偷欢。

他俩屏住呼吸，好奇地贪婪地窥视着。看着看着，她不自觉地贴近古清强，强烈的心跳产生了共鸣。他们迷迷糊糊地模仿着室内……

没有浪漫、没有爱情。当年他俩那时还不知道怎么浪漫、也不知道什么叫爱情。只有冲动，一种原始的、生理性的、年轻不懂事的、懵懵懂懂的、动物性的生理冲动。

完事之后，他们俩完全忘记了此行的目的。在黑糊糊的夜里，贼也似的慌乱无语地逃走了。

事后，他们俩感觉到荒诞，感觉到自己的莽撞，感觉到太丢人了。彼此之间便有意回避，以避开羞耻之心的自责。直到大学毕业了，李霞与谢子正谈恋爱了，结婚了，他们才抛开过去，重新又亲密地接触。

"哎，发什么愣。讲讲吧！按照你老公说的，每个人讲一件自己的糗事。"王一红朝凝神沉思的李霞问，"哎，想什么呢？快点，将你们好笑的故事讲出来听听。"

古清强这时也醒过神来，附和着："瘦子谢先讲，瘦子谢先讲，李霞第二。"

正如网络歌谣："未及激动先冲动，没敢心动却行动。青春欲火禁不住，偷吃禁果遭情封。"

要知谢子正更多的奇闻趣事，请君续看下回。

第二回　谢子正奋斗受挫　实无奈皈依佛门

"回首二十年，有喜悦也有心酸。时间的推移，人的观念都发生了许多的变化，有些事还蛮有戏剧性。"谢子正感慨地说。

他清了清嗓子："我给你们讲一讲我拜佛的故事吧。

就在大学毕业那年，我抱着建设家乡的目的，来到了县农机厂。当初的我虽然没有加入共产党，但也不求神也不拜佛，是个纯唯物主义者。

我是名校哲学系的毕业生，思维缜密，行为严谨。

当时的我，踌躇满志，大有干一番事业的决心。

分配到国有县农机厂企业管理办公室当秘书，是厂长亲自到县农业局干部股要来的，说是厂子里要有一位笔杆子。

我不负厂长的期望，几个月就熟悉了厂办公室的业务。第一次小试牛刀就是厂长的工作报告，写得生动、翔实，既有说理、又有事例。大会上厂长作报告时，多次被热烈的掌声打断，让厂长着实风光了一番。

　　从此以后，上报主管局的材料，只要经过我的手，必定会得到上级的表扬。到年底，厂长一高兴，将厂先进、厂劳模等等之类的厂一级有权授予的荣誉，全都扣在我的头上。

　　我更加高兴，工作更是勤奋。最初写材料时，常请主任把关，主任也只是看看，说不出什么修改意见。后来我索性不打扰主任，不给主任看，直接与厂长沟通对话，领会厂长的精神，写出来的材料也就非常对厂长的口味。

　　厂长更是高兴和欢喜这个年青人，可主任不乐意了，隔三差五找我的错，背后说我的坏话。

　　厂长急了，训斥办公室主任："你主任离厂半年，地球照转，小谢不行，离厂半天你就会抓瞎。"

　　训斥归训斥，办公室主任还是升迁了，当上了副总师，虽然行政级别仍是正股级，但属于厂领导了。我也不眼红，人家资历深，进厂这么多年总是有功劳的。

　　新来的主任不懂业务，可刁滑得像个"人精"。他吸取上一任主任的教训，不再与我发生正面矛盾，不懂业务也不要紧，压根不上手。厂长交代的任务，他转手交给我。厂长催得紧，他再催我。厂长表扬材料写得好，他再加倍表扬我。倒也弄得我很舒服，主任长主任短的挂在嘴上叫。

　　主任是个自律很严的人，从年头到年尾，准时上班，准时下班，不苟言笑，一杯茶一支烟，一张报纸看半天。上级找他交任务，他找下级办事，找我。下级来办事，他也转交给我。但有一点我很喜欢，那就是他老是当着别人的面夸我。弄得我很舒服，觉得自己天天生活在春天里。

一年后，主任又被提拔了。

我有些想不通，这种毫无能力的人，为什么个个青云直上呢？不过想不通归想不通，主任升了，留了个空缺这是事实。我心想："这回我该动动位子了吧。不说当主任、副主任，弄个主任科员，副股级秘书总该有吧。"

没有。什么也没有。

又从别的科室掉来一位新的主任，仍是不懂专业。

新来的主任，完全不管文秘这一块，全部精力都在捣弄接待工作。他还美其名曰："办公室主任不一定要精通文秘，精通接待也是非常优秀的。"新主任用实践行动证明，他在接待方面很有一套，接待工作做得非常出色。

厂长看出了我的思想苗头，于是亲自找我谈话："你还年轻，你是厂里的先进、劳模，不应该计较个人得失的人，眼光要看远一点。"

为了安抚和鼓励我，厂长亲自做媒，将厂里的第一美女介绍给我。

很快，我便坠入爱河，整天陶醉在恋爱的幸福里。有了爱的驱动，工作劲头又是另一种境界，我感觉世界真美好，感觉生活充满了阳光，写材料枯燥的同时又多了生活的情调。

真是光阴似箭，日月如梭。日子一晃又是一年，厂长换了，厂名也换了，工厂子不叫工厂，叫公司了。厂长不叫厂长，叫总经理了。我的办公室也改成总经理工作部了，年轻的我也有几年工作经历了。

过去的秘书与主任工资相差不大，只是工龄工资的差距，没什么职务工资。可现在不一样了，什么都按岗级算钱，主任16岗，副主任14岗，主任科员12岗，我秘书岗只有8岗。职务工资一岗20多，奖金一岗500多，年终奖更是，科员拿主任0.8的系数，一年下来，总收入不到主任的半数。

后来，劳模、先进之类的除了奖状之外，还有高额的奖金，并与工资待遇挂钩。从那以后，我再也得不到这类的荣誉了，公司劳模和县局的劳模，大多是主任级别的人。市劳模和省劳模只有总经理一级的人才有资格报评。我知道，就是报我这个秘书也评选不上，因为没有突出的成绩，年创造效益多少万，一个秘书，从何而来？

我的女朋友很美，人却非常势利，一开始还谈得好好的，感觉不错，每当有人夸奖自己男朋友有才气时，她还有一种自豪感。一年之后，她慢慢地发现，我周围的人一个个都被提拔升迁，唯独没有自己的男朋友。职务不高不说，消费能力明显比别的同事低了。

如何组建家庭？房子、票子，无法做到消费欲望与消费能力同步增长。慢慢地她便有些怨言，抱怨多了便会拌嘴，有一回和我狠狠地大干了一仗，眼看着要结婚的派对，就这样黄了。

漫步在大街上，我第一次感觉到自己的无能，年轻时那种自信和恃才清高，消失得无影无踪。

"老板、看相吧。"路边一个摆地摊的麻衣相法招牌让我停步。

"先生，你的前途不妙。"见我站住，摊主感觉有戏，便又补了一句。

我发出冷笑，认为这纯粹是迷信，是扯淡。

"看看吧？我可以破解你的难题。"

"你会破解我的难题？"

"是的，会让你升官发财的"。

我心里冷笑。心里说："你有那神通，为何不搞弄一下自己，让自己升官发财。"

不过我自认是一位有教养的人，不会这么直接刺激别人，只是忍不住露出不屑的眼神。

"先生，我知道你不相信。"看相的摊主耐心地说，"人的命不同，我的命中注定只能赚这种小钱。可你不一样，你的命好，只是你没有找着道，我真的可以帮你指点迷津。"

或许是我此时的心需要慰藉，我半信半疑地蹲下来，伸出手掌让其看手相。

摊主装模作样地认真看了看我的手掌，又抬头看了看我的前额，作大喜状："印堂红润，天庭饱满。你是个大富大贵之人。"

我无语，心里却在自嘲，"大富大贵之人，却连个主任科员都弄不到。"

"老板，你只要做一件事，立马走好运。"

"哦？"我将信将疑。

"城南有个金山寺，你每周去本命佛那烧一次香，连续三个月就会见效。"

"我凭什么相信你？"我反问。

"我说说你的过去吧！你是一个才思敏捷、很有才华的人，可你得不到重用。你生性耿直，可没有人赏识你。"摊主顿了顿，静静地观察我的反应，当从我的反映看出自己说对了时，更大胆地说："你的领导能力不如你，可人家平步青云。"

我感觉人家有些真本事，说的全是事实，于是打断他说："烧三个月香真有用么？"

"我说的是三个月见效，如神灵保佑升官发财了，你还得继续烧香，升官之后还要还愿啊。"

我将信将疑，站起身来问："多少钱？"

"你看着给，少则三五块，多则不限，这钱不是我自己用，我要献给神灵，我得求神灵保佑你。"

他的话说得我有点高兴，也就随手拿出5块钱，丢给摊主。

我觉得该回头去向女朋友赔个不是。但是晚了，人家不接受赚不到钱的男朋友。

我的心情非常不好，我坐下来将刚才遇到算命先生一事回想了一遍，忙反身去找算命先生，想问得仔细一点，但是算命先生不见了，收摊走了。

连续又找了几天，算命先生再没出现过。我便扪心自问："是不是真的神仙显灵，到凡间指点我呢？"

我觉得这话有点好笑，但没笑出来。便自个心里想，明天周末，去烧一炷香吧。

说干就干，我第二天早早地来到金山寺。

寺里的香火很旺，有些人来得比我还早。

我有些放不开，见了佛不敢拜，就装作观光客，四处参观。

转身来到一个佛堂的后面，听到佛前有人在说话，是一对夫妻在讲话，声音虽远，但听得很清楚。

女："你拜一拜神仙吧！"

男："有用么？"

女："你还不信呐，如果不是我坚持求佛保佑你，烧了三年的香。你说，你一无是处，凭什么人家有才的不提拔，单单提拔你？这就是伟大的佛在保佑你啊。"

"好，我拜。"

这些话让对我有了触动。我急忙去请了一堆香，放轻了脚步，抱到主殿堂，学着人家的模样，虔诚地跪拜着。

如是三月，我果真每个礼拜天必来。每次都是早早地来到寺里烧香，虔诚地跪拜。

我调动工作成功了，调到了市变压器厂，不知是巧合还是求神有效，我还遇到了早就在该厂工作的高中同学李霞，并且一见面就恋上了。从此，我就认为："这是神仙帮忙。"

我坚持来庙里烧香，而且越来越虔诚。后来，还带着李霞来一起跪拜，认真地磕头。

一开始，我还有点怕影响不好，每次都很早就到，为的是避开熟人。随着岁月的流逝，我慢慢的什么也不怕了，拜得极度虔诚，毫无私心。

偶有熟人遇见，我也不掩饰。

"灵么？有用么？"熟人问，"你这么有才华的人，也没升迁啊！"

"保一家平安。"我说，"有些人虽然升了，有些人虽然发财了，可有些人走了，也有很多人进去了啊。我平安着呢。"

"平安就是福。"我的信念更加坚定了。

讲完这个故事，谢子正搂着李霞，一脸虔诚地对王一红和古清强说："我们现在是忠实的信徒。想当初，我不过是个普通企业科员。后来我考上了公务员，来到政府机关工作，并得到这个主任的位置，说不定是神佛保佑的结果哟。"

古清强感觉不可思议。他笑着看了王一红一眼，她也是一脸茫然。

正是"信仰意志不坚定，遇到挫折求神灵。年纪轻轻老糊涂，从此虚度混光阴。"

欲知后戏如何，请君续看下回。

第三回　贤母家教传美德　孝子礼多也烦人

轮到古清强讲自己的故事了，他喝了口咖啡，讲述了自己"礼多"的故事。

到县农电局上班的第一天，我母亲交待："千万要注意礼貌啊。现在的大学生就好比以前的秀才，要有秀才气质。要像古代的贤人一样，遇事多行礼。"

"妈，这很难哟。"当年的我，一脸的纯真。我琢磨着听娘的没错，但又有些担心，便问娘："如果跟古代贤人一样施礼，会不会怪怪的呀。"

"不会的。"母亲认真地说："礼多人不怪。你就从今天开始坚持试试。"

从此，每天我信奉的是礼多人不怪。我从进农电局大门这一刻起，向遇到的每一个人都毕恭毕敬地施之以礼，最简单和最常用的手法便是非常正式地微笑和点头。

谁如果有幸能偶然与之同行三步，必能得到我的赞美。我犹如一缕阳光，走到哪照到哪，带来阵阵春意。

久而久之，局里熟悉不熟悉的人都认得我，且印象特别好。

我还做出极其本分的样子，从不串岗，进局里五年了，每天从早上8点，到下午5点，我总是一个人关在自己的办公室里，默默无闻地干着岗位之内的事。所以，同事几乎很少跟我真正的接触。除非有工作联系，或上门找我、或电话咨询，却必定可以享受到最大的尊重和赞美。

新招来一名大学生王彬彬没地方坐，部门石主任便安排与我坐同一办公室。不出三日，王彬彬找到主任，要求换一间办公室。

"为什么？"

"不想与他同屋。"

"理由？"

"他的礼太多，让人受不了。"

"什么？"石主任恼了。很不客气地站起身来，训斥道："刚出校门几天了，就容不下同事。礼多怎么啦，礼多人不怪。要知道，人家已经连续三年评为局里的先进了，你呀，回去，好好向人家学习学习。"

王彬彬憋了半天，无话可说，只有乖乖地回到办公室。

一周之后王彬彬又找到石主任，坚决要求换办公室，其态度之坚决，大有逼宫的味道。

堂堂的主任哪吃这套。平日里谁也不敢侵犯他的威严，刚出茅庐的毛小子，哪在他的眼里。他便忍不住发脾气，想镇一镇这个毛头愣子。

"不可能。"主任一板脸，"这件事以后不要再提了。"

"另外还有几个科员，都是一个人坐。为什么非要安排我与他坐？"王彬彬极力申辩，到底是名牌大学生，吓不住，根本不吃主任那一套。

"这事不用再谈了。我安排你坐哪，你就得坐在哪里。"主任越发不高兴，"不干的话，你可以辞职走人，办公室是换不了的。"

王彬彬见主任是"哑巴吃称秤砣——铁了心"，也就无可奈何，悻悻地转身走了。

主任有些得意，心想总算镇住这初生牛犊了。想到这里，他琢磨着找点由头，继续整整这个毛头小伙王彬彬。于是，他翻开局里给自己部门下的任务书，逐项琢磨着。

"铃——"电话响了，局长单志厉声命令道："你来一下。"

从没有听到局长这样吼过，主任吓得腿都打软，急急忙忙跑到局长办公室。

局长的脸铁青，气得嘴唇都在发抖，一见石主任："你跟我作对是不是？"

石主任大惊失色："局长言重了，我哪敢。"

"我辛辛苦苦到人事局求来一名高材生，你非要气得人家辞职。"

单志扬着手里的辞职报告："王彬彬不干了。"

一听是这件事，石主任如释重负，马上理直气壮地："年轻人太不懂事了，跟谁共坐一个办公室还挑三拣四的。"

"这事很难办吗？"单局长还在生气。

"是不难办，但对年轻人不能太迁就。"石主任也愤愤地说，"如果这次迁就他，我以后还怎么管他？我这主任哪还有面子管别人呢。"

"你不当主任，可以打报告，但王彬彬不能走。"局长恼了，一字一字地从他牙缝里弹出来。

这回石主任慌了神，心想局长是认真的，吓得不知所措。

局长缓了些口气，说："这样吧，我们昨天刚研究提拔古清强当主任助理，让他跟你坐一起罢。去吧!"

石主任走出门，心里讷讷地说："早知道古清强要提拔，何必跟一个新员工拧劲，还白白挨局长一顿臭批。"

搬办公室很快，半天功夫就安顿好了。这过程中，王彬彬和我都非常卖劲，几乎是俩人抢着搬办公家具，扫地、抹桌子也都样样抢着干。

第二天，石主任一进门，我便奔过来接他的公文包，接着便是泡茶。

石主任接过热气腾腾的茶水，心里一阵激动，好久没有这么享受了。刚品一口茶，我便递过来热腾腾的毛巾："主任路上累了，擦擦汗。"

"你忙你的，不用管我。"石主任很惬意地说，"以后的日子长，不用这么客气。"

"好。"我迅速坐回自己的位子上，埋头做事，静静地，悄无声息地干着。

石主任想起什么事，站起身来。这时，我"啪"的一声从坐椅上弹起来，吓了石主任一跳，心扑通扑通地好难受，半天说不出话来，正想嗔怪几句，叮嘱我动作慢点。我却奔了过来，虔诚地急地问："主任有什么事，让我去办。"

石主任早被吓得什么也不记得了，挥挥手又坐下来。

我也笑着坐了回去："主任不要客气，有什么事尽管吩咐。"

石主任好不容易让心脏平静下来，刚抿了几口茶，我又"啪"的一声从座位上弹了起来，直奔暖壶，给主任添茶水。

石主任惊吓了两回便不大高兴："以后不要给我倒水，我自己会倒。"

"那怎么行。"我坚持说，"你是主任，这是我应该做的。"

石主任便不再争论，挥了挥手。一切又恢复了平静，表面的平静。石主任心里便对我有些不快的感觉，于是一口接一口地抿茶，又招来我的殷勤倒水。石主任恼了，一把抢过暖瓶，放在自己的椅子旁边，以便坐着就可以顺手倒水。

我失去了一项服务项目，心里有些过不去，便仍琢磨着有什么更好的讨好内容。这时，听到石主任站起身，立马又弹了起来，奔到石主任面前，吓得石主任倒退一步。

"啪——"的一声，暖瓶倒了。

"你这是干什么？"石主任声嘶力竭。

"我想问你有什么事，我来干。"我手忙脚乱，忙拣起破水瓶，拿来扫把和拖把，慌慌忙忙地打扫着。

"主任有什么事，都可以吩咐我干。"我嘴里解释说，"用不着你亲自做。"

"我上厕所。"石主任忍无可忍，呵斥道，"你帮得了吗？"

我像犯了错的小孩，伏案工作，好一阵子没有动静。石主任也努力不喝水，努力不动作，像小学生怕老师骂一样，呆坐着不敢动。

不多久，局里其他部门来了个人找石主任办事。石主任犹如见到救星，急忙起身，一边扭动着有点僵硬的腰身，一边与来人谈事。这时，我急忙起身，双手端起主任的椅子，追着放到石主任的屁股后面，指望主任坐下。石主任一看就恼了，假装没看见，一心跟来人谈事，又踱步走到房间的另一处。我急忙又将椅子端着，再次移放到石主任的屁股后面。如是动作三番五次，我是耐着性子，可石主任实在受不了，又不好当着外来人的面训斥他。等到来办事的人走了，急忙回到自己的办公桌前坐下，静静地坐着，一动不动，犹如在野外遇到进攻的蛇一样，一动不动地静呆着，担心我再有什么反应。

好不容易等到下班铃响，石主任想让我先走。哪知道，我见主任都没走，也不敢动，一心伏案做事。石主任一起身，我又"啪"的一下弹起来。石主任气恼，示意我先走，我说什么也不走，示意主任先走。主任不耐烦了，急忙向门口走去，这时，我又"嗖"的一声，冲到门口，猛地帮主任拉开门，退到一边。这镜头电影里见过，和珅就是这样伺候皇上的。

之后，石主任尝试过自己搬到别的科员办公室，但没成功，我死死地拖住不放，说："主任就应该在这主任室，不能屈尊坐到科员室。"

石主任也尝试过让我搬到别的科员室，也没有成功，说是自己是主任助理，就是派来给主任当助手来的，一定要留在主任身边。

无奈之下，石主任只有向局长打辞职报告，声称如果别的科室没有主任或者副主任的位子，自己宁愿降为科员调离本科室。

"为什么？"局长问。

"我怕礼多的他。"石主任这回详细地向局长描述了我的礼多行为，让局长大笑了半天。

第二天，局长将我叫到跟前，笑着问："你礼多的行为是生来就这样吗？"

"不是的。我工作前是个毛头小伙子，太粗心。"我不好意思地解释说，"工作的第一天，我娘叫我要像古代的贤人那样向同事施礼。"

"我命令你变回以前的你。"局长正色地说。

"是的，局长。"我又点头施礼。

"你看你，又这样。"

我笑了笑："必要的礼仪还是要的。"

听完这个故事，王一红首先站起来说道："不可能的事，这又是古清强老总瞎编的。"

谢子正似信非信，说道："可能是假的，有点像书上的故事。我再讲一件亲身经历的刻骨铭心的故事吧。"

针对古清强的礼多故事，公司里有员工写出歌谣挂在办公系统的论坛上："一见你就笑，笑得你心跳。谁说礼多人不怪，礼貌也让你吓呆。谁敢再想要礼多，请到清强身边来。"

要想听他们讲述的故事，请君续看下回。

第四回　厂长用人太偏心　才子绝望欲轻生

谢子正认真地看着大家，神色严肃地说："别看一个小小的企业，名堂多着呢。企业一把手常常一手遮天，把企业当作自己的私人财产，把员工当作自己的佣人一样随心所欲。"

接着他讲述了一件差点让他走上绝路的故事：

有一件事，让我疯了，完全失去了理智。

一夜的狂怒，我感觉鼻子里呼吸到了血腥味，几年的奋斗，眼看就要成功，一纸调令却让现实化为泡影。

本以为从县农机厂调进了市变压器厂，就改变了命运。因为两家厂子尽管相距不远，但却是两个天地。县农机厂是科级单位，市变压器厂是县处级单位。

我原以为自己可以大展宏图，事实上命运却是一模一样的，除了变压器厂员工的待遇比农机厂普遍高一些之外，员工的命运还是涛声依旧。

从农机厂调进来之后，我从技术科科员做起，已成长为技术科主任科员，电气专业的台柱骨干，尤其是领头研制的"ＱＣ"五小发明，降低了电能的损耗，得到了一系列的奖励，成为厂子里这两年向领导和同行宣传的主打内容。谁都明白，我是变压器厂的功臣，科长下月退休，继位应该是非我莫属。

可是，眼看到手的任命，却眼睁睁地看着失去。人事科一纸调令，将我调到材料科任主任科员，这明显是取消了我接任技术科长的资格。

一向没有脾气的我，破天荒骂了句粗话，跑出了变压器厂大门。我努力安慰自己，做自己的思想工作。但没用，铁的事实是个死结。

让我接受不了的是，接任这个位子的是老板的秘书，什么技术都不懂，才当了8个月秘书的马全，就这么便宜地捡了个技术科长的职位。

"头儿也太偏心了。"我想不通，一个晚上没有合一下眼。

走进公司，我发现全变压器厂没有任何反应，每一个人都与往常一样，并不因为我的不合理调动而窃窃私语，大家照旧像世界没有发生任何事一样，照常干自己的工作。唯有我，一颗狂怒的心旁边捂着一瓶剧毒的农药。

我要当着头儿的面喝这玩意，以死抗争用人的不公。

阴着脸咬着牙，喘着粗气，昂首挺胸走进厂大门，我要向世人表示，自己是个受打击受排挤的冤大头。

平日里，我在单位同事眼里本来就是个内向的人。内向得上下班进出公司都只会低头考虑技术上的事，很少与旁人搭讪。所有的员工也就习惯与我擦肩而过时不打招呼，或是谁也用不着理谁，各自想自己的心思，默默不语地同行。

尽管今天的我已经发疯了，但在大家眼里并没有感觉出两样，路人也就照样忽视我的存在。

离老板办公室的门越来越近，我感觉到快窒息了，感觉到死神在向我招手，腿便有些发软。我便有些犹豫，难道真的就这么死，也就有点想打退堂鼓。

这时，接任我的马全从老板办公室出来，那得意劲头，别提有多神气。见到我，竟傲慢得两眼直视前方，连招呼都不屑跟我打。

我那颗狂躁的心，犹如奔驰的跑车刚开始减速又被踩了一脚油门。我，又一次感觉鼻腔里冒出血腥味来，感觉死神又一次向我招手。于是，毅然抽出右手到胸口去摸那毒药瓶。

"子正。"一声娇滴滴的呼声从身后传来，焦虑中含着爱意，我的心就像烧红的铁被浇上一瓢清爽的冷水，禁不住打了个病态的寒颤。

我转身，看到心急如焚的李霞姑娘，强打着笑脸向我走来。

这位高中同学是全厂的第一性感美女，公司里所有未婚帅哥都尝试过追求她失败的滋味。我也很帅，唯有我这个书呆子没追求过她。或许是逆反心里，或许是我的才气，或许是高中的残余情结，我一调进厂就成为她的进攻目标，她主动向我展开了火热的爱情攻势。一年功夫，愣是把我变成爱情的俘虏。

如果说我毫不动心，那我绝对有生理问题。在内心，小伙子早就变成了李霞姑娘的俘虏。但小伙子是个有远大理想的人，我决心先立业后成家，任凭李霞姑娘的感情追杀，内心如火如炽，可表现非常平静，不温不火地应对这重磅的情感炸弹。

走到跟前，李霞大惊失色："怎么啦，脸色这么难看。"

说完她伸手摸我的前额，急切地问道："病啦？"

从昨天受打击以来，第一次有人注意我，关心我，而且浸透着爱的情感。小伙子铁一般的心，再一次被击碎。我立刻变得脆弱，弱得像幼儿。感到伤心，感到委屈，鼻子一酸，想大哭一场。

我急忙转身回头，逃也似的跑出了办公楼，直向公司的货场跑去。我想着，决不让心爱的姑娘看到自己的不坚强。

我走在公司专用铁路线上，悲愤交加，脚越走越软，竟一屁股坐在铁轨上，我不想回去，也不敢再到老板办公室喝毒药，担心再次遇到李霞。先立业后成家的想法破灭了，就感觉没脸见她。此刻，我盼望着一辆载满材料的列车开来，助我离开这不公平的世界。

真是想什么来什么，我先是感觉有一阵隆隆声，从铁轨远处传来，继而感到很弱很弱的震动，这震动随着时间一秒一秒地过去，愈来愈强烈。小伙子脑子陷入了一片空白，等待这列车的到来，以致强烈的震动和刺耳的鸣笛声，我却丝毫没有听见，像一座石雕，摆放在专用铁轨上。

一声长长的汽笛长鸣的同时，我感到一阵猛烈的拉扯，脑袋"嗡"的一声，昏死过去。

也不知过了多久，我感觉有人狠狠地抽我耳光，一下，两下，三下。

我心想："难道人老实，到了阴曹地府还要挨打？"

正在纳闷时，一记更重的耳光，让我苏醒过来。我睁开眼，哦，自己还没死，还留在阳间，躺在铁轨旁的草地上。

比我年长几岁的文树蹲在前面正举起右手，还想打下去。见我醒来，手便停在半空，嗔怒地："你这是干什么，真没出息。"

半晌，我回过神来，想起文树曾经有过与自己相同的经历。两年前，文树与老板的亲信广某竞争后勤科长的职位，笔试与答辩均成绩领先，但最后，因面试的成绩太低，终于输给广某。文树当时感到不公平，找到老板大吵了一架，这不，发配到承运科当专线巡视员。

我被文树带到铁道边上的小屋里，怔怔地傻傻地被拉到小桌旁，他递过一杯茶。

"喝点水。"文树命令道。

我听话地喝下去。

文树这才开始说话："人是为社会活着，也为自己活着，不仅仅是为某一个企业活着，更不是为某一个老板、总经理活着。"

他接着说："要想证明自己的价值，就要努力用行动向社会，向全社会证明自己的能力。某个老板，因私心埋没人才，你不能让其得逞，要更加发奋做出更好的成绩，以回报社会。"

这时，他从一张简易写字桌的抽屉里拿出一封信，和一摞获奖证书。说："这是我近两年的物流专业研究论文，物流方案设计奖，还有《豪迪集团公司商调函》。"

喜滋滋的味道从文树的眉宇间漏出来，他有些激动地说："豪迪集团公司应聘我为物流部主任职务，拿年薪，比这里多好几倍，本月发了工资我就走人。"

文树收起证书和信，慷慨激昂地说："人才是社会的，不是某个老板的私人财产。我们作为人才，也不能私心太重，要想到贡献社会，这才是前途所在。"

"……"我无语。

文树的话让我彻底醒悟了，心想："真是的，我又不是为厂长活着，干嘛在乎他的一纸任命。'此处不留爷，自有留爷处'，何不学着文树，自己再寻出路呢？"

一阵《小康进行曲》在我的上衣口袋响起。我掏出手机，才发现有50多个未接来电，均是李霞打来的。

我感到奇怪。从昨天下班时起，我就似乎是耳朵失聪，根本没听到电话铃声了。

我急忙按下接听键，只听到李霞在电话那边哭喊道："你在哪？急死人，我找你。"

我一阵激动，再也控制不了泪水，颤抖地："你在哪？我过来。"

"我在办公楼通往储货场的路上，我不知道你往哪跑了。"李霞还在哀嚎。

"我来了。"我丢下电话，飞也似的奔向刚来的方向。

听完谢子正的故事，王一红冲动起来："个别企业简直黑了天，作为公有制企业的总经理、厂长，不为民谋利，专门利用手中的权力胡作非为……"

"哎，哎，别打击一大片。"古清强大声制止。

"哦。"王一红马上反应道，"对了，我忘记了古清强同学也在企业当头儿。"

古清强申辩道："人家谢子正现在不是出头了嘛。"

"不对。"谢子正纠正我的话，说，"我是考上公务员才出的头，如果还留在变压器厂。说不定我还是个主任科员。"

古清强说："不争了，我再给大家讲一个'学步'的笑话。"

正是："仕为知己肝胆照，切忌已私屈人才。劝君多用贤良者，企业兴旺红利来。"

第五回　当官做派学官步　如病似瘫现丑行

古清强告诉同学，自己"礼多"的举动虽然有些过头，但还是非常有效果、非常有影响力的。多数人还只感受到他古清强的文明礼貌，认为他是一个有修养的人。

接着，古清强讲述了自己亲身经历的"学步的故事"。

　　局机关有位室主任退休了，由于我文明礼貌出了名，便顺理成章地成为全局最年轻的室主任。级别虽然不高，只有股级，但毕竟是局里的中层干部，是部门的一把手了。

　　我娘听到这个好消息之后，更加肯定教导儿子有方。接着，她老人家便实施第二步教学："学官步。"

　　我老娘的灵感来自《宰相刘罗锅》的电视连续剧。剧中的主人翁刘庸步履不雅，八贤王为了让女婿有派头，特地让他学习"官步"。

　　其实，我感觉娘亲说得有道理："当官要有当官的样。"

　　我自己也非常欣赏八贤王的步伐架势，有派头。当官嘛，就得有这把式。我现在是名副其实的部门一把手了，也觉得有必要摆些派头来，才好镇住那些个不大听话的愣头青。一个小小的山区县城，一个局里的中层主管，而且是要害部门的主管，可算得人上人了，当然得显摆显摆。

　　二十多年的行走步履习惯，要改换姿势很是有些困难，连做梦蹬腿都是老一套了。但是，我是金牛座的人。金牛座的人是说一不二的，只要下定决心，就会不怕苦，就会坚持到底。我找来《宰相刘罗锅》光盘，反复在家里放着看。然后，对照电视剧里八贤王教的要领，一抬、二摇、三摆、四迈步。学着学着，我的步伐气势出来了，整个人都觉得很气派。我有一种超世脱俗的感觉，自信得犹如自己当上了"宰相"一般，进入了一种至高无上的境界，感觉好极了。

　　当天晚上，我在自家的客厅里认真地来来回回地练走步，也不知练着走了多少个来回，直到腿都练酸了为止。第二天清早起床的时候腰酸腿疼，但我还是坚持在客厅里练了几十个来回，步伐已经基本定形，感觉算是学有所成，也就拉开大门出去了，如法走着"官步"上班。

走这步伐不能走神，必须集中精力。一抬、二摇、三摆、四迈步，两眼目视前方，且昂着头，两眼目视前方，不看任何人。慢慢地，我学会了用鼻音答复部下的打招呼，感觉这种打招呼的方式非常有派头，有一种唯我独尊的气势。

仿佛有笑声传进耳朵，我认定是自己的"官步"架势到了炉火纯青的功夫，有派头当然会引人注目，也就不在乎。有几个胆大的部下急步赶过来，笑着说："股长，好有派头啊！"

"哼。"我从鼻孔发出一声，算是答理了部下。我要专心走这"官步"，让世人知道我是一位有权有势有派头的干部。

几天后，单位便有些关于我走路的议论，但传进我本人耳朵的，全部是些赞美之声。

我得意，继续在家又反复看八贤王教刘庸学步这一段录像。我觉得自己不但学会了，并且还悟出些新的要领来。我创造性地将两条胳膊微微抬起，大幅度放松地前后夸张地摆动，感觉更潇洒，有一种"当今之世，舍我其谁也"的味道。

半年之后，我的步式已经养成"官步"套路，习惯了目不斜视，习惯了用鼻子回答部下的打招呼，感觉到自己已经是名副其实的"要员"了。

但没过多久，单位改革的消息让我心里不安。要是改革后没当上股长，就非常难堪。我心里便暗自叹息："这谱，摆不了多久了。"

果然没过多久，单位要政改企，要改成"星光水电集团公司"。据说，政改企之后，会精简中层干部职数。我掰着指头算，还有多少个月，多少天，多少小时可以用权了。正算着，局长办公室秘书通知中层股级以上干部开会。局长宣读了一个非常重要的文件，关于水电局改制成企业，中层股级干部任职有了新规定。宣读文件之后，局长宣布我等十名股级干部从即日起，不再担任实职。无论是谁，要想当中层干部必须重新参加竞聘。

我有点散架的感觉，接着局长进行了一次最后的"集体"谈话。我一句也没听进去，茫然走出了办公室，走出了单位。

回家路上，我想到自己不再是有权的领导干部了，不能再摆架势了。无奈已经形成了固有的习惯套路，仍是一抬，二摇，三摆，四迈步，两条胳膊还得弯着夸张地摆着。

第二天上班，我照常上班，路上照样走着"官步"。只是感觉常有讥讽嘲笑之声，都是针对我的。尽管我仍目不斜视，迈着"官步"走向单位，但越离单位近，冷嘲热讽越厉害，最让我受不了的一句是："都什么时候了，还臭显摆。能不能再当主任，还要看明天的竞职演讲。"

我鼻子一酸，止住步。心想自己今天是解除了职务的人，回办公室也没什么事干，干脆就不进办公室算了。于是，转身向单位边上的一个开放式公园走去。

进了公园，都是些不认识的晨练老人，耳旁少了讽刺嘲笑之声。我立住脚，环顾一下四周，好优美的地方，有假山、喷泉，绿树成荫，公园的人工湖边有个长廊，坐满了男男女女的老者。

这么优美的地方，我以前竟然没发现。自从大学毕业以来，自己很少上公园，双休日不是加班就是自己在家看书学习，有时还带工作回家干。

看到一群的老人家，我想起来了，那是"老人角"。于是转身走过去，本不想走这"官步"，发现自己已经改不过来了。不管什么时候，只要腿一迈出，又完全恢复到习惯的"官步"走路。我这架势让叽叽喳喳的闲聊声戛然停止，大家用充满好奇和同情的眼神望着我。

"我是昨天刚退休的。"我笑着说了一句假话。心想不撒谎就说不过去，年纪轻轻的凭什么来这老人角。

"不会吧，这么年轻就退休了？"有一位白发长者表示不相信。

"病退。"没办法打圆场，我只有又说了一句假话。

大家释然，就不再好奇我这个新来者，接着自己的闲聊，又叽叽喳喳起来。

那位白发长者，热情走过来，扶着我走向走廊："看样子，你恢复得不错。"

"恢复？"我疑惑地望着长者。

"是呀。我们这里有好几个得了中风偏瘫的，都没你恢复得好。他们走路没你走得好看，大多数都是横着走。"

我一脸苦笑，原来我自己学了那么久，天天很神气的"官步"，竟然是类同中风偏瘫之病态。

听完这个故事，大家呆若木鸡，一个个半天说不出话，静静地相互看着。最后，李霞抛出一句："古总又是瞎编，你真的会这么夸张？恐怕，小说故事里才会有这种事。"

"是真的。"古清强诡秘地笑着，并不申辩。

大家见清强笑得诡秘，更是个个狐疑，没有一个人肯相信。

正是："东施效颦未必美，邯郸学步耻古今。为官要向有威严，敬业爱民心身勤。"

道白的故事讲完，请看下回故事的发展。

第二章

和风细雨的初夜，洁白的路灯在浓重的雨雾中呈现一个个彩色的光环。

肉体步履沉重地说："你看这光环，是不正常的，是雨雾形成的。"

灵魂："顶好看的，有什么不好吗？"

肉体依旧语气低沉地说："雨雾能形成光环，可雨雾也会给行人带来不方便。"

灵魂敏感地："你说这话，是不是有所指？我做错了什么吗？"

肉体不客气地："你最近的权力欲是不是太强了点。"

灵魂不以为然："只有对权力的控制，才能满足自我，才能实现欲望。"

肉体叹了口气："你会永不满足的。对权力的追求，也要有所节制。要清楚，你追求绝对权力是为什么，目的是什么？"

灵魂："我没想那么多。我必须追求至高无上的权力。"

肉体担心地："别弄出问题。心理学上认为，精神障碍的前期是人格障碍，'人格特征显著偏离正常，使病人形成一贯反映个人生活风格和人际关系的异常行为模式。'"

灵魂："别担心。你以为我会发疯呀。"

肉体："尽量往好的方面发展，不要受欲望左右。要将权力用在做好事上。在做好事方面，可以用足权力。要克制不良的欲望。"

灵魂："我会的。放心，我会的。"

肉体还是有些不放心，默默地漫步走着，仍搂着灵魂，紧紧地搂着。

第六回　宁为鸡头闹独立　强稳地盘要聚权

"要改革了……"

星光集团的员工心里沉甸甸地相互传递着这个消息，谁也不清楚这到底是福还是祸。

星光集团的员工已经经过上次的政改企改革，有过阵痛的经历和体会。

职工回想和怀念过去水电局的日子，那可是旱涝保收的政府机关干部。而如今变成星光集团的职工，工资奖金与企业息息相关，都与效益挂钩。

前身县水电局旗下只有三家企业——水电检修公司、电线电缆厂、杨州山水电站。县供电公司原先并不存在，而是以三个供电所的形式，直接归属水电局管辖。水电局机关本部绝大多数是机关干部，下属企业和供电所的人则有的是企业职工，有的属于事业编制的身份。

政企分开撤局建公司变成星光水电集团公司之后，原局机关变成集团总部，下属三个供电所组建成县供电公司，连同另外三家企业变成子公司。原机关所有员工，不再保留政府机关干部身份，下属企业的员工也不再保留事业单位身份编制，一律转为企业员工。

政改企是大势所趋，职员们只有希望集团公司有个好的发展，经济效益好，才能多发些奖金。私下里有些埋怨，但真正说三道四的人并不多。

集团公司成立之初，相当的困难。本来县供电公司人多电量少，月月亏损。县政府没帮助集团公司解决困难，而且还决定将资不抵债的全昌县煤气厂，打包放入星光水电集团时，企业集团雪上加霜。集团公司的领导想不通，将这一事实告知职工，遭到了大多数人的反对。

反对归反对，县领导急于甩掉煤气厂这个包袱，强行压着星光水电集团接下来，收为子公司。星光水电集团的名字也即改为星光能源集团，后又觉得名字不贴切，干脆改名"星光集团"。但由于供电公司和煤气公司的亏损额太多，集团整个效益受连累，员工着实过了几年难过的日子。

"真是老太太过年，一年不如一年。"星光集团总经理单志腆着个大肚子走进会议室，大声地骂了一句牢骚话。

一向号称心宽体胖的单志，本来心性非常好，从来不发大脾气。不是太大的刺激，他一般不会生气。说实在话，此刻的他，心里却是非常不舒服。

常务副县长丁马六回头对单志笑了笑，推了一下身边的坐椅，算是打了招呼。要在全昌县里别的什么企业，头儿再狂傲，见了他这个实权在握的常务副县长，都得敬三分惧三分，总经理讲话总要冠上"尊敬的县委常委、常务副县长丁马六"这类的捧词，点头哈腰递烟倒水，态度要极其虔诚谦和，要笑得阳光灿烂。

单志不一样。他不但有星光集团总经理的头衔，任县水电局长时县委组织部就宣布："享受副县级待遇。"另外，他还挂了个县政协常委的职务。所以，县里召开局级干部会时，他总是排在县领导人群里。每逢资格比他嫩的副县级领导主持会议，他要大牌是常有的事。

当然，刚才那句牢骚话，不仅仅是要大牌。主要是掩饰内心的惶恐，顺便发泄自己的强烈不满情绪。

俗话说，无风不起浪。所谓星光集团的改革传闻，是有那么回事。眼下的星光集团不再经营困难，不再是当年的只有四家下属公司的集团企业了，集团旗下已经有十来家经营良好的子公司。今天的所谓改革，有七家子公司的总经理，想挣脱集团管理的束缚，想当独立法人。子公司总经理心想，就目前而言，尽管个个都是总经理，在集团内部却只是个中层干部。中国有句古话："宁为鸡头，不做凤尾。"只有独立于星光之外运行，那才过瘾。于是，几个不知天高地厚的子公司老总，在一次私下集会吃饭时，都喝高了，头脑一热就联名向县政府写信，要求"打破垄断、独立经营"。

今天的会，显然不是县委县政府的主意，从某种意义上说，常务副县长丁马六来公司开会是被逼无奈。用县长王任伍的话说，星光集团现在是麻袋装钻子，个个想出头。

单志进门时发牢骚，还有一层意思，那就是想趁机镇一镇下属公司的老总，故意摆架子给他们看。

他要告诉子公司的老总："你看常务副县长都敬我三分，你们小小的股级总经理，能奈我何？"

丁马六清了清嗓子，待会议室静下来，便大声说道："今天是研讨会，务虚的，大家可以自由发表意见。"

他心里明白，县长王任伍交代的任务是听听大家的意见，看看集团领导与各子公司总经理之间是否到了水火不容的程度。

到会的有星光集团的二把手保肖江、四把手随中，三把手古清强出差在外没有参加今天的会议。七大子公司的一把手与集团公司领导分坐在会议桌的上下座，这样一来，明显的领导席人多。

会场冷静异常，七大子公司老总犹如被告似的，个个低着个头不敢吭声。

丁马六清了清嗓子，又郑重其事地宣布："每个人必须发言。"

之后，他礼节性地朝单志点了一下头，接着说："王县长今天派我来听听大家的意见，希望大家畅所欲言。我保证原汁原味地把大家的想法，转达给县委和县政府。"

单志接过话头："我先说两句。"

丁马六笑了笑："是不是让大家先说说？"

单志激动地："不，我先说两句，否则我会憋死。"

大家立马鼓掌。

单志站了起来："别假惺惺的。告诉你们几个总经理，就是你们不欢迎，我也得说两句。自从县水电局改制组建星光水电集团，后又改成星光能源集团，直到今天的星光集团。想当初，公司财力单薄，职工收入低下，是我同几位集团领导一起带着弟兄们一起拼搏渡过难关，公司由弱到强，哪一点不是集团公司领导的结果？现在你们子公司实力雄厚了、有利润了、翅膀硬了，想甩掉母公司。都走了，集团机关一百多号人吃什么，喝西北风呀？"

说完，气呼呼的单志"啪"将自己的坐椅提起又使劲往下一摔，愤然坐下。

沉默，死一般的沉默。

大家明白，单志说得有道理。当初，改制组建星光集团时，实际上是县政府甩包袱，一个供电公司和一个煤气公司差点将集团拖垮。是单志将一个年年工资都保不住的企业，转成年年盈利的星光集团。谁都知道，他这个年轻有为的副县级局长变成企业老总吃了大亏。政界的前途没有了不说，还操劳着近千号集团的员工吃饭问题。

全昌县是个农业县，用电量很小，可当年水电局是吃皇粮的，有关系有路子的家属子女都往供电所调，改制后，麻烦来了，供电人员五百多号，五分之四的人工资没有着落。改制后第二年就发不出工资，员工集体在集团总部大院静坐。

单志带着班子成员到周边的省份考察了一番，得到了三产分流人员的真经，于是本着分流员工的目的，将当年规模还很小的电线电缆厂扩建办大。请示县政府，扩建全昌县煤气公司，扩建全昌县自来水公司，连扬州山水电站也加装发电机组。作为星光集团的子公司，员工从供电人员中分出，立马解决了部分人员吃饭问题。

当时，自来水厂设备陈旧，供水能力很弱，厂里的收入维修堵漏就花掉了大半，工厂差点发不出工资。是单志天天跑贷款，将水厂规模扩大了三倍。

那年月，全国上下兴修水电站，单志带领班子，跑遍了杨州山，在杨州山的上游又建了二级梯级电站，使水电站发电能力翻了一番，同时又为供电所分流了二百多号员工。

这几年，刚过上几天好日子，没想到几家子公司竟然要求脱离集团独立运行。集团的总裁单志想不通，星光集团的所有班子成员和集团总部的人员也都想不通。几乎所有的人，都认为这七位子公司总经理简直就是忘恩负义。

丁马六见冷了场，就催促了一句："大家都说说吧！既然联名报告都打到了县政府，想必是反复考虑过。说说吧，有什么就说什么，把心里话都说出来。"

七个子公司老总面面相觑，有几个人明显感觉有点不自在，像做了见不得人的事似的，个个低着个头，不敢正视单志等人。

"文总，你说说罢。"丁马六副县长点了唯一的一位女将，全昌县自来水公司文丽华。

四十来岁的文丽华是个女才子，也是星光集团最漂亮的女干部。听到丁县长点名，立马一阵耳根发热，两腮顿时绯红，为掩饰内心的不安，她拿起茶杯呷了一小口，说："没有别的意思，并不是想甩掉母公司，单总是我们厂的救命恩人，这个我们会永远记在心里……"

"哟、哟，还救命恩人哩。"单志打断她的话，不满地说，"你们说的比唱的还好听。我告诉你们，这是见利忘义，是背主求荣。用不着我们了，就一脚把我们踢开。"

文丽华的脸显得更红，声音更小："不是这样的，只是，只是……"

单志："只是什么？别支支吾吾，有话直说"。

丁马六立即打手势让单志停，鼓励地说："别急，让人家把话说完。"

文丽华乌黑的眼睛在众人的目光中慌乱地躲着，神色有些懊恼。她开始感觉自己犯了一个蹩脚的错误，后悔自己一个女老总女干部，当初就不应该混同几个基层子公司经理一起喝酒。

文丽华讷讷地："是有原因的，打报告是有原因的……"

她还是有点心虚，瞄了眼丁马六。看到了他认同的眼神之后，这才壮着胆说："我们听说兄弟县的水电公司或供电公司，都划归市供电公司条条管理了……"

丁马六鼓励道："接着说，大胆说下去。"

文丽华提了提嗓门，声间稍大一些："供电公司上划时，不同的产业都会被剥离出去，市供电公司只收购与供电相关的专业。所以，星光集团属下各子公司独立出去也是早晚的事。"

文丽华又偷偷地瞄了眼单志，申辩道："还有客观环境因素，这个、这个不大好说……"

单志一听又突然站起来，暴风雨般地吼叫道："有什么不好说的，有种就说出来，怕什么。"

文丽华哪里见过老总这么凶神恶煞的样子。她记得单志向来都是谈吐温文尔雅，从不讲粗话。心想，他今天肯定是受到联名报告的强烈刺激，才被气成这个样子。一时间，她的话柄也被打断，不知自己下一句该讲什么，犹犹豫豫地站在那里发愣。

丁马六有点不高兴："你单总不要老是堵人家的嘴。要让人家把话讲完，真是的。文总，你接着说。"

文丽华紧张地坐了下来，说道："讲完了。"

"讲完了？刚才你说还有客观环境因素。好吧，如果不方便的话，会后你认为什么时候方便，再告诉我们吧。"为了缓和紧张气氛丁马六对大家笑了笑，说道："接着发言。"

沉默，又是死一般的沉默。会场里，静得可以听得到彼此的呼吸声。

"我们厂的员工感到新昌水厂的职工收入比我们高出许多，同类企业，做同样的工作，待遇明显有差异。"文丽华最终没忍住，还是小声地抛出了一句。

单志一蹦老高："人家新厂，设备先进，员工人数少。你们厂那么多人，要发一样的工资谁给我贴钱去。啊，这就是你们打报告分离集团的原因呀！"

"这……"文丽华被单志的气势吓到，感觉很委屈，喃喃说道："别对我一个发脾气。大家酒后装疯，我只是跟在他们后面签了一个字，是他们几位邀请我去喝酒的。"

一语惊四座，另外几位老总坐不住了，不约而同地将嗔怒的眼光射向文丽华。

这时的文丽华反倒镇静了，微笑着说对几位老总说："你们别怪我，我第一个挨批。你们谁也不吭声，谁也不帮我说话，我只有实话实说。"

"我说两句。"供电公司总经理昕山站了起来。他壮着胆子说，"外县的供电公司都划归市公司管辖了，待遇都提高了许多。可我们公司今年又亏损严重，员工收入明显下降。独立出来，也免得拖累集团公司。"

单志再也按捺不住，"呼"地一声又站了起来，粗野地踢了一脚身后的椅子："亏损了也是要求独立的理由？亏损了你为什么不分析亏损的原因？独立之后就一定是你当总经理？你现在就跟我着手去分析亏损原因，否则我免了你的总经理，让你独立到家。"

单志胸脯急剧起伏，直喘粗气，双手撸着袖子，侧着脸用气愤的眼光盯着另外几位属下，一种似乎要打人的架势。

丁马六心里咯噔一下，担心会议再开下去吵得更厉害，搞不好收不了场，连忙说："各位，今天讨论到此结束，会后我单独找你们谈话。"

"咳！"单志怒气未消，抱怨道，"丁县长也真是的，让这些鸟人有屁当面放多好。"

丁马六还想说什么，但七个属下逃也似的跑出会议室。随着一阵阵汽车发动机的引擎启动声，七位子公司总经理乘着七辆小车，作鸟散状悉数奔离了集团总部。

正如温州歌谣："宁做鸡头，不做凤尾。哪怕摆地摊，也要当老板。"

要知故事发展，请君续看下回。

第七回　亏损原因分析会　山吃海喝穷享受

盛况空前的"全昌县供电公司亏损原因分析会"，终于在全县最高档的湖中宾馆拉开了帷幕。

整整忙碌了一个礼拜会务工作的厂办干事郝柯连，长长地舒了一口气，坐在会场一角的钢架子上，指望趁机打个盹儿，休息片刻养养神。

"准备得很充分，看得出来，你们会务组做了大量的工作。"星光集团总裁单志认为，供电公司总经理昕山能听话开这个会，说明自己还是有威信的。他欣慰地走进会议室，他仔细地打量了一遍之后，满意地拍着厂办副主任殷利的肩膀，连连夸奖，殷利本想回首长几句话，见郝柯连在身边，感到有些不方便，于是朝郝柯连翻白眼，装腔作势地干咳了几声。郝干事明白是怎么回事，知趣地起身走出来，心里却美滋滋的，以为是主任要表扬他。

这些天，写会标、制作领导席位牌子，起草开幕词，几乎没睡成一个安稳觉。这回主任当着星光集团总裁单志的面，肯定会赞美自己，真带劲。

但会议室的门还没关上，便听到殷主任说："嗨，现在的人哪，个个恃才傲物，不晓得有几难管，办点事真不容易。就拿刚才的郝干事来说罢，在部队当了个连指导员，在报上发了几篇文章、有些文才，自以为了不得。我也不管许多，就来蛮的，问：'干还是不干？不干就辞职。'他怕了、担心丢饭碗，乖乖地干。这次会务也是这样，给他施加压力。你看，不是干得好好的……"

郝柯连气得差点昏死过去。万万没想到一向自称是关心部下的殷主任，竟会颠倒黑白的，污蔑诽谤部下。他强压着怒火，闷闷不乐地坐回会场的角落里。会场气氛是严肃的，与会代表都是厂中层以上的干部，殷利作为会务组长在旁听，郝柯连代替秘书才有资格进会场做记录。

翻开记录本，郝柯连将与会人员的名字一一写上。突然，他发现名为"县供电公司亏损原因分析会"的参会人员，真正公司一线职工的代表仅五人，其余二十多人均为公司机关科室的人。他百思不得其解。

单志开始作重要指示了。他强调说："要认真静下来分析各种原因，确实解决企业的发展问题。找到问题的症结，才好对症下药……"

作完指示，单志匆匆忙忙地离开了会场。作为集团总经理，太忙了。他只能到会作个重要而简短的讲话，以表示重视。他还有很多重要的事需要处理，没有时间耗在一个下属单位。

单志讲完话，会议就宣布休息十分钟。主要是所有的公司领导要出来为单志送行，休息之后会议继续。

"我以为，县供电公司亏损的原因，关键是没有落实《条例》，企业没有自主权。"县供电公司昕山开腔了，他双手紧紧抓着话筒，振振有词地说："就说人事权罢，配个总经办主任，公个攻关秘书，集团公司人事部就出来干涉。"

记录到这里，郝柯连愣住了。去年，昕山利用总经理的职权，将自己的小舅子从工班直接调到办公室当主任。这还不算，又将总经办秘书调走，让他的小姨子接任。一时间，公司上下沸沸扬扬，几百名老工人看不惯，联名告状到集团公司人事部。集团公司人事部了解真相之后，劝昕山将自己的小舅子调到招待所，将小姨子调回到车间当办事员，这才平息了民愤。

片刻之后，白白胖胖的副总经理习惯地将了将油光闪亮的头发，清了清嗓子说："我认为，目前这种所谓的廉政，是企业亏损的重要原因。人家业务员大老远地跑来，要吃没好吃的，要玩没人陪同，又没有什么礼物和回扣，小里小气的，谁还愿来跟我们做生意。"

郝柯连好生诧异，才半年功夫，已经耗费招待费近二十万，难道还算小里小气。设备订货会吃喝玩乐是应该的，可自己单位开会也少不了吃喝，什么中层干部会、职代会、成本核算会每会必吃，有的部门没有会开，就召集恳谈会、座谈会，什么绿化规划座谈会、家属区环境整治会等等，也都一律在食堂用餐，会后必发纪念品。不容郝干事深思下去，正襟危坐的总工程师贾和开腔了："谈生意，订合同，都必须讲究个规格，要有派头。否则，人家会看不起我们。就拿小车来说罢，我们县供电公司的车子又旧档次又低，往订货会一放，好羞人，我们好歹也是一级企业，总经理就应该享受总经理的待遇。"

这回，郝柯连差点笑出声来，贾总工平时最讲究干部级别，同级干部嘻嘻笑，下级干部用眼瞟，一般干部皱眉头，普通工人瞧也不瞧，哪怕是请示生产技术上的问题，也必须按级汇报。至于小车，公司已经有两辆进口小车，国产小面包有两部，五十铃有一个班，档次也不低呀。

"我讲两句话。"总会计师牛必站了起来，"县供电公司亏损的原因，关键是职工素质太差，一切向钱看，干什么都讨价还价，没有奖金，没有工资不干活。就拿线路大检修为例，工人加几个晚班，干两个通宵，就吵着要加班费，没有一点无私奉献精神。"

你他妈的，坐着不知站着的苦。郝柯连心里狠狠地骂开了，你当官的一天到晚公款吃喝，人家工人没有工资奖金，拿什么养家糊口去。他再也坐不住了。这时会议室门外的电话铃响了，服务员走了进来，"公司里来电话，线路出了故障了，有两个乡大面积停电。请你们谁接个电话。"

"朱三去处理一下。"县供电公司昕山懒得起身，转过脸对副总经理说了一句。朱三可不吃这一套，侧身附在厂办主任殷利的耳边说："你去最合适，代表公司领导去处理一下。"殷利知道这不是个好差使，顺手从郝柯连手上接过会议记录本，笑着说："还是你辛苦一下，平时也都是由你处理一般故障。"郝柯连真恨不得给主任一记耳光，但仅仅是一闪念，没有付诸实施。他再也没本事往人家身上推，只好悻悻地走出会议室。电话是县供电调度室值班长杨口打来的，事故很简单，有一个变电站值班员误操作导致小件设备毁坏。郝柯连于是说："你杨师傅组织人到现场抢修，何必打电话到会场。"

"常用备件，可我们材料库没备件，要到市场上去买。"

"你就叫人买一下了。"

"财务科拿不出钱。"

"要多少。"

"几百块钱。"

"你先私人垫一下，拿发票到财务科报账就是了。"

"不行，我手头已经有八张配件发票没报，财务科没钱报。"

"这回，我帮你去找财务科长。"郝柯连一咬牙，豪爽地说，"包在我身上。哎，你不知道，总经理还在大会上夸你公而忘私哩，星光集团总裁单志听了很高兴哟。"

听筒里沉默了一会儿，终于传出杨口无可奈何的声音："好吧，我再垫一回，下次可不管了。"放下话筒，郝柯连很是内疚，但为了恢复供电，不撒谎人家不干。嗨，这年头哇，好人都跟着学坏了。他心里想着，又不情愿地来到会场那个属于他的角落。

"处理好啦。"县供电公司昕山在主席台上关切地问。

"坏了一个部件，值班长杨口自己垫钱到街上买去了。"

"杨口，哪个杨口。"昕山使劲搔着头皮，怎么也想不起，杨口是何许人。郝柯连也懒得费口舌，又默默地开始记录。屁股还没坐稳，厂里又来电话，声称要找总经理。郝柯连恼了，索性跑回到厂里应付日常事务。

会议很快就结束了，准备安排到酒楼就餐。

这时，厂办副主任按照到会的签到本，一个一个发纪念品。每人一张五百元购物券。刚刚发完，还剩下他和郝柯连一人一张时，已退休半年的前任总经办苟主任来了，找昕山要小车子办私事。昕山头脑一热，扯住殷利问："还有购物券么，给苟主任一张。"殷利为难了，只好如实告知："刚好一人一张，全部都发到开会的人手里去了，只有郝柯连那张还在口袋里。"

"郝柯连就免了，一个干事，也不好跟主任享受同样的待遇。"昕山坚决果断地说，"苟主任是我们厂的功臣。"

殷利不好再说什么，他知道苟主任是昕山总经理的亲戚，赶快双手捧上那张购物券。

"铃、铃……"门口的电话铃又响了，殷主任手拿起听筒，是郝柯连打来的，问还有没有事，要不要来。

昕山立即抢过话筒："郝干事，你辛苦了，好好在办公室休息一会儿。这次会议，星光集团总裁单志决定不准发纪念品。我考虑你累了几天，这个月，给你发奖金100块。尽管数量不多，但公司上下只有你一个人有奖金，应该感到自豪。"

放下电话，昕山一头钻进小车，向湖中宾馆的豪华酒楼驰去。

有好事者编出歌谣："别看公司穷，门面不能熊。别看利润少，派头不能小。债务滚雪球，高管高薪酬。"

要知后戏如何，请君续看下回。

第八回　助办画展费心机　高端拍马有真功

星光集团的三把手古清强出差并没有走多远，而是在市里帮朋友筹备一个个人画展。这个朋友不是别人，就是现任县长王任伍的夫人杨婵。

杨婵是位本分而又酷爱画画艺术的人，一直希望自己能举办个人画展，但丈夫王任五无暇顾及，她又不敢利用自己的特殊身份找关系。

古清强看出了她的心思，决定帮她圆这个梦。他认识市画院里一位专门组织画展的王老师，便亲自陪着，帮着打下手，直至每一幅画布置妥当。

"谢谢古总。"杨婵将整个画展检查了一遍之后，非常感激地对古清强说，"我从来没搞过个人画展，幸亏有你的帮助，否则我真不知怎么弄。"

杨婵是位身材窈窕长相漂亮的女人，虽说年过四旬，但风韵犹存。一身职业短袖套装，并不能束缚她的美，丰满的胸脯赋予朴实上衣性感的魅力，浑圆而凝脂白玉般的双臂则给你一种圣洁美的享受。

"这件事干得非常有意义。"古清强心里暗暗地赞喜。

受到表扬的他，非常兴奋。倒不是因为表扬他的是美女，而是她的县长夫人特殊身份。杨婵是国家一级画师，虽然是县文化馆的一名副馆长，但国画的功底深厚，省文联举办的比赛，金奖银奖都得过多次，有一次参加全国的画展，还捧了一个银奖回来。

杨婵很低调，尽管自己的丈夫王任伍是全昌县一县之长，但从来不仗着自己是县长夫人，而搞什么谋私的勾当。她从来不过问丈夫的事，拐了弯想通过她找县长办事的人都会碰一鼻子灰。

古清强却不信这个邪，偏偏想通过这条路子跟县长拉点近乎，经过仔细打听，认真分析之后。他得知杨婵酷爱艺术，爱国画到了痴迷的地步，一直想举办个人画展，却一直停留在思想准备阶段。因为她从未搞过个人画展，不知道从何下手；一来不敢利用特殊身份，二来更担心画展受到冷落。别的百姓受到冷落不会有什么反应，她的画展受到冷落就是一条新闻。

摸清了杨婵的想法之后，古清强联系了市画院最善于办个人画展的王老师，所有手续都落实好后，才斗胆找到杨婵，说明了自己的用意。

"你为什么要帮我？"杨婵警觉地问。

"就是——"古清强没想到会这么直截了当，一时没有思想准备，弄得结结巴巴的。

"就是什么？不说清楚我不会同意的。"杨婵说。

"是有点讨好拍马屁的意思。但这也不涉及廉政问题呀，费用都你自己出，我只是出面联系了一下。"古清强涨红了脸说，"我只是想为你做点事，想让县长高兴高兴。"

"仅此而已？没有别的目的？"杨婵见古清强还算纯真，不像老谋深算的人。

"仅此而已。"古清强信誓旦旦。

"好吧，给我两天时间考虑。"杨婵打发走了古清强之后，就找人打听了一下古清强的情况，得到的信息是良好的。"古清强是个廉洁守法，为人诚恳正直的好干部。"

杨婵一颗悬着的心就放下来了。她理解做下属的，都想讨领导的好，只要不掺杂恶意圈套，也就无所谓。考虑再三，她还是欣然同意了。

她实在太爱艺术，早就盼望着有这一天。她现在要把握的原则是，所有筹办费用自己出，画的装裱费用也自己出。尽管算下来要好几万，但她坚持自己私人出，心想丈夫王任五肯定赞成这么做。

丈夫当然赞成，这是为自己把廉洁关，花点钱买个清名，实在是乐得。

所有的画都挂起来了，剩下的工作是王老师组织专家对展画估价。

"不要定这么高的价，王老师。"杨婵见王老师将一幅小小的花鸟画贴上4800的标签，心里有些发虚，她担心这么高的价，会一幅都卖不出去。

王老师笑着回应道："杨馆长，这就由不得您了，在我画廊展出的，全是高档精品，没有下三流的低档画，价位当然会高一点。再说，我的提成是按售画总价算的，你得让我多赚点钱。"

既然是这样，杨婵也不好说什么，心想就花钱做个宣传吧，大不了画展之后全部作品运回全昌县去。

最贵的有三幅《节》、《骨》、《气》。《节》是写竹的，《骨》是画梅的，《气》是一幅松的写意，标价均是一万两千，杨婵看到了标价，心虚得厉害。尽管她最满意的是这三幅，但她还是感觉这价格也太离谱了，简直是天价。

王老师看出她的心思，笑着解释说："艺术的价格是没有标准的。是一个很抽象的东西，定价的高低往往标示着艺术品的身份。我们是经过专家鉴定和评估的，不会有太大的问题，最起码也算是八九不离十。"

开张的前一晚上，杨婵几乎无眠，既兴奋又紧张。兴奋的是个人画展终于如愿展出，紧张的是她担心明天会没有人来看她的画展，尽管王老师安慰她不会太冷落，说是市报和电视台都做了宣传，他也邀请了市领导参加剪彩，最起码当天的上午，会有些头面人物参观画展。

古清强也帮着一股劲地打气，很自信地说："没事，会受欢迎的。"

好不容易熬到上午九点，杨婵的顾虑全打消了，场面很壮观，相当地排场。市里来了好几位领导参加剪彩仪式，分管文教和分管宣传的市领导都来了。经王老师介绍，都一个个很热情地与杨婵握手，都夸赞王任五县长有眼力，娶了个艺术家妻子。

杨婵非常兴奋，感觉很有面子。没想到这画展还为丈夫做了一个免费宣传，有几位领导还顺便夸了几句王任五县长的为人和工作能力，这是她始料不及的。

王老师特别会做人，给每位市领导送了一幅没标价的画，说是准备的纪念品。送走领导后，王老师找到杨婵，告诉她这几幅画是画廊买下来的。

"没事，就是花些劳动力而已。"杨婵笑着说，"王老师已经帮了大忙。"

"亲兄弟明算账，我已经估了价，会从画展费用中扣除。"王老师认真地说，"我是按惯例来的，其他人的画展我也是这么操作的。一般都会买下几幅画送领导和关系户。"

一听是按惯例，杨婵也不好再说什么。合法的谋利，她是不会拒绝的。

更让她高兴的是，当天下午和随后的几天，天天都有人来参观，天天都有画卖出去。一个礼拜下来，卖掉了一大半展品。奇怪的是顾客全是挑高价的买，现金结算，钞票哗啦啦地流进收银台，乐得王老师和杨婵云里雾里，有一种飘飘然的感觉。

她哪里知道，画展幕后的功劳全在古清强。当然，他不会告诉杨婵，只能当无名英雄，目的只有一个，就是讨她的欢心。古清强做这事非常老练，没露出丝毫痕迹，可以说是天衣无缝。

画展开张的前一两天，古清强托全昌县社会上的多位朋友，在县城各大单位奔走相告："县长夫人杨婵办个人画展了，有眼光的都抱画去。"

古清强的朋友很有神通，连县政府各大机关也都巧妙地把信息告诉各局的头头们。

这一招果然厉害，一些大单位的头头们，便马上派人来看画，专挑大幅的、高档的画买。买回去挂在单位会客厅，为的是有朝一日县长大人大驾光临时，发现这画。一来表示与县长夫人有共同爱好，二来也显示一下自己个人的艺术修养。

画廊结束那一天，杨婵喊来古清强，拿出一万块钱，要表示谢意。古清强吓得直跳，笑着说道："天呐，给县长夫人送钱属于腐败，收县长和县长夫人的钱算不算腐败呢？我们之间为什么要有金钱来往呢？"

杨婵一听，将钱收了回去，笑问："那我怎么谢谢你古总呢？"

古清强说："哎呀，要谢我干什么呢？"

杨婵说："不行，一定要谢，说吧，是不是要我跟老王打什么招呼。"

古清强直搔头皮："这、这恐怕也不可以的。"

杨婵收住笑，正色地说："你肯定还是有事。说吧，需要我做什么？不过，违反原则的事，请你免开尊口。"

县长夫人这么直接的话，古清强被说得不好意思。连连摇头说："没事，真的没事。"

杨婵笑着问："要不要我跟老王说说，有机会提拔提拔你，让你在哪个单位挑个主梁什么的？"

古清强孩子似的腼腆起来，不好意思地申辩道："谁都想进步，不过我帮你搞画展真的没有什么目的，你千万别误会我的用意。"

杨婵了解古清强，人品还好，能力也强，不贪财不好色，只是上进心太强了点。换句话说，就是有点儿官瘾。

杨婵又笑了："好啦。不管你是什么用意，我就开一次口，就算是我谢过你了，免得我欠你一份人情。不过，老王是不会违犯原则的，只能在原则范围之内照顾你。"

古清强笑了笑，还是嘴硬地说："杨馆长别这么说，小古做点事是应该的，并不是要什么关照之类的。"

杨婵很兴奋，舒心地说："你还是有本事的。让我合法地展示一下自己的作品，又合法获得40多万的收益，这可是名利双收的事呀。是你，让我看到艺术的价值。"

正是："贫儿无谄是高尚，富而无骄是低调。助人为乐积恩德，日后自有知恩人。"

要知故事后戏，请君续看下回。

第九回　媳妇终于熬成婆　临危受命担重任

单志撂挑子了。

"什么狗屁集团总裁，老子不干了。"单志倚老卖老地赖在县长王任伍的办公室里不肯走，将硕大的身躯塞上县长办公桌前的椅子里，气鼓鼓的，昂着头，两眼望着天花板。一张只有几个字的辞职报告，就摆在王任伍的面前。

"你这么做不光彩吧。"王任伍笑着丢过去一根烟。又起身亲自倒了杯茶给单志，"公司马蜂窝给捅了，乱成一团，你就想拍屁股走人。"

单志一脸不在乎："这不能怪我，这群白眼狼似的家伙，太没良心了。我辛辛苦苦拼死拼活地干，将一个个子公司做强做大了，现在有实力了，哼，要独立运行。让我这个集团总裁当空军司令，当的有什么意思。"

王任伍："也只有七位老总联名打了报告，不是还有好几位子公司的总经理很稳定吗？就不能做做工作，稳定下来，不要分家了。"

单志："有什么工作好做，既然敢联名打报告，说明人心已散，不再希望有集团的。既然已经撕破脸了，就像死亡的婚姻一样，不离婚也是离心离德地生活在一起。县长帮帮忙，帮我弄个闲职当当，再过两年就退休养老了。"

"想去哪？"王任伍问。

"回政府机关，事业单位也行，企业就不想呆了。"单志说，"降职降级都行，退休前清闲两年。"

王任伍不置可否地笑了笑。其实他心里早就有谱了，单志是撞上门来的。杨婵画展结束，非常高兴，生平第一次开口为别人求情，夸古清强怎么精明怎么能干。他也托组织部了解了一下古清强，结论是"清廉、能干。"

正准备给古清强找个位置时，单志提出辞职，这真是瞌睡遇到枕头。待单志离开办公室之后，他先去会了一下县委书记马三江，详细汇报了单志辞职的事，马书记表示同情单志。一个副县级干部在企业干也太难为他了，同意他的辞职，调县政协任秘书长。

马三江是个心胸坦荡的人，权利私欲也不强，所以对县长的工作放得开。在他看来，只要政治大方向没问题，行政上的事，放手让他王任伍干。

"去物色一个合适的人选，这事你就全权处置吧。初选有了眉目之后，告诉我一声。我会安排组织部考察、任命。"

"是的，党管干部，这事我当然要向您汇报。"王任伍认真地说。

"我只管党政干部提名，企业干部选拔使用，由你去牵头。"马三江笑着起身，握手送客。

有了马书记的交底，王任伍心里的底气足了很多。说实在话，行政正职在一些人眼里，就是二把手，人事权和财政权，都是书记说了算。哪怕是企业负责人，本也是由书记拍板的，他这算是遇上了开明的书记了。

一回到办公室，他就交代国资委对古清强进行考核。

消息很快传到了星光集团，有人妒忌，有人佩服，有人喜，有人忧。最妒忌的是第二把手陈肖江，心想自己是常务副总经理，没能转正，却让老三先上了。佩服的是单志和四把手隋中，在这乱世之时，敢接棒的人，要有些勇气。喜的是星光集团总部的人都知道古清强干劲足，青春阳光，有朝气，相比单志，闯劲要大得多，如果有这样的人领头，就不担心公司会垮下去。当然，也有人担忧，因为单志是副县级，之前在县里争取政策呀，要个什么资金补助呀，单志敢于跟县里领导叫板。现在古清强由副科级副总升任总经理，最多就是正科级，以后公司的地位可能会受影响。

不管是喜也好，忧也罢，古清强的任职得到多数县委领导的赞同，很快进入干部提拔任用程序——考核、公示。

公示一周的日子是漫长的。

古清强感觉有些左右不适，既不能以总裁的身份发号施令，因为任命书还没下，自己仍还只是一个副职，但又不能完全以一个副职的身份做事，因为单志已经完全撂挑子了，公司里连他的人影都看不到，根本就没来上班，企业不可一日无主啊。

没有办法，古清强低调地找来了办公室主任，吩咐他通知所有部门："一切照旧，按老规矩办，不能影响工作。"

坐在办公室里很尴尬，他将原分管部门的工作检查了一遍以后，就开溜了。来到市里第二家煤气公司，就是文丽华说的待遇比全昌煤气公司高很多的私营企业——新昌新能公司，想考察一下人家新办的公司。

新昌能源公司的董事长兼总经理毕三鸿热情地接待了他古清强。关于星光集团换将的消息，已传遍全市。作为竞争对手同行的新昌新能公司，当然也会知道。这几天，毕三鸿正琢磨着要去拜访古清强，一是沟通关系，同行之间，虽说有竞争，但还是有合作和联手的地方。二来毕三鸿想通过豪华的私人家宴来摆一下派头，想通过这种办法，改变个别国有企业老总看不起他私营企业老板的处境。

一迈进厂区，古清强就有一种曾似相识的味道。转了一圈之后，古清强感觉就像到了自己的全昌煤气公司。整个厂的设备布局，简直就是自己属下的全昌煤气公司的翻板，两家厂子几乎完全一个样子。

"跟你们的全昌煤气公司一模一样。"毕三鸿说，"为了省设计费，我们是套用你们全昌煤气公司的图纸建的。设备也是在一个厂订的货，设备又是完全照着你们全昌煤气公司的样板安装的，除了新旧差别外，几乎一模一样。"

古清强仔细转遍了新能公司的每个地方，真是一个模子刻出来的。

"那为什么你们的员工收入比我们高呢？"古清强问毕三鸿，"就因为你们是股份公司，我们是国营？"

毕三鸿笑而不答，且笑得很诡异。

古清强突然醒悟，猜想星光集团各子公司号称县内同类公司待遇最高只不过是一个借口，或许待遇完全就是一样的。问题出在子公司经理本人身上，中国有句老话，叫做"宁为鸡头不做凤尾"。在星光集团内部，全昌县煤气公司总经理之类的子公司经理不过才是一个中层干部，而独立的新能公司总裁则是名副其实的企业高管了。

"中午我以私人的名誉请你吃饭。"毕三鸿说，"还有点时间，你随意四处转转，我忙完手头的事就走。"

古清强没有推辞，他不想回到集团单位用餐，这个时候很敏感，任命书一天不下来他就一天很尴尬。却又不能说自己是不在其位不谋其政，毕竟自己早晚还是会变成在其位的。

"你先忙，我再转一会儿。"古清强走出毕三鸿的办公室，来到接待室。一抬头，就发现中堂的位置挂着一幅杨婵的画。他嘴角露出一丝难以察觉的笑意，这都是他精心策划的结果。他暗自佩服这个毕三鸿，一个私营企业的老板，竟然有这种政治眼光。

"古总，我陪您走走吧。"一位非常漂亮的女士走进接待室。她三十来岁，身材姣好且温文尔雅。见古清强一脸的纳闷，就微笑着斯斯文文地自我介绍说："我是这里管设备和生产的副总工，姓王，叫王薏莉。"

有个美女作陪，古清强当然乐意，也就又一次来到生产车间转悠，这一回不一样了，王薏莉仔细介绍了每一个设备的工作状况，设备铭牌的功率等，如数家珍。古清强很欣赏这位副总工，心里直赞叹自己公司像这样的人才太少，也就情不自禁地夸了她几句。

"古总，让我到你们集团下面的煤气公司工作吧。"王薏莉突然笑着提出这个问题。

起初古清强还以为她是在开玩笑，但看她那神情却又像是真的。

"为什么？"

"太压抑了，这个公司不是人呆的地方。"王薏莉的眼眶里突然渗出几颗晶莹的泪珠，四周望了望，确认周围没别的人，这才小声地说："这个厂是我一手负责建起来的，但毕三鸿根本不把我们当人看待。"

"你们公司里的员工不是待遇都很高么？"古清强不解地问，"不看人面，看钱面，也不该想到跳槽呀？"

"拿高薪的不是我们这些人。这家公司是股份制，都是私人的股份，车间主任和要害部门都是他毕三鸿的亲戚及朋友，这些人工资很高，又拥有公司股份，收益是员工的十倍或几十倍。另外，他们三个高管，每年五六十万年薪，另加分红。"

"你们这里员工的每月工资多少？"古清强问。

"应得一千多，扣除各项费用，实发只有几百块钱。"王薏莉说。

古清强愕然，心想新能公司的一般员工的工资远不如星光集团的员工。

"员工稳定么？工作是不是都安心？"

"有本事的人干几个月之后就会走，走马灯似的换人。"王薏莉伤感地说，"我是不能离开本地，家里母亲有病，要不然也走了。"

"你的工资多少？"

"才两千多一点。公司没有总工，从设备安装到维修，技术上的事全是我干。职位不给，待遇不给。"王薏莉不平。

"老毕也太抠门儿。"古清强附和着笑骂了一句。

沉默。

为了掩饰自己的感情，她强忍着，不让泪水流下来，故意抬头看着天空。半晌，抛出一句："一个泥瓦匠，素质能高到哪里去。除了会捞钱，什么管理经验都没有。"

古清强发现不妙，担心毕三鸿来了会看出她的情绪，就想支开她："你去忙，你忙你的吧。我一个人走走。"

"不忙。"王薏莉说，"我早就打听了星光集团，也找过单志总经理。他怕麻烦，没答应。前几天听说你接任了星光集团总经理的位子，正想找您呢。"

古清强苦笑了一下："我也未必就能帮得上忙啊。"

"算我求您了。"王薏莉态度十分诚恳，"我打听到了，你们副总工马上到退休年龄了。不行的话，当一般的技术员也可以。我是能做事的，名牌大学的硕士，还有过从安装到运行的整套实践经历。"

古清强正想要说什么，远处毕三鸿突然凶巴巴地吼道："小王，怎么可以让客人站在外面，请古总到接待室喝茶。"

王薏莉恨恨地瞟了毕三鸿一眼，眼神里露出一丝不安和恐惧，就说："古总，你看他对我的态度。我是他的创业功臣，就这样对待我。"

古清强心里很压抑，本以为毕三鸿是同类同行，没想到他是这么个素质的人，也就有些不想留下来吃饭了，他随着她无声地往回走。突然王薏莉又站住脚："古总，我晚上到您家下跪去。"

"别，你也别为难我。"古清强心里没底，王薏莉到底是个什么样的人，也难说。

"他——"她再也控制不住，泪水涌了出来。

"别——会有人看见的。"古清强慌了神，紧张地小声说道。

"他天天在逼我，要我当小三。"王薏莉哽咽道，"这个色狼，一有机会就非礼女员工。"

古清强惊愕地望着王蕙莉，心里开始厌恶毕三鸿了，而且还隐隐的有一种反胃的感觉。这回，他是真的不想留下来吃饭了。他悄声劝王蕙莉从另一个方向走开，以免让毕总发现什么，自己径直往回走，准备去打个招呼就离开此地。

毕三鸿吼了一句王蕙莉之后，就转身回到接待室，懒洋洋地倒在接待室的沙发上，拉着一位秘书的手说什么。古清强一进门，女秘书神色慌张地抽手跑开了。

"我得走了，公司里突然来电话叫我回单位。"古清强强装着笑说。

"说什么呢？到了吃饭时间了，就是有事也得下午办呀。"毕三鸿说，"是不是王蕙莉说了我的坏话？你才不愿意留下来吃饭？"

"没有的事，王总一直在介绍公司的创建情况，说是当年多么艰苦。"古清强笑着随口胡诌。

"是不是又流着眼泪介绍那一次差点被雷劈的故事？"毕三鸿笑着问。

古清强不置可否，不知是否真有雷劈的故事。

毕三鸿说："当年王蕙莉是吃了些苦，高压塔建成时，真的差点被雷劈了。可现在她工作舒服极了，说是技术总负责，但几乎天天没有什么事干，天天喝茶就拿工资，可我得养着她呀。"

古清强看了看眼前这位肥硕的老总，白白胖胖的，怎么也和泥瓦匠挂不上钩。

"走吧！吃饭去。"毕三鸿起身，"去我家。"

"你家？"古清强站住脚，"不，不行。我还以为是在你的食堂呢。"

"不去也得去。为了怕你逃跑，叫你司机回去，坐我的车。"毕三鸿：“我已经通知家里备了酒，今天就是绑也得把你绑去。”

古清强看那架势，再拒绝肯定会惹他恼怒，也就只好跟着下了楼。他打发自己的司机先回去，自己上了毕三鸿的车。吃私家饭，不带司机也罢，少个人吃饭。

有歌谣戏说：“媳妇终于熬成婆，公示期间最难过，管事暂时没官帽，不管心里又窝火。当家才知油盐贵，权利双刃两面割。”

要知故事后戏，请君续看下回。

第十回　同是企业一把手　公私宅居两重天

怪了，毕三鸿车子径直驶出了县城。

古清强心存疑惑，但诧异之后也就泰然了，心想自己一个大男人，管他拖到哪里。或许，是去吃乡下土菜，眼下时兴吃土菜，说是绿色环保。

小车跑了一段乡下的路，一拐弯上了高速。

这回古清强没憋住，问：“毕总，你不会是带我去广州吃早茶吧。”

“去我家。”毕三鸿神秘地笑了笑。

“你家住高速公路上？”

毕三鸿笑得更是神秘：“你别怕呀，我还会拐卖你不成。”

古清强糊里糊涂把眼一闭，索性不看外面了，也不再问，心想到了之后自然知道。

但是，古清强并没有忍住多长时间，又好奇地向车窗外张望，心里急着想知道毕三鸿究竟会玩什么花样。他从高速公路上的标示牌明白这是去市区的方向，全昌县到市区只有四十分钟的路程。很快就到了进市区的高速出口，车下了高速，却没进市区，而是一拐弯进了一家市区的顶级豪华楼盘——金域花园。

古清强没看到过这个楼盘，但早有耳闻，市报纸和市电视炒得火热，号称金域花园是全市最高档的贵族别墅群，当年的开盘价就要400万块钱一栋，现在涨成两千万了。

毕三鸿的家就在小区的东南角靠湖的一栋，欧式风格，独栋独院，气派无比。

要说以前古清强还认为自己是个企业家，有身份有地位，还有些头面的话，那现在他强烈地感觉到了国有企业的总经理与私营老板的差别，原先还以为自己在全昌县算得上一个中产阶级，现在感觉自己实在太贫寒了。

走进毕三鸿的家，有一种进入豪华宾馆的感觉，一切都是那么气派和富丽堂皇。

"我家怎么样啊？"毕三鸿进门后，用一种自信和自豪的口吻对古清强说，"楼上楼下，全是从马来西亚和泰国进口的红木家具。"

刚一坐下，即刻有一位年方二十楚楚动人的女子出来，奉上两杯茶。

"这是我老婆舒贞。"毕三鸿转而对她介绍说，"这位是顶顶有名的星光集团的古清强总经理。"

"总经理好！"舒贞妩媚一笑，美丽动人的眼睛有一种惊喜，"总经理是个有教养的知识分子。"

"哎呀，别酸了。"毕三鸿挥手让她下去，转身对古清强说，"怎么样，我老婆漂亮吧。"

古清强想，还果真是暴发户，老牛吃嫩草，这么小年纪的老婆，怕是还没毕业就直接从学校里搞来的。但嘴上却说："毕总好福气，这么漂亮的老婆都娶来了。"

"嗨！说我有福气，还不如说是她有福气吧。"毕三鸿不屑地说，"要不是我，她还得当一辈子的煤气抄表员。"

"爸爸！爸爸！爸爸！！！舒贞她打我。"突然，一个9岁左右的小男孩哭着喊着跑出来，后面还跟着一个小一点的小女孩，他俩跌跌撞撞地跑到跟前，紧紧抱着毕三鸿的腿。

"乱讲话，我什么时候打你了。"美女很不安地辩解着，"今天他逃学了，我不过想拖他到学校去上课。"

"逃课，逃课你就可以动手打他？"毕三鸿脸一黑，眼中冒着怒火，凶凶巴巴地吼叫道。

"我，我没有打。"美女委屈地，眼泪都快掉下来了。

"她是坏女人。她打了我，还想掐我，是我跑得快才没打着。刚才她还威胁我，不许我告诉你。"小男孩很是蛮横地告着状。

毕三鸿听后一言不发地站起来，端起刚倒的一杯热茶，猛地朝美女身上泼去。

"贱人！在我儿子头上作威作福，再有下次老子休了你。"

舒贞委屈地擦着眼泪，喃喃地小声申辩："我真的没打他。"

"好儿子。去玩去，爸爸跟叔叔有事要讲。"毕三鸿转过身心疼地抚着儿子和女儿，竟没有丝毫怪小男孩的意思，好声好气地哄着，"去你房里玩，我和叔叔有话说。"

"好吧好吧，我听爸爸的。"小男孩拽着旁边的小女孩往回走，经过舒贞身边时，恨恨地"呸"了一下，将一口脏水吐到她身上。

毕三鸿转身笑盈盈地对着目瞪口呆的古清强："来，到这边来，我们开席。"

如此情景让古清强浑身不自在，他恶心这个没修养的毕三鸿："我还是回去吧，今天就不打扰了。"

"唉！好不容易来了，喝两盅，我这里的菜可不比外面差。"毕三鸿生拉硬拽，将古清强拖到饭厅。

豪华的饭厅里，高档红木桌椅，保姆早就上好菜了，两人入席。古清强面对一桌丰富的菜肴，却没有一丁点儿胃口。不一会儿，美女舒贞换了套衣服整了整妆又来到一旁，全然不是刚才泪痕委屈的女子，又亭亭玉立地伺候着。

"喝这个酒。"毕三鸿亲自开了一瓶陈年名牌酒，舒贞马上业务熟练地上来亲自斟酒。

毕三鸿起身，端起酒杯："古总光临寒舍，我敬你一杯。"说完他一饮而尽。

古清强端着个杯子，恶心得很。碍于面子，他也只有一仰头也干了。杯子不算太大，大概只有一两多一点，但古清强还是被这口酒呛到了。"咳，咳，咳"地呛得脸红脖子粗。

"古总，是不是不合你的口味，再换一种酒？"毕三鸿问。

"不，不！好酒。喝急了点。"他心想，这是真的好酒，醇又香。这样的好酒，他以前还只看过没尝过，出于礼貌，他回敬了一杯。

名牌酒就是名牌酒，还真有劲。古清强三杯酒下肚后，酒精的作用消除了那些不安。慢慢地，他变得热情活跃俏皮起来，相互之间频频地敬酒。

毕三鸿得到了极大满足，话匣子也打开了，他指了一下身边的舒贞："这个女人是我的第三任老婆。"

舒贞顿时脸色绯红，慎怒地："你——"

古清强连忙起身说："小弟妹，你忙你的，我跟毕总单独聊几句。"

"这——"舒贞不敢离开，用眼神征求毕三鸿的意见。

毕三鸿挥了挥手，命令道："听古老板的，先到一边去，有事我叫你"。

她走了，小心翼翼地走了，如履薄冰。

古清强佯装责怪："你呀，对老婆太凶巴了"。

"你呀。太没男子汉气了。"毕三鸿说："我个人认为，老婆就是件衣服，想换就可以换。"

他见古清强一脸的不解，继续说："我跟前妻没有任何矛盾，就是感觉她太老了，不性福。于是一年没回家睡觉，跟另一个姑娘过了一年。老婆也曾经想到过起诉我，我警告说'闹吧，弄坏了我的名声，一分钱不给你。'结果她还是同意协议离婚，我给了几十万，让她走人。"

古清强没插嘴，只举杯敬了一下酒。

毕三鸿又一口干了一杯，自己又自觉地满上了，接着说："第二个老婆在一起睡了一年，本来要与我结婚办手续，我偶尔发现舒贞比她更漂亮，于是跟舒贞办了结婚手续。"

古清强一言未发，看怪物似的，看着眼前这位老兄。

"你看不起我是吗？说我朝三暮四是吗？"毕三鸿有点醉意了，笑着问古清强。

"没有的事。"古清强为掩盖自己内心真的不屑，又举杯敬酒。

又是一口干，毕三鸿不管古清强干不干，自己每次都干个底朝天，他也不挡着古清强倒酒，也不管两杯酒倒的是不是一样多。他拍着胸："老兄，古总，我得自己看得起自己。社会上，你们国有企业有身份，有行政级别，看不起我们。"

"没有的事，没有的事。"古清强又主动举杯，却每次只碰碰嘴唇。

"我得自己摆派头。"毕三鸿干了一杯酒后，舌头开始有些发硬，脑子开始不那么清楚了，"看我这别墅，现在值两三千万呢！全昌县城有谁住得起？没有，只有我一个人住上了。"

古清强装出佩服的样子："老兄真有钱。"

"我没有钱。几年前我不过是一个泥瓦匠，从承包公路起家。修公路时，我学会了从民工身上赚钱，不用偷工减料，因为民工的工资很少，利润也是可观的。但话又说回来，没有不偷工减料的，所以我发财了，从一个穷光蛋一下子成了身价百万的有钱人。"

古清强笑了笑："住这样的房子，百万可不够哦。"

"别打岔，让我慢慢告诉你"。毕三鸿的话匣子打开了，"我没有钱，我以前是穷泥瓦匠。我告诉你，我现在有钱了"。

毕三鸿想站起来，可没站稳，又跌坐回去。

古清强想扶他一把，被他将手打开："我没醉，别以为我醉了。我没有钱，我以前是穷泥瓦匠。可我现在有钱了，不，现在也没多少钱。不过我是企业家了，是老板了，不再是穷泥瓦匠了。我没有钱，可银行里有的是钱，我投资新昌能源公司，我是大股东，是董事长。告诉你一个秘密，原先是一个浙江老板来投资筹建的，我想入股，可他只准我入5%，我就问他，你怎么会有那么多钱？他说：'傻子，我没有钱，可银行里有的是钱。'他还说，'用新建的厂在银行抵押贷款，再去投资新的工厂，用银行的钱再以个人名义控股企业。不管企业是赚钱还是亏本，年年高额分红，到了资不抵债时，再申请破产。'我跟他学了几个月，知道怎么运作资本。正式建厂前就将他打垮了，我取而代之，控股了这家煤气公司。我成了新昌能源公司董事长、总经理。"

毕三鸿颤抖地给自己满满酌上了一杯，又自觉地一口干到底，喃喃地念道："我没有钱，可银行钱多的是，要学会用。我找了几个全昌有势力的家属子女入股，当然不用他们捞钱，企业担保在银行贷款，入干股，每年坐收渔利。有了关系，有了靠山，就能一劳永逸。要想问我每年为什么有那么多分红，为什么有那么高的薪水，这是秘密，我不告诉你。我用的员工少，跟你们厂比，我的员工要干你们几个人的事，可他们的薪水并不比你们公司的员工工资高。有一点，我弄几个高薪水的人去管他们。你或许说，他们有意见，有意见有什么法子，不干就走人。这世上，三条腿的蛤蟆难找，两条腿的人满世界多了去。"

古清强心里很气愤，但不露声色。问："当初为什么批准你们办私营煤气公司？"

"招财。不，是招商，引资。县财政贫穷，没钱，就招外地的老板来办企业。"毕三鸿想了想道，"还有，还有就是打破什么来着，哦，叫做打破垄断。也就是不让你们国有企业一家专门经营一种行业，要引入竞争。对，叫做引入竞争。当时县政府和市民都非常幼稚，以为我们办厂后，县城里的煤气会便宜一些，多么天真的想法。我的煤气便宜了，我怎么活？我的煤气便宜了，你们怎么活？真是天真，天真得可爱。"

古清强感觉非常不舒服，起身告别："谢谢毕总的款待，改天我回请你。"

"真的。我乐意接受。"毕三鸿费劲地站起来，舌根已经变得不听使唤了，含糊不清地，"你有身份，可我有钱。钱，有时候，钱也是身份的象征。"

古清强越来越觉得不舒服，感觉眼前这个号称富豪的毕三鸿是个恶心的人，是个自以为是的寄生虫。突然觉得坐在这豪华的别墅餐厅里，一点也不舒适。心里堵得慌，头脑沉闷如似灌铅，便连忙起身告辞："我真的该走了。"

"你为什么走得这么急？是讨厌我么？我是不是说话不注意，让你生气了。你有身份，你是科级，副县级单位，可我有钱，不，银行有钱，有本事的人都在用银行的钱。"毕三鸿有点前言不搭后语，口齿也越来越不清楚了，但思路仍没有完全混乱。

"我真得走了，谢了。"古清强把舒贞喊了进去，自己抽身逃也似地跑出了这豪华别墅。但是，一出门便傻眼了，这不是全昌县城，这里是市郊，离县城还有四十多里路。他快步跑到小区的门口，保安很礼貌地敬礼，问道："先生是不是要叫出租。"

古清强一听，喜出望外："是的，帮我叫个出租车，谢谢。"

门卫进入传达室打了个电话，出来之后告诉古清强："出租车十分钟内到达。"

之后，他们便在一起聊天。当聊到毕三鸿的时候，门卫流露出一种及其羡慕的眼光，说："他是个有本事的人，是我们小区的首富。"

出租车来了，古清强谢过保安，上了车。花了近百元的钞票，才到达全昌县。

当天夜里，古清强做了一个梦。梦见毕三鸿变成一个吸血鬼，闯进星光集团公司大楼，见人就咬，咬了就吸血。每吸一口血就长大一点，最后变成科幻电影里的怪物一样超级的高大，跑到街上逢人就咬，吓得他一身冷汗，抽搐着大喊大叫着，最后被妻子推醒。

正是："穷不失志是好汉，富贵不淫更可嘉。若为财富丢人格，堕落人生人人骂。"

要知故事后戏，请君续看下回.

第三章

lianxin

灵肉夜话

　　阵阵秋风夹杂着薄云，擦拭着中秋的明月。

　　肉体抱着胳膊，紧挨着灵魂，有些不高兴："你开始变得有些虚伪了。你以前的诚实哪去了呢？"

　　灵魂："没有办法，诚实与获利有矛盾。"

　　肉体："你在找借口。"

　　沉默，一阵死一般的沉默。一丝秋风吹来，肉体打了个寒噤，仰天长长地叹了一口气。

　　灵魂："不是借口，真是没有办法。如果一股劲地诚实，我将会得不到实惠。"

　　肉体："知道老子吗？还记得《道德经》吗？如果你没有太多的欲望，就不会有失望。不要过于在乎有没有实惠。"

　　灵魂："这怎么可能。我需要欲望的满足，这是无法改变的事实。"

肉体耐心地："我念一段《道德经》给你听，'知人者智，自知者明。胜人者有力，自胜者强。知足者富，强行者有志，不失其所者久，死而不亡者寿。'"

灵魂："不用念了。我不想约束自己，我不可能做到精神永存。"

肉体："洞察人的善恶，随时反省自己，战胜自己，做个知足常乐的人，这有什么不好。"

灵魂："清心寡欲，我可一天都过不了。"

肉体非常地不快乐，无奈地阴着脸陪伴着。

第十一回　同地同行不同制　权力逼败毕三鸿

如果说之前古清强盼望自己能升为正职的话，那么王任伍县长来到星光集团宣布古清强任总经理的任命时，他已经没有丝毫的成就感和幸福感了。他原先只有对权力和职位的羡慕，现在又增加了对财富的渴望。感觉金钱才是幸福的硬通货，物质生活最实惠。

自从到了毕三鸿家吃饭之后，他心里一直隐隐作痛。

有几个问题一直在古清强的脑子里缭绕，百思不得其解。人家为什么能那样地挥霍钱财？什么是垄断？什么才是打破垄断？办几个私营厂就能打破垄断了吗？

现在想起来了，当初县里主张让毕三鸿办煤气厂的口号就是"打破垄断，引入竞争"。当时，市民们的确以为有了私营的煤气公司，煤气的价格会降下来。但老百姓错了，丝毫没有降下来，反而开了几次价格听证会，让价格涨了上去。

宣读完任命书后，是例行的首长谈话。王任伍县长把古清强叫到一边，交代了廉洁从业的要求，然后问古清强："有什么想法？"

"当初为什么不让我们星光集团兴建第二家煤气公司，而让私人去建新的煤气厂？"古清强答非所问。

"这与你任职有什么关系？"王任伍县长不解地问。

"有。"

"你明白得很，是为了引入竞争、打破垄断，让百姓得到更多的实惠。"王任伍县长脱口而出，这几句话喊了好几年，非常熟悉。

"可百姓并没有得到实惠，他的价格并不比我的低。"

"鼓励多种经济成分发展，增加税收。"王任伍县长想到了当时主张建厂的第二个理由。

"如果让我们星光集团去办这个煤气公司，也一样会照章纳税。据了解，新昌能源煤气公司纳税，不比我们星光集团属下的全昌县煤气公司强，我们也是自负盈亏，并没有要县政府出钱呀。"古清强说。

"你到底想说什么？"王县长担心会绕进古清强的圈套，直截了当地问，"有话直说。"

自杨婵画展之后，杨婵特地邀请古清强到家里吃过几次饭，为的是让丈夫了解这个企业人才。说实在的，王县长慢慢地喜欢上了这个敢说能干的人。从古清强身上，他看到了国有企业负责人中稀缺的廉洁品质与管理才干。换了别的企业公司班子任命，大不了国资委主任去宣读一下命令，可这次，王县长特地陪着国资委主任来宣布任命，一是应杨婵的要求，还个情。二是他想在全县国有企业界，树个廉洁奉公的典型。

"我想垄断。"古清强说。

"说什么呀你？"王县长丈二和尚摸不着头脑，"垄断什么？"

"我要兼并新昌能源煤气公司，将私营煤气公司赶出全昌县去。"古清强认真地说。

"说什么呢。兼并就兼并，什么垄断不垄断的。"王县长很不客气地说，"刚当一把手就头脑发热啦。现在是市场经济，你想兼并就兼并呀？你还是冷静一下，好好想想，怎样才能稳定好现有的星光集团员工。"

"如果不兼并新昌能源,星光集团属下的水煤气公司就稳定不了。"古清强说,"请领导放心,我古清强不会做违法乱纪的事,会按经济规律办事。"

"行,一步步来吧,先把星光集团做强做大。"王县长站起来准备走,"还有什么要说的?"

"县长,我还有一个请求。"

"哎,我说古清强,你这是得寸进尺。我问你还有什么说的,是一句客套话,你还当真哪!"王县长又生气地坐下来,"说吧!"

"我要打破单一的用工模式,可以自行在市场上聘用员工。"

王任伍一听,又站起来:"具体的企业管理模式,就不用请示我了。我不管那么多,你按自己职权办吧。"

说完,王县长急匆匆地走了。他不是有急事,而担心走得慢了,古清强还会生出事来。

在古清强看来,王县长没有反对,没有反对就是默认。为此,他上任做了三件事:一召开经济分析会,摸了一下集团公司的家底。二是宣布打破单一用工模式,从此以后,新进员工一律实行聘用制。三是提高部分关键技术岗位奖金系数,重新竞争上岗。

这三件事并没有在星光集团引起很大的轰动,却引起了新昌能源公司的强烈地震。有些受压抑的技术尖子,纷纷私下里托人找古清强接头,想跳槽过来。

第二个月,古清强宣布提高子公司总经理和员工的奖金基数,虽然增加的幅度不大,但全员人人都有份。尤其是各子公司的班子成员,奖金基数提升幅度很大,工资底薪也增加不少。

"万岁!古总真是好人,早该升总裁了。"星光集团上下一片赞歌,也有少数人有些紧张。尤其是早前被安排在技术岗位而又不懂技术的人，多少有些抱怨和恐慌。

没过多久，王蕙莉从新能公司跳槽过来了。古清强召开集团公司党政联席会议，任命她为全昌煤气公司总经理助理兼副总工程师，参照副股级干部发放工资和奖金。

这一招，引来了毕三鸿的上门兴师问罪。

"兄弟呀，你这是挖我的墙脚。"毕三鸿很不高兴地说，"你太不够朋友了，照这样下去，我的人都要跑光呀。"

古清强微笑着，什么也不说，而是热情地倒上一杯茶。毕三鸿很恼火，没有接茶杯，而是不高兴地拂袖而去。

再后来，新昌能源公司又有几个骨干找上门来要求应聘。古清强全都热情地收留了人家，都安排在全昌煤气公司的技术岗位。有一个人是古清强让王蕙莉策反过来的，叫马凡丽，是新昌能源公司的主办会计，古清强将她聘过来，任全昌煤气公司营销部主任，享受煤气公司的中层干部待遇。

古清强是有目的地聘马凡丽的，他要打探新昌能源公司的财务状况。当得知新昌能源公司的日子并不好过，常常靠高额贷款维持高额分红时，古清强心里一个周密的竞争计划酝酿出来了，他将一步一步实施星光集团的做强做大的方案。

一个月后，从新昌能源公司跳槽来县煤气公司的有七八人，多数都是骨干，为了截止这种现象蔓延，毕三鸿不得不宣布提高部分技术人员的待遇。但提高部分技术人员待遇的结果是增加企业成本，财务部报告：公司今年严重亏损。

毕三鸿急了，像热锅上的蚂蚁。这时他想到了涨价，想利用产品涨价来弥补公司的亏损。

想到这里，毕三鸿立马准备了好烟好酒，直奔县物价局。在局长罗二义面前扳着指头数说原材料的涨价，说企业亏损难以为继。之后，请罗局长吃了顿饭，并将早已准备好的烟酒奉上。

罗二义饭后一抹嘴："这事得分管副县长和县长统一意见，煤气涨价还要经过听证会才能实施。"

"听证会还不是个形式，老百姓能有什么办法反对。"毕三鸿又拿出一个红包塞给罗二义，说，"还得请您去跟县领导美言几句。"

罗二义说："尽管只是个形式，但这个形式是一定要走的，过场总得按程序走。这样吧，你准备好说明材料。涨价要有充分理由，县领导那边我去做工作。"

一周后，古清强接到物价局"关于煤气价格上涨"听证会的通知，要求提供煤气涨价证明材料，并派代表参加会议。

在毕三鸿看来，在上调煤气价格问题上，他和古清强有共同语言，无需沟通，谁个不喜欢自己的产品涨价。

可谁也没有想到，听证会上抢着第一个发言的就是古清强。他出人意料地提出了反对的意见。理由有三："一是不能再给老百姓生活增添负担，消费品的价格不断上涨，百姓已经生活质量下降，而百姓必须用煤气，如果再涨价势必影响百姓的生活。二是原材料涨价不错，煤气公司可以采取一些技术创新，还可达到节能降耗的目的，压缩单位成本。三是实行煤气抄表改革，改上户抄表为百姓自报数字缴费，按季度或年底由公司实行总核抄，总结算时多退少补，从而压缩抄表人工费用，还利于民，取消每月上户抄表人工费。"

"煤气公司的传统收取的抄表费3元，本来就是霸王规定，这钱不该收。"古清强接着说，"抄表是我们煤气公司的义务，凭什么收用户的钱。"

话刚落音，听证会现场立即响起一阵热烈的掌声，得到了所有听证会代表的拥护。毕三鸿气炸了，想不到还有这么胳膊肘往外拐的人。事已至此，也没有办法。他凭借会前给每位客户代表送了红包，还想做垂死的挣扎，就提出各种要求上调价格的理由。可惜晚了，用户代表谁也不吭声，没有一个代表赞同，要投票表决时，竟然只有毕三鸿一票要求上调价格。

涨价的梦还没醒，几家商业银行上门找毕三鸿要钱。原来，古清强通过各种渠道，将新能巨亏的消息告诉了银行，吓得几家银行行长出冷汗。行长们这才想起来，为什么毕三鸿总是贿赂他们，总是要求先借新贷再还老贷，原来已经无力还贷了。

"没有的事。我们财务状况好得很。"毕三鸿单独会见一个个县商业银行的行长和信贷主任，重复着同样的话，"我的公司财务状况好得很，只是现金流出了些困难。给我些时间，如果你们不想让我活的话，你们这些当行长的也别想活得洒脱。"

"什么意思？"几乎每个行长都这样反问毕三鸿。

"什么意思。不良贷款是你们行长考核的要命指标，真要起诉把我抓起来了，你们一样会受到牵连？"毕三鸿一副无赖样子，言外之意，你们得了我的好处，就别跟我翻脸。

真是世道变了，欠钱的成了大爷。几家县行行长和信贷主任，都被弄得欲哭无泪，恨不得咬他毕三鸿一口。

正是："企业发展人为本，谋利也要求和谐。生财要从管理要，投机取巧是欺诈。"

要知故事后戏，请君续看下回。

第十二回　新总经理立牌坊　假意民主骗职员

"当总经理了，不能再像副职那样嘻嘻哈哈，要有些派头。"古清强上任以来，一直有着强烈的心理暗示。

他心想：虽然不能像以前刚当股长时的学步，派头还是要的，否则，没有威严。这些天来，古清强天天琢磨着用个什么形式，在公司树立良好的形象。

"各种制度都要广泛征求民众意见。"每到一个科室，他都特别重复这句话。他目的是给群众一个民主干部的印象，要让大家感觉自己是职工的知心人，是一个兼听则明的好领导。

他翻出了公司所有的制度，喊来办公室主任："马上下文，让各部门全面组织修改。然后召开职工代表大会讨论。从今往后，凡没经过职工代表讨论的制度，一律不得实施。"

集团公司上下立马行动起来了，每个员工都非常兴奋，整个公司都在颂扬总经理古清强的民主风格。

一个风和日丽的上午，星光集团公司职工代表大会如期在大会议室召开。会议主要内容是讨论与职工有切身利益的《星光集团公司资金分配制度》。

主席台上，古清强春风满面，清清嗓子，大声说道："按照《工会法》的规定与职工有切身利益的制度都得经过职工代表大会讨论，今天我们将《星光集团公司资金分配制度》交给大家，大家要畅所欲言，充分发表意见，要充分行使你们的权力……"

"啪、啪、啪……"会议室里掌声雷动，大家热烈欢呼。与会代表非常兴奋，以前没开过什么职工代表大会。员工只知道中层干部要经常开会，不晓得什么职工的代表还有会开。如今，代表们以为自己真的有权了，要真的履行那神圣的表决权了。

职工代表大会的会场布置得相当气派，喷塑背景上"星光集团第二届一次职工代表大会"的题标非常醒目。职工代表群情激动，心想有发表自己意见的机会了。讨论会上争先恐后，积极发言，对照着手中的会议材料一一讨论，提出了几百条修改意见。会议结束后举手表决，原则上通过了该项制度。

古清强手下的张万秘书是个非常能干的秘书，是集团人力资源部今年刚从人才市场上招聘来的。四十多岁的张万是业务娴熟干练的老秘书，以前在一家大型企业是骨干王牌笔杆子。俗话说，女怕嫁错郎，男怕从错行。后来，一时兴旺的企业倒闭了，他也跟着丢了饭碗。

他是这次职工代表大会的材料写作组秘书，专门负责材料的写作和修改。他想好好利用这次角色，充分表现一下自己的才能。

会场上他发挥自己速记的本领，认真记录了每一个人的发言。一散会，他就迫不及待地回到办公室，认真整理刚才的纪录，对照代表提出的意见认真修改《星光集团公司资金分配制度》。他还在脑子里打好了会议纪要的腹稿，一是给领导做工作参考，二是对本部各部门和下属子公司工作的指导。

"会议签名在哪？"人力资源部马三主任火急火燎地走进来，满头大汗。他一进门就对埋头写东西的张万大叫着，用手里的材料往脸上扇着风。

憨厚的张秘书立马神经紧张，急速地翻着桌上那堆材料。最后，从记录本里翻出一页签到纸，递给主任马三。

马三并没有接那张签到纸，而是将一份打印好的《关于通过星光集团公司资金分配制度的决定》和《星光集团公司资金分配制度》递了过来。

"我还没修改好呀？"张秘书说，"我正在修改《星光集团公司资金分配制度》。"

"改什么改。你还以为我们真的会执行这个制度呀，这只是个形式。对下开会给职工看，对上材料给县领导看的，是应付检查的。"人事部马主任说。

张秘书接过材料仔细一看，所有的制度与会上发给参会代表的讨论稿完全一样。

深度镜片后的一双迷茫的眼，表明他此时的心情非常难过。既然开会是走过场，那这会还开着干什么呢？不如找个人编写一套制度得了。

他不明白这是为什么，张万秘书当然不懂，他不了解领导的心理。古清强认为，国有企业的领导走民主管理的架势，是非常有必要的。但民主程序仅仅是做给职工看，做给县领导看的，他仅仅只需要这个民主干部的名声。如此这般当然只需要一个过程就行了。

会后，古清强体会了这个把戏带来的效果。所有职工再见到古清强时，明显比以前热情得多。众多的眼神里，有佩服有热爱还有崇拜的神情。

享受了第一个"民主管理把戏"带来的快乐之后，古清强接着玩出第二个"民主管理把戏"——"民意的征集"。

古清强为了显示自己重视民意，吩咐集团办公室主任罗叶新："搞个民意征集会。仅仅是走个程序，别弄得下不了场。"

集团办公室主任罗叶新明白了，这民意征集会与前面的职工代表大会一样，"民意的征集"也仅仅是为了"征集征集意见"。至于征集之后，民众说什么并不重要。

马三按照要求，组织召开了一个"企业管理合理化建议民意征集会"，会场就安排在星光集团公司五楼。为了排场，会前准备非常充分，与会代表的甄选，会议材料的准备，可谓组建集团公司以来最好。

就凭这次会通知的发出，职工群众都为古清强的民主意识叫好。职工们交口称赞说是："真正的父母官来了，以后可有人为职工群众说话做主了。"

古清强亲自主持这次大会，以示高姿态的重视。

古清强还通知县总工会，希望派人来检查工作。工会主席听后非常高兴，只是没有空，抽不出人手。还在电话里表扬道："难得你们领导重视民主管理，重视民意就要认真听取职工意见。"

古清强立马做出姿态，拍胸发誓，以示响应。

博士洪良是个有心计的员工。听说要开民意征集会，非常兴奋，想趁机表现一下。他花了一个星期写了洋洋万言，语言推敲了又推敲，可谓字斟句酌。

洪博士刚刚来公司两个月，是古清强巧用那三寸不烂之舌，亲自从市人才市场上招来的，确切地说是用高待遇骗来的。他承诺给高薪，好说歹劝，总算将洪博士骗进了公司。这不，实习期才刚开始的年轻人，踌躇满志，大有一鸣惊人之势。

会开了，洪博士名列23名，他振作精神，挺直腰杆，认真聆听了每一个代表的发言。一开始，他还精神抖擞，慢慢的，他的精力不够集中，他努力说服自己认真听，强迫自己不走神。但那些泛泛而谈的陈词滥调，不着边际的发言，听起来非常痛苦。车轮式的，国内到国外一概而论的，吹捧式的和推脱责任式的，不管发言人说了些什么，主持人古清强都一概夸奖，给予高度评价。什么有文采呀有深度呀，扯得时间长一点的被捧为结合实际。

静静的会议室，不再只有扩音器的声音，手机在桌上的振动声，是与会代表最为兴奋的事。因为手机响过之后，就可以名正言顺地拿起电话就走出会议室接电话。

与古清强一起坐主席席位上的几位领导，有的打着呵欠，有的在吞云吐雾，更让人受不了的是，负责记录的工会干事，在认真地低头玩手机游戏。

洪博士再也管不住自己的思绪。他想起了自己女友，已经好几个月没打电话联系了。几个月前，他为了应聘到全昌县城来工作，与女友闹翻了。女友希望他能留在省城，至少也要留在市里工作，不同意他来小县城。他没理会她，说是："好男儿志在四方，创业在艰苦环境。"

到了星光集团之后，他没日没夜地工作，只想博得领导一个好印象，想到这里他有些歉意。

正值内急，他直奔进男厕，顺便拿出发言稿，想趁方便时审阅一遍。舒坦之后，他又有了另一主意，他掏出电话，给女友打了一个真诚道歉的电话，女友是个非常通情达理的人，接到道歉电话非常高兴，再三声明："不怪不怪，工作要紧，事业重要。"

回到会议室，他还沉浸在与女友的回忆之中，有人捅他的腰，小声提醒："该你发言了。"

一激灵，慌了神，忙从自己带来的一摞子书本及材料里抽出一份汇报材料认真地念了起来，念完后照例响起一阵稀稀拉拉的掌声。

之后，古清强认真评价了洪博士的发言，给予了高度的肯定，说："发言很有特色，是从不同角度和视野看问题，值得大家学习。"

古清强的话让洪博士很兴奋。之后有谁发了言，讲了些什么，洪博士一句也没听进去，完全又回到女友的缠绵回忆中，直到散会后，他轻盈地走出会议室。

第二天，负责打扫厕所的清洁工敲开了洪博士的办公室门，递过来一份材料，说是男厕所的手纸架上发现的，上面署有洪博士的大名。

洪博士一惊，急忙翻着昨天从会议室拿回来的材料，发现昨天念的是为参加县里的技术革新会议准备的发言稿子。他心里一惊，两眼显出了迷茫。

正是："新官上任三把火，民主高调唱得多。逢会一定唱民主，抓落实才有效果。"

要知故事后戏，请君续看下回。

第十三回　铁腕老板树权威　力排众议独专权

清晨，古清强将头发梳得光亮，西装革履精神抖擞地往单位赶，不到八点就站在星光集团公司的办公大楼前。他要检阅自己的队伍，以查劳动纪律的名义，显示一下自己的威风。

　　首次遇到集团公司最高长官检查劳动纪律，员工们精神一振，个个笑脸似花地给古清强打招呼。也有些没见过场面的新员工很是紧张，脸红地点头，逃也似的跑上办公大楼。

　　让古清强很不爽的是，有几个员工硬是没给古清强点头打招呼。最让他难以忍受的是，有几个中层干部也视而不见地低头走过，而且还没事人似的边聊天边进办公大楼，就是不看古清强一眼。

　　这还了得。古清强脸上的笑开始有些僵，转而收住笑，继而严肃地不时两眼望天。慢慢地，板着的脸拉得老长，悻悻地转身回到自己的办公室。

　　古清强认为企业一把手一定要有权威，不可以让员工视而不见，不能够被员工忽视。

　　他看过演部队生活的电视和电影，下级见到长官都要敬礼，也听说过部队是"官大一级压死人"，那才带劲。他琢磨着最底下的员工跟他差好多级了，怎么能视而不见了呢，尽管不是部队，不用敬礼，但打个招呼也是应该的呀。

　　古清强不高兴地喊来集团办公室主任罗叶新："马上召开中层干部紧急会议。"

　　半个小时后，中层干部个个神色紧张地快步来到公司的会议室，不知发生了什么大事。

　　"劳动纪律、员工礼仪代表一个企业的形象。"古清强一坐下来就没头没脑地抛出一句，从说话的口气可以看得出他此刻非常地不高兴。

　　大家面面相觑。中层干部云里雾里，集团公司班子成员也是丈二和尚摸不着头脑。

"今天上班有不少人迟到了，稀稀拉拉不像样。"古清强说，"一个现代企业，员工素质要适应时代发展。有些员工连起码的礼节都不懂，你们中层干部是怎么教育员工的？更让人想象不到的是，有的中层干部见了领导也不知道打招呼，素质太差。"

"……"会场一片寂静，中层干部大气也不敢出。

古清强长叹了一口气，接着宣布："从今往后，凡公司领导到科室视察工作，员工必须起立。在办公室外，员工见了领导必须打招呼。作为一条纪律，作为一条考察员工的标准。"

"……"会场仍是一片寂静，中层干部还是大气也不敢出。

有几个班子成员，想找机会接着话题说几句。

"散会。"古清强没给任何人发言的机会。

他认为权威的标志就是一个人说了算，不能允许任何人有反对意见。古清强还认为权威就是一呼百应，全体人员必须听号令，指东向东，指西向西，不能容忍任何人有"自转"行为。

他私下里吩咐集团办公室主任罗叶新："我走进会场时，你带头起立鼓掌。"

这一招还真管用。每当古清强走进会场时，罗叶新就带头咋呼，并且使劲地拍掌。这一带动，全体与会者都"啪"的一声站起，并且掌声热烈。在这种场合，谁也不想得罪新上任的总经理。尽管心里头个个在骂罗叶新是个马屁精，但行动上却一个比一个鼓掌起劲。

古清强将自己的办公室搬到楼层的一个封闭的角落，外面接着总经理办公室主任罗叶新和张秘书的两间办公室。

为了显示威风，他在张秘书办公室门口增设一个经警站岗，这样一来，谁要想见到他古清强，必须过三关：一是经警进行身份确认；二是秘书过问见总经理的事由；三是由罗叶新向古清强通报，请示是否见某某客人。如果古清强愿意接见，张秘书开会客单，经警放行。如果不想见某人，张秘书一律挡驾。

这样一搞，古清强发现有很多好处。一是清静，二来自己的行动更加方便自由，更主要的是能彰显身份。

刚开始，只是对公司外来人员过三关，集团内部的熟人就不用登记。但后来，古清强宣布："所有人进来都必须过三关，包括集团内部的副总经理。"

以前，几位副职还经常找古清强汇报工作，将分管的事及时通报，但要登记见人，谁都不想找麻烦，也就不来汇报工作了，古清强知道的信息便少很多。这事，他古清强并没感觉有什么不对，反而感觉在众人面前是个官儿，而且是个不小的官。

古清强琢磨着要懂些官道，要有些大的派头，关键是要有魄力。于是，他大会小会上强调："要提高执行力，要求各级干部无条件执行上级的命令。"

如何提高魄力，便成为古清强苦苦思索的问题，成为他近期工作的主要目标。

几天后，古清强特地到各部门的办公室转悠。大多数中层干部都学聪明了，一见他的影子立马起身打招呼。员工也多数变得懂事了，个个笑脸相迎，大声道："总经理好！"

"好！好！"古清强的虚荣心得到极大的满足。

当然，也还是有脑筋不转弯的，后勤主任杨金大就是一个典型。古清强走进他的办公室，当时他正在忙一份报表，也就没起身，只是抬头看了总经理一眼，似笑非笑地咧了一下嘴，又埋头干活了。

几天后，古清强就找了个理由，把杨金大后勤部主任的帽子给摘了。这件事，一时间引在全集团公司引起了轰动。有说好的，也有骂娘的，但大多数人心生畏惧。

古清强很在乎自己的威信，也就非常注意员工对自己的态度，特别在乎自己说的话灵不灵。部门主任似乎看出了古清强的心思，个个变得温顺，个个都点头哈腰。

还是有个别员工们不以为然，或视而不见，或低头不看。有些员工或中层干部干脆绕道而行之，偶尔有几个打招呼的，也是不冷不热的。

古清强懊恼不已，愤愤不平，心想这些个下属竟然不把我这个总裁当作一回事，一定要教训和警告他们。否则，不知道马王爷有三只眼。

有一天，全昌县煤气公司出了点小安全事故——有一位老员工在工作中不慎被工具弄伤了脚，划破了点皮，流了一点血。

古清强闻信紧急驱车前往，亲临现场勘察，亲自下令开事故分析会，并把动静搞得非常之大。

第二天就急着召开总经理会议，当场宣布给全昌煤气公司正、副总经理处分：被划伤的员工开除留用，安全员、技术员全都扣发半年的奖金，从上到下受牵连处分有十多人。

会上有不少班子成员提出质疑，都被态度强悍的古清强给顶了回去，武断地维持自己宣布的决定。往后的日子里，其他公司也同样因一些不大的所谓安全事故，他用同样的办法，连带受到处分的人一串一串的。

半年下来，有许多生产一线的员工受了处分，绝大多数是被从严处罚的。这些人中，多数心存怨气，敢怒不敢言。有些多年工作积极因偶尔失误被处罚的，便对古清强怀恨在心。路上再遇见古清强时，个个强装笑脸，内心却像老鼠见了猫一样心里打战，像见到恶阎王一样恐惧。公司其他班子成员因为感觉古清强独断专行，听不进任何人的进言，也不再有人与他商量和讨论事情了。

到了年底。王任伍县长一干人来春节前走访，陪着古清强各分公司走了一遭，发现所有的员工见到古清强都有一种畏惧感。便深有感触地说："古清强有魄力，想不到你一年下来就有了这么高的威信。"

"严罚。"古清强洋洋得意地说："我的杀手锏就是严罚。"

正是："奖勤罚懒没有错，严格管理美名传。重奖严罚要适度，滥用惩罚民心寒。"

要知故事后戏，请君续看下回。

第十四回　小小像章很神奇　此时无言胜有声

古清强自认为自己有权威了。

古清强之所以认为自己有权威了，是感觉到有许多员工都开始惧怕他。

有权威了便会引人注目，走到哪里都会让人见之内心惶恐。

更有些不要脸的人，拍马屁称赞公司总裁古清强，说是从心底自发地敬佩自己的领头人。

一些势利小人崇拜权力，对权势有着天然的爱好，不但不反感和惧怕古清强，并且效而仿之。

古清强更是有一种人上人的感觉。

他慢慢地认为自己不再是普通领导，更希望被人重视和关注。刚开始，他的本质还是敬业、关心员工的。他喜欢喊几句政治口号或者作秀的动作，喜欢标榜自己一心扑在事业上。他嘴里还常说："清廉是应该的，因为我们拿了比员工更高的工资。"

到后来，古清强越来越感觉自己是个人物。感觉自己在群众中的形象慢慢地高大，他渴望受到职工的拥护和爱戴。

员工也认为，一个握有人、财、物决定大权的国有企业总裁，能民主得没有一点专权是不可能的；总经理就是一个完全可以高高在上，搞点什么特殊化的总裁。就拿考勤制度来说罢，有些员工认为总裁迟到早退总是有原因的，或许是工作需要。古清强认为自己不受公司制度的约束，上班下班或早或晚，这得看自己的情绪。心情好时做得比一般员工都要好，总是早到晚走。心情不佳时，晚点到早点走是很正常的，没有人管得着。

职工大会上，古清强假惺惺地称赞自己有福气，有非常好的员工群体，有非常优秀的中层管理人员。并在年度大会上，再次对自己提出更高的要求，号召员工都来监督自己。而对员工，则没有更高的要求，只是强调要履行自己各自的职责。这一切，对那些没受到过冤枉处罚的员工，对那些不了解他古清强的员工而言，听得非常感动，交口称赞古清强是位好总经理，报告中有多次被真情的掌声打断。

热烈的掌声，的确让古清强有几分得意。会后，他洋洋自得地给同学谢子正打电话闲聊，卖弄自己的管理能力。

谢子正非常惊讶，想不到一个在企业里管事的人，竟然比当官的人还官僚。他有些看不起这个思想堕落的同学，在电话里吱吱呀呀地吭了几句，就挂了电话。

周末在家闲来无事，古清强就整理自己的书桌。偶尔翻出一个精美的小饰盒，打开一看，是一枚金质的毛主席像章。他想起来了，是本市一家企业十周年庆典时，给参加会议的领导发的纪念品，像章做工精巧，可作为纪念章挂在胸前，也可以作为西装领花佩戴，传统而不俗套。再说，它是纯金的，值千多块钱呢？

古清强兴致勃勃地别在自己的西装领上，挂在衣架上欣赏了好一会儿，觉得不错，也就没摘下来。星期一匆匆忙忙地赶着上班，自然仍戴着这枚毛主席像章。

"古总戴着毛主席像章。"

有眼尖的员工急忙告诉同事，一传十，十传百，全公司很快都知道了。

员工回想起毛主席的年月，干革命靠自觉。于是，员工怀着对毛主席的浓厚感情，认真对自己的思想"斗私批修"，检讨自己的不对。也就慢慢地不再恨古清强了，而是认真改进自己的工作态度。

古清强发现公司的员工在发生着悄然的变化，暗暗地快速地发生着。员工见到他，不再是那种很冷漠的眼神，不再有怨恨的目光了。更可喜的是，所有的员工更加敬业了，劳动纪律比以前更好了，有不少的员工甚至上班时间像打仗一样拼命地干着。工间休息时间还有人抢着做好人好事。下班时间到了，没有一个人走。古清强本想跟以往一样最后一个走，但等了半小时，还没一个人走，也就只好第一个带头下班了。

一个季度下来，公司业绩出奇地好，但月度总结时，仍有几个本来完成任务不错的部门，竟然送上了自我检查，说是本来应该完成得更好的，但由于主观思想没有高度重视，出现了什么什么情况，导致勉强完成任务。古清强有些纳闷，以前个别没有完成任务的部门领导，都是解释因为什么客观理由，从来没有主动找错的。可眼下是这是什么原因？为了解开这个谜团，他于是召开了一个座谈会，主要议题是如何让我公司发展更快。

"感谢古清强总经理的无言的激励。我明白，古总佩戴毛主席像章，是善意的教育我。以前，我总以为只要完成自己分内的事就可以了，是你告诉我，我们不能仅限于自己的工作职责。今后只要是对公司发展有利的事，我们一定要主动地多干。"外向的计划部主任打响了第一炮。

检修部主任马上接着说："我以前每周主动做一件好事，就以为能当上个劳模什么的，动机不纯。是古清强总经理善意地提醒我，我们要坚持天天主动为公司、为员工多做好事，不再有想当劳模之类的念头，因为这是我们应该做的。"

市场部主任也激动地抢着发言："我们部门以前总是不紧不慢地等顾客上门，以为只要热情客气就行了。是古总让我想起了毛主席的话：

'多少事，从来急，天地转，光阴迫，一万年太久，只争朝夕。'所以我立即号召部门全体员工，主动走出去，寻找顾客，力争最大极限地超额完成任务。"

发言非常热烈，无非都是称赞古清强总经理用佩戴毛主席像章这一举动，来无言地激励员工。

古清强幡然大悟，万万没有想到，一枚小小的毛主席像章竟然产生了这么伟大的作用。

正是："精神鞭策很神奇，无形批评与奖励。伟大领袖入人心，小小像章号召人。"

要知故事后戏，请君续看下回。

第十五回　毕三鸿恶意报复　古清强惨遭暴打

古清强遭到暴打。

他最近常常步行走路，走路回家途中被打的。

古清强走路的理由，一是听医生说走路可以防前列腺肥大，二是最近他老婆太唠叨，不愿意太早回家。当然，最根本的原因是，从星光集团公司总部大楼步行回家的路上会经过一个美女群聚的按摩店。每次路过店门时，总有几个打扮性感的美女争相向他抛媚眼，很让人心潮澎湃。尽管他嫌弃风流女子身上不干净，决不会涉足店内享受。但驻足店门外多看两眼几乎全暴露出来的丰胸，倒也可以一饱眼福，让其心神荡漾。所以，只要是天不下大雨，他古清强就必定步行。

昨天下午，古清强装模作样地假装工作很忙，故意在办公室磨蹭到天黑。出门前又对着镜子整了整衣冠，慢悠悠地从走出办公室，迈着矫健的步伐回家。

刚走到按摩店门口，古清强的心又开始荡漾，急切地期盼着那帮袒胸露怀的女人们进入视线。刚想驻足朝门里张望时，突然从黑处蹿出几个不明身份的蒙面人，莫明其妙地将古清强按倒在地，狠狠暴打了一阵。

打人者下手很歹毒，几乎是往死里打。

可怜的古清强，糊里糊涂地被打得浑身是伤不说，最严重的是头被打破了，打裂了长长一道口子，血流不止。经县医院奋力抢救了一个多小时，才保住了性命，但仍昏迷不醒。

王任伍县长得知这一消息后，带着县公安局局长和自己的秘书小罗立即赶到医院看望。

"有可能会成为植物人。"医院院长为难地向县长汇报。

"紧急送市医院。"王任伍命令道，"要不惜一切代价，全力抢救。"

他留下秘书小罗在现场帮忙，自己又命令公安局长："用警车开道，紧急用救护车送古清强到市医院。"

不到二十分钟，古清强被搬上了救护车。警车也及时赶到，呼啸着带头冲向市医院。

望着远去的救护车和警车，王任伍命令公安局长："加速破案，尽快将凶犯绳之以法。"

"古总被人打了。"集团上下传着这个消息，便有人着急地调车赶往市医看望。

"古清强被人打了。"王任伍县长把这个消息告诉了自己的夫人杨婵，让她马上去医院看望。

"古清强被人打了。" 杨婵又将这个消息告诉了古清强的妻子丁莉娜。

古清强的老婆丁莉娜却是个拎不清的人，模样长得倒是漂亮，骨子里却是个十足的笨蛋。要是换了别人，见丈夫被打成这个样子，肯定伤心得不行。可她一路上骂骂叽叽的，到医院就骂开了，一连串的责怪，唠唠叨叨数落着古清强的不是。

"叫他不要步行走路，偏要走路。放着公车不坐，这下好了，惨了吧。"当着一病房的人，她大声叫骂，似乎是想把自己老公气死。

"都什么时候了，你不要唠叨了，他都这个样子了，还要埋怨他。"闻讯赶到病房的王蕙莉实在看不过去，就不平地说了一句。

要说女人就是女人的天敌，丁莉娜立马瞪眼道："我说我自己老公，干你什么事。"

王蕙莉懒得吵嘴，站起来走出观察室。嘴里喃喃地念道："没见过这么不懂事的人，凶手怎么不连她一块给黑了。"

护士来了，将大家赶出观察室。说道："病人昏迷，需要安静，你们去休息一下吧，我们护士会观察病人的。"

不一会杨婵来了，（好了，三个女人一台戏），风急火燎地赶到观察室，一看到古清强昏迷不醒植物人的样子，伤心得直掉眼泪。

经过上次画展后，她和他亲近多了，与古清强见面也就多了。王任伍县长是大个忙人，常常出差几天在外，家中有什么事，她就请古清强找人帮忙。古清强也是热心肠的人，总是有求必应，见了面总是尊她"嫂子"。

"古清强，我是杨婵。"她俯下身去，哽咽地小声呼唤着，这一叫倒把在场的护士和王蕙莉的眼泪鼻涕给叫下来，这时的丁莉娜才反应过来，号啕大哭起来。

"古总，王任伍本来也要与我一道来看你。"杨婵泣声如诉，伤心地附下身，在他耳边说，"但他有事走不开了，只好让我代表他来看你。"

在一旁的人心想，古清强听不见了，还这么真情，都被她的言行感动。有几个人眼泪在眼眶打转，强忍着不哭出来。

"古总、你要坚持。"杨婵仍俯身柔声在古清强耳边说。

……大家都静静地看着眼前的一切，全场没有人说话。

"古总、古总。"杨婵突然发现古清强的手指在动，大呼起来，"醒了，他在动。"

"古总，王薏莉叫了起来。"星光集团的几位陪同人员也一齐叫了起来："古总——"

古清强睁开了眼，说了一句："头好痛啊！"又昏过去了。医生闻讯赶了过来，走到门口听到他刚才的叫痛声，非常高兴："状态蛮好，有希望。大家放心吧！"

一周后，古清强完全苏醒过来了，王任伍闻讯带着公安局办案人员赶过来。

古清强拉着王县长的手："是毕三鸿派人打的。"

"你有什么证据？"王县长问。

"我被打的时候，听到有人叫'停'。"古清强说。

"那人你认识？"警察问。

"没有看清，但他说的话，我还记得。"古清强肯定地说，"他说，'够了，毕总说只要教训一下，别弄出人命'。"

"毕总不是毕三鸿还有谁？"

王县长握了握古清强的手，站起来对警察说："再仔细了解情况，我有事先走了。古总，好好养伤。"

王任伍若有所思地走了，在回县城的路上，他一直在琢磨着："如何保护国有企业家，又如何对民营企业进行扶植和监管。"

一个月后，古清强出院了。

他去了趟公安局，案子丝毫没有进展，看来是白挨打了。

回到公司，他单独召见了马凡丽，让她凭回忆写一份新昌能源公司经营状况和纳税情况的材料，他又组织人员写了一份《星光集团社会责任报告》。

一份关于兼并新能公司的报告列举了两家规模相当的煤气公司，对县财政的税收对比，对安置人员数的对比，及对社会公益事业的捐献对比，报告的最后一段话是这样写的："如果把这种兼并叫做垄断的话，我认为，对国家有利、对地方财政有利、对绝大多数百姓有利的垄断，就应该支持和保护。"

"是啊！对国家、对地方财政、对多数老百姓都有利的事为什么不敢扶植呢？"

为了稳妥表现，王任伍让国税、地税对比县煤气公司与新昌能源煤气公司的缴税情况。

调查结果：国有的县煤气公司盈利不到百万，私营的新昌煤气公司连年报亏。

"亏？"一个很大的疑问塞在王任伍的心头："毕三鸿是首富，企业巨额亏损他却富起来了，这是怎么一回事呢？"

有歌谣式对联调侃："走小巷览美女，只为一饱眼福，遭暴打浑身伤，始因两家竞争。"

要知故事后戏，请君续看下回。

第十六回　国企似企像衙门　机构僵化胜官僚

王薏莉辞职了。

她向古清强递交辞职报告的时候，情绪非常激动。用她自己的话说："肺都快气炸了。"

如果说王薏莉之前想跳槽，是因为她做梦都想到这'国'字头的企业任职。那么此刻的心情，是尽快离开星光集团这个号称国有企业的单位，这个让人心里更压抑的地方。

星光集团属下的县煤气公司，在全昌县城是人人向往响当当的国有企业。在她看来，国有企业工作稳定不说，还能彰显自己的身份——国家干部。据说，她研究生班的同学，在国企或政府机关任职的，都填写过一份《干部履历表》，可王薏莉没机会填《干部履历表》，而且人事档案还在人才市场，用百姓的话说属于高级打工。她后悔当初鬼迷心窍，偏偏要抱着什么创业的念头，来到了民营公司。

特别是新昌能源公司建成后，她以为自己是功臣，会得到老板的重用或高薪聘用。但她错了，毕三鸿只重用自己的亲戚和朋友之类的死党骨干，且工资待遇相差很大。作为与毕三鸿毫无关系的她，并没有受到重视。慢慢地她想着换换环境，首先选择的是本地同类企业——全昌县煤气公司。

而如今，工作才一个月，又辞职了。

"说说理由吧？"古清强温和平静地望着她，"你不像是一个没有定性的人，脚还没站稳又要跳槽。为什么，为什么这么急着要走？"

"我适应不了你们这种工作和生活环境。"王薏莉语气坚决，以此表明自己的辞职决心。

"……"古清强无语，不明白是怎么一回事。

"国有企业僵化的工作程序，机械的管理模式，铁的员工身份壁垒，无法忍受的身份歧视。"王薏莉恨得咬牙切齿。她见古清强还是一脸的惘然，仍是疑惑不解地愣在那里。她坐了下来，详详细细地讲述了她这一个多月以来的遭遇。

刚来星光集团的时候，她是非常感激古清强的，特别是当星光集团委以她重任时，她更是感激。任命为全昌县煤气公司副总经理兼总工程师时，她激动得一宿没睡。正值古清强遭暴打时，她把古清强当救命恩人，所以不顾一切带着总工办的人日夜守在他病房，直到他苏醒恢复神志，这才回公司上班。

上班的头一周，她只做了一件事，那就是熟悉设备，了解整个公司生产运行情况。她很快发现，有几处设备已严重磨损，可以说是带病运行。为了确保安全，她决定更换两台设备。好在她对这些设备的生产厂非常熟悉，过去创建新昌能源公司时，设备和技术那摊子事，都是她一个人张罗。从设备的选型、设备的采购和设备的安装，都是她一个人决断拍板，所有的设备也都是她打电话调货的。于是，在星光集团属下的全昌县煤气公司她也如法效仿，直接给原来为新能公司提供设备的两个厂商打了电话，通知紧急送两台设备进厂。

第三天，设备就送到了。市场经济使然，现在的设备厂只要客户要货，立马组织人员连夜送货。

设备直接送进了车间。

货到的那天晴空万里，烈日高悬。搬运工们满脸汗水，顶着酷暑，费劲地从车上将设备弄下来。

公司纪检室的李主任风急火燎地带人赶到现场。

"设备采购没经招投标，这是严重违犯廉政规定的。谁让你们直接进货？"李主任很不高兴，严肃地问。

"情况紧急，招什么标。"王薏莉不高兴，"你去打听一下，看看我是不是买了最低价？"

"价格高低与我们无关。"李主任说，"我关心的是设备招标采购程序。总之，直接进货是不行的，流程不符合'三重一大'的规定。"

王薏莉不理睬李主任，直接通知生技科组织安装。生技科长回复说："没有年度大修计划，安排不了停运换设备。"

"如果设备出了安全问题，难道也要年度大修计划么？"王薏莉很生气，没想到全昌县煤气公司的部门主任一个个这么牛。她纳闷："自己是公司副总经理兼总工程师，指挥生产是分内的事。莫非是这些部门主任欺生？"

想到这里，她有些恼怒。一面擦着额头上豆大的汗珠，一面不高兴地对着电话吼叫道："我是公司里的总工程师，我有权指挥生产调度、有权指挥设备抢修。"

"紧急抢修需要有总经理的抢修任务单。"生技科长冷冰冰地说。

"我是副总，我是总工程师，可不可以签抢修任务单？"王薏莉的耐性受到了极大的挑衅。但作为刚来公司的新人，她最大努力地忍着。

"当然可以。我让专工将抢修单送过来，你签字便可生效。"生技科长说完就放下了电话。不一会儿，生技科的专工小李很快赶到了现场，手里拿了一本紧急抢修登记本，让她签字。

"安排人员更换设备吧！"王薏莉长舒一口气，以为大功告成，很自豪地发号施令。

"现在还不行。你还得再签一份安全监督操作单。"专工小李认真地说，"安全管理办法规定，运行设备停运必须要有安全操作指令，否则不行。"

"拿过来给我签。"王薏莉又有一丝不快。

"在安监科，不归我们科管。"小李无奈地笑了笑。

王薏莉这才发现了差异，星光集团及属下的所有公司都是国有公司，与自己原先工作过的私营公司工作程序完全不一样，除了管技术的部门之外，还有各种专业科室，其中还有一个专门负责安全工作的安监科。

实在没有办法，王意莉只好给安监科长打了一个电话。安监科长没给王薏莉出难题，很快也派了一位专工送了一本抢修操作命令单，让王薏莉在"操作安全总负责"一栏签了字。

生技科的专工见手续齐了，当即指派专管设备安装的助手过来，并立即召集临时工干开了。安监和生技专工也很能吃苦，两人都卷着袖子亲自动手干活，自始至终都一直监督在场。

对生技科和安监科来说，王薏莉现在是他们的分管领导，所有的操作票都有权签发。

天很闷热，但设备更换工作非常地顺利。并不是工作简单，是因为有公司干部在监督。以往这种设备更换，领导一般是不会到现场的，只管下达操作单安排任务。如今王薏莉作为公司领导成员的总工程师一直守候在现场，对临时工和职工都是一种无形鼓励。所以，个个表现得非常卖劲，工作效率当然也就非常之高。

设备投入运行的那一刻，王薏莉有一种成就感，她监视运行了一两个小时后，交代运行人员正常维护和运作，自己拿着发票到财务科，吩咐财务人员给设备厂付款。

财务部主任安松美笑眯眯地告诉她，不能这样直接拿着发票来让会计付款，要走正常的财务报账程序。见王薏莉还是一头的雾水，便拿出一张报销标签给她看。

王薏莉以为与安监科生技科的操作单一样，接过报销标签，坐下来把日期、设备名称、金额一一填好，然后在单位主管处签上王薏莉的大名。

安松美主任并没有接过报销标签，而是笑眯眯地说："这个报销单得由别的副总经理或者一把手签。"

"为什么？"王薏莉不解，"我不是副总经理么？"

"不为什么。"安松美欲言又止，想了想才笑眯眯地说，"因为你不分管财务，只能由有公司财务签字权的领导才能签字，财务上是这样规定的。"

王薏莉自信心被打击得差不多了，想不到国有企业的名堂这么多。她无精打采地走回自己的办公室，琢磨着要摸清自己到底有哪些能干，哪些不能干，免得出洋相，面子上不大好看。于是，她找到自己原先的同事马凡丽问情况。

"全昌县煤气公司是国有企业，只有全民身份的领导才有签字权。其他副总都有签字权，而你没这个权力。"

"为什么？"王薏莉有些恼火。问，"我不是副总么？为什么人家其他副总能签而我不能呢？"

"你和我都是聘用员工。公司财务规定，非正式员工没有财务签字权。"马凡丽低下了头，小心说，"国有正式员工才有财务签字权，我在财务科也看不到公司的核心账本，只能做一般的往来账，还有搞搞登账之类的杂务事。"

王薏莉的心一沉，原以为自己来到了国企，也会变成干部身份，没想到还是与国有企业不沾边的聘用员工。本想找古清强去问个究竟，但一想自己的工资待遇与其他的副总相等，也就放弃了找古清强的念头，心想没有财务签字权也罢，有工作权和相同的工资待遇也就行了。于是，将发票交给总工办的属下，让他们去跑腿签字报销。

总工办的人没有汇报答复签字过程和办理的结果，一拖便一个月过去了，到了发工资之日，她见到所有的员工都接到财务科的工资条，唯独她没有。便主动找到财务科长安松美，讨要工资条。

"你的工资条不在财务科打。"安松美笑眯眯地说。

"在哪？"王薏莉问。

"人才市场会派人送过来。"安松美笑眯眯地说，"至于什么时间送，这个我也不清楚，得问人力资源部。"

王薏莉便找到人力资源部，工资管理员见她进来，忙笑着站起来，说："正准备送工资条过去。"

王薏莉接过工资条一看，傻眼了。"应发4000，实发800。""怎么只有这么点？"王薏莉问。

工资管理员接过来，逐一解释道："扣项中有养老保险、住房基金和人事代理费三十元，其他扣款项2800元。"

"其他扣款项是什么？"王薏莉问。

工资员返身从自己的办公桌上写出一款总经理签发的通知："王薏莉违规采购物资，按规定，停发工资和一切费用，暂发生活费800元。"

王薏莉气得脸红一阵白一阵，再也控制不住自己的情绪。当即风急火燎地返回自己办公室写了份辞职报告，直奔古清强办公室。

正是："同工同酬是前提，就业歧视没道理。多种经济齐发展，共同繁荣利社会。"

要知故事后戏，请君续看下回。

第十七回　私企自私国企公　一场欢喜一场空

星光集团收购新能已摆上王任伍的议事日程。

县长办公会几乎没费吹灰之力，就通过了县国资委的报告，决定由县国资委监管，由星光集团收购新昌能源公司的全部股份，达到绝对控股新能的目的。

或许是县长重视，或许正值机关效益年活动，县国资委的工作效率相当之高。立即组织中介机构对新能公司进行审计和资产评估，不到两个月就完成了挂牌。

古清强根据星光集团对县煤气公司投资的对比，估计收购金额不会很大，一是新能一期投资总额约1亿6千万，抵除亏损和负债，可能所值资产不多。但他弄错了，由于新能公司的用地是商业拍卖所得，根据现在土地行情，已大幅升值，交易所的挂牌总资产达4亿多元。

"这不可能。"古清强号叫着，在办公室对着县国资委主任和毕三鸿大发脾气，"你们煤气公司投资才一亿多。"

"土地升值了。新昌能源公司的用地是商业性质。"新能公司毕三鸿和他们谈判的代表得意地说道，"出不起钱就别买呀。"

古清强吩咐属下人查看现行的地价，没错，就是这个价。这下他头都大了，出冤枉钱于心不甘。无计可施的他直奔王县长办公室，要求县政府给予帮助。

"你这简直是开玩笑。"王任伍一口回绝，没有丝毫商量余地，"打报告要收购的是你，现在不想买的又是你。国有企业资本运作，你当是儿戏呀。刚刚通过国资委送来的报告，你这又改变主意了，以为政府机关没事干是不是。"

一顿臭骂，让古清强抬不起头。但他仍不甘心，还试图说服王县长，于是申辩道："那我只购买毕三鸿的个人股份部分，也可达到控股新昌能源公司，只是收购后的新昌能源煤气公司仍属股份公司。如果以现在这个价，要想买下全部股份，恐怕没那么多钱。"

王任伍沉思良久，说"做事要慎重考虑。"

古清强死皮赖脸地笑着："我这不是钱不够么？"

"你们仔细研究一下，然后再给县国资委报方案。真是的。"王任全还在生气。

古清强接到批示，高兴得不得了。当天就安排办公室写了个"收购部分新昌能源公司股份"的报告，召集星光集团班子成员充分讨论之后，送到了县国资委。

国资委早就得到了县长的指示，一方面征求新能其他股东的意见，一方面组织有关专家认证。

专家认证会上，毕三鸿做出一副非常痛苦的样子，似乎大家在抢夺他的财产。其他股东都无所谓，糊里糊涂唯唯诺诺地点头或举手同意。对他们来说，划归国有企业控股会更放心，是求之不得的好事。他们不担心从此会失去分红，断了财源。

有些情况古清强并不知道，自从新能公司投运之后，公司连年的亏损实际上是做在账面上的，股东们总会从不同的渠道获得丰厚的分红。再说了，有些股东根本就没有实际出钱投资，是毕三鸿代为从银行贷款，都是所谓的"白手套狼"获得的干股。分红多与少，他们并不十分在意，只要年年有，他们就满足了。所以，股东们关心的是自己的持股比例是否发生了变化，至于个人或是国有企业要购买毕三鸿的持股，他们不大在意。

专家认证结果也认为是可行的，同意全昌县煤气公司收购新昌能源股份公司部分股权，达到绝对控股。

收购办得很顺利。

星光集团重新任命了新能公司的董事长和总经理并派驻了财务总监。

收购完成后，古清强有一种成就感，所属公司又增加了六百多号人，几个亿的资产。收购签字时，县国资委主任开玩笑说："李总现在是我们县最大的企业集团，分管工业的副县长，可不比你的权力大多少哟。"

尽管这是句恭维话，可古清强听得心里舒坦。为此，他当天晚上就请国资委主任、星光集体及所雇公司的头头们聚了一次餐，喝了几盅，算是庆祝。本来古清强邀请了王任伍县长，但他借故推辞了，没来。

喝了几盅就睡得很香，多年的生物钟在酒精的作用下，失灵了一回。早晨醒来已近八点，于是草草地洗漱，就急急忙忙赶往星光集团。他迟到的次数是不多的，有时是特地为摆架子，故意晚来。

刚到星光集团门口，便发现这里已经集聚了百十号人，群情激奋，有几个人扯着个白布横幅："还我血汗钱，还我生存地。"

古清强大惊，不知是什么地方出了岔子。急忙下来，大声疾呼："请安静，请领头的人来说话。"

人群里走出一位长者，六十来岁，说是新昌村的代表，名叫昌一产。他告诉古清强，村民们要求付清新昌公司建厂时拆迁和征地补偿费。

　　为不让事情闹大，古清强做出一副非常和蔼的样子，态度极其谦逊，要求大家散去，只与代表谈事。昌一产返身与大家商量，说是古清强态度好，大家先行回家。

　　大家伙果然散了，很高兴地回去了，一路上叽叽喳喳的，说是这回有指望了，国企老板有政府撑腰，有的是钱。

　　回到办公室，新昌能源公司的老总打来电话，哭着嗓子说："新昌能源公司也被百姓围住了，员工被堵在门外进不了门。"

　　原来，新昌村的百姓分成两伙，一伙围星光集团，另一伙围新昌能源公司，横幅是一样的，"还我血汗钱，还我生存地。"两伙人的目的都是一样的。

　　古清强对昌一产说："请你去一趟新昌公司，把那里的人也劝散了，回头我们再来议事。"

　　昌一产二话没说，坐上古清强的车，陪着星光集团的办公室主任罗叶新，直奔新昌公司。

　　不到一个钟头，昌一产回来了，带来了一个年轻人，叫做昌友明，说昌友明才真正是新昌村的代表，是现任村长。

　　古清强吩咐办公室好茶招待，自己笑容满面地来到接待室，请二位讲述原委。

　　原来，新昌公司筹建时，县政府与新能公司联合成立了一个"拆迁征地办公室"，专门负责征地范围的拆迁和补偿事宜。

　　"当时拆迁办主任叫纪真生，是乡里一名退休干部。"昌友明说，"纪主任详细记录了大家拆迁面积和补偿金额，与我们老村长昌友贵签订了一个补偿协议。由于补偿数额百姓们都满意，也就同意搬迁了，大家都自觉地拆自己的房子去了。"

"这好哇。"古清强听到这里，更是迷茫，"那现在大家还闹什么呢？"

"我们没拿到补偿费，没有拿到钱。"昌一产插嘴说。

"这是怎么一回事？"古清强一脸茫然。

"协议说三年付清。"昌友明说，"可三年后，一分钱也没付给村民们。"

古清强心一沉，这真是花钱买来的额外负担啊。审计和资产评估时，肯定没有这一块。想到这里他叫来财务部主任，吩咐她去新昌能源公司查阅财务档案，看看是否有拆迁补偿方面的挂账。

"什么协议？在哪？"古清强回过头来问昌友明，"拿协议给我看看。"

昌友明早有准备，从胸口摸出一张皱巴巴的发黄的有些残破的信笺。

古清强接过一看，有纪真生和昌友贵的签字，还有一个"新昌能源拆迁征地办公室"的红印章。他让办公室主任将这份协议复印了一份，告诉昌一产和昌友明："我们会认真研究，你们俩明天再来。"

两位诚实的农民走了，很听话地走了。

古清强心想，有了红章子，肯定是县政府的办事部门，这样一来，账可以推到县政府的头上去。但事实上，他又想错了，县政府没有任何部门批准成立这个所谓的"新昌能源拆迁地办公室"，完全是公司本身的企业行为。

古清强非常失望，心想这账是赖不掉了，于是反复琢磨着这份协议，发现没有任何拆迁补偿额的具体规定，只有一句："双方协商同意按最高数额补偿，补偿清单另附。"

第二天，昌友明与昌一产按时到了星光集团，古清强提出邀请昌友贵和纪真生到场。

"他们俩都去世了。"昌友明伤感地说。

"可这协议写明没有任何补偿数额呀！"古清强说。

昌友明和昌一产听到这话，也都难过地低下了头。

原来这协议，本来就是个骗局，所谓的最高补偿金额是口头承诺的，老实的百姓们听毕三鸿口头上表态："补偿费高出当时政府补偿标准的三倍。"一个个都沉浸在喜悦之中，加上当时，毕三鸿给每户发了一万块钱启动现金，以示拆迁补偿办的诚意。大家对协议没有丝毫地在意，而且个个回家扳着指头数着自己可以得到的补偿数额，非常地满意。

一年后，百姓们盼着收获第二批补偿金时，却听说拆迁办主任纪真生死了，并且没有向任何人交代后续工作，办公室也因人去而自然消亡。

新昌村的百姓们当时就围住了新昌能源公司，毕三鸿却一句话推得干净："我的补偿款全部给了拆迁办。再说，拆迁办不是我公司的机构，是县工业办的委派机构。"

老百姓又找到了县工业办，工业办没有一个人清楚这事。找到县政府，县政府叫来毕三鸿，由他当场答应负责协调。

但事后，新昌村领头闹补偿的四个人中，三人陆续遭到流氓的暴打。有人报了案，但由于没有找到任何证据，无法破案。新昌村的人便联想到毕三鸿，猜想是为了教训闹补偿者的。事实证明村民的猜想是对的，每闹一次补偿，领头的就会受到一次教训。有的是第二天早上突然发现耕牛不见了，有的人家里晚上突然从窗外飞进来一个包着石头和刀的包袱。新昌村民也就不敢再闹了，个个胆战心惊。

还有一位领头的，不信这个邪，接着带领大家围住新昌能源公司，闹着要补偿。但是，没过三天，他家便失火了，无缘无故地失火，烧光所有财产。他一急，气血冲头——中风了。新昌村的人便确信是毕三鸿作的怪，是这个恶魔在加害打击闹补偿的。有胆大的村民去报了案，但警察说是没有证据不能立案，便不再过问。村民苦水只有往肚子里咽，之后便不再敢闹补偿了，保命要紧。

几天前，新昌村的人无意中听说新昌能源公司易主，被国有星光集团收购，便心存侥幸，围住星光集团，心想国有老板，好闹一点，也就兵分两路，真的闹起来了。

搞清楚了事情的原委，古清强心想："这些个老百姓真是欺软怕硬，让国有企业当替罪羊。"

为了慎重起见，古清强叫来新昌能源公司第一任办公室主任永全，他现在销售部任职。一听说这事，便会意地说："这事全过程我都清楚。"

"档案室有协议，好像弄清楚了。"永全说。

古清强立马叫人去新昌能源公司的档案室查找，很快送来一份，是老村长昌友贵签字画押的。甲方没有人签字，但盖了一个"拆迁补偿办公室的红章"，乙方清清楚楚地写着"昌友贵"。

"是老村长的字。"昌友明一看，肯定地说道。但接着把协议看完后，便泪流如注，手不停地颤抖，惊恐地说："这不可能，这不可能。"

原来，证明的下文写着："补偿款已全部结清，特此证明。"昌友贵的签字处，还按了一个鲜红的手印。

"天啊！钱都到哪里去了呢？我们大家都没有得到钱啊！"昌友明哭着嗓子说，"是哪个天杀的，弄掉了我们的钱啊！"

昌友明走了，与昌一产相互搀扶着，心情沮丧地走了。

看着这些可怜人的背景，古清强心里一阵酸楚。但他心里再难过也只能表示同情，爱莫能助。

正是："国企民企和个体，社会责任承担起。为民谋利建和谐，履行承诺不能退。"

要知故事后戏，请君续看下回。

第十八回　王敏山行骗立功　古清强贷款交税

全昌县税务局召开紧急会议，局长王来发宣布："年底突击再增收一千万。"

几位副局长和中层股长们面面相觑，个个现出一脸的苦相。没有一个人站起来响应领导。这一来，王来发感觉非常难堪，眨巴眨巴着眼睛在想辙。突然，王来发站起来，走到一位叫王敏山的股长面前停下，用手指点着他说："你，三百万。"

王敏山哭丧着脸："局长，我收税的范围内没有偷税漏税的企业，怎么创收呀？"

王来发返身回到主持会议的位子坐下："你怎么知道没有人偷税漏税呀？"

王敏山："我查了账。"

"查了账就没有偷税漏税的啦。"王来发喝了口茶水，自信地说，"现在的企业家狡猾狡猾的，像狐狸，个个都在跟我们斗智斗勇。用他们的话说，叫什么来着，叫'合理避税'。什么合理不合理的，就是'偷税'。他们的目的就是想尽一切办法少交税，我们税收大员，个个要睁大眼睛，把那些不合法的避税和踩红线的避税都挖出来，为财政创收。"

接着，王来发又一个个股长点名叫着，分配着最低的税额任务。之后不容人家申辩，便急着大声宣布道："散会。"

王敏山没起身，等局长走近来才站起来，笑着说："局长，你这是强奸。"

王来发也笑着说："强奸什么，强奸你呀。"

"强奸民意。"王敏山大声道。

王来发哈哈大笑，拍了王敏山一把："就算是强奸民意吧！三百万，完成了重奖。"

王敏山："要是完不成了呢？"

王来发："完不成，元旦之后，你就是副股长了。"

王敏山佯装咬牙切齿，道："我恨你这个野蛮局长。"

王来发回头狡猾地一笑，笑得很诡秘，笑得王敏山背心发虚发凉。

回到办公室王敏山冥思苦想，怎样才能将这三百万的税收任务摊派下去。他猜想着一个个企业家肯定叫苦连天，有些有背景的企业头儿们可能干脆抵制不交。

到那时，如果完不成任务，局长的玩笑话就有可能会变成事实。王来发曾经这么干过，先是一句玩笑，秋后就来真的算账。

他想起了局长刚才的话："王敏山股长的任务是多了点，三百万元。为什么这么多呢？因为他管着星光集团，这可是个大庙，抓住古清强就可以解决问题。"

王敏山心情沉重，他认真看过星光集团的账面，该交的税都交了，再要企业交钱就等于抽血。但是，如果这样全昌县一流的企业都不榨点油出来，别的企业就更难了。他又想起了局长的玩笑话："完不成，元旦之后，你就是副股长了。"

玩笑归玩笑，王来发经常是笑着交办事情，如果要是谁真的当玩笑，就完了，玩笑会变成真的承诺。

古清强接到王敏山的约请，欣然赴约是肯定的。不是请吃饭，王敏山担心日后被人说是鸿门宴，而是请喝茶，一来费用不高，二来也属高雅消费。这种场合说些事，是非常合适的。

"王所长是不是有什么事要交代我办呀？"古清强没有称他为股

长，股长职务太小，而所长则是可大可小，许多科学院以前也叫过所，还有研究所之类的，是个很好听的称谓。更主要的是，王敏山以前在乡下当过税务所长。

"没事，心里闷得慌，想找个好朋友聊聊而已。"王敏山淡淡地说，"到年关了，同学都在晒奖金，太郁闷了。"

古清强一听，以为是他想敲外快，忙拿出400元钱，递过去笑着说："没事，我给你出点劳务费。"

王敏山将钱丢了回来："我不缺钱，是受不了刺激。"

"哦。"

"我银行里的同学，顺利下放一笔贷款，就可得到1000元奖金。"王敏山无奈地摇头，"这是用公家的钱发财呀！"

"也有放呆账死账的，收不回货款扣奖金你可能没听说。"古清强说，"现在银行收不回的贷款多了去了。"

"那是，所以要找到有钱的主。"王敏山给古清强倒了杯茶，说，"现在银行是嫌贫爱富，像你这种星光集团的大老板，银行可是追着放款哟。"

古清强一听心情沉下来，叹了口气："别说，我还真为贷不到款犯愁呢！"

"找我呀！"王敏山自告奋勇拍着胸。

古清强不以为然："找你有什么用，年纪轻轻的同学，能管什么事？要当了行长差不多。前几天，我跑了二家银行，找了几家商业银行的行长，都不敢放贷。有几家原先给了贷款的，今年到期也不肯续贷。"

"为什么？你可是我们县头牌企业。"王敏山问。

"明知故问，你不是查了我们的账么？今年因为收购新昌公司，账上亏损了。"古清强难过地说。

"我同学可以帮忙。"王敏山一本正经，"不是开玩笑，想贷多少？"

"越多越好。"古清强还是有点不相信。

"越多越好是多少，要具体数据。"王敏山说，"这操作上是不一样的，一百万、一千万和一个亿是不一样的手续。"

"五千万，你贷得出？"古清强想用这个巨额数字吓一下王敏山。

"可以试试，不过你得准备材料。"王敏山没有被吓到，而是镇静地说，"之所以叫内行帮忙，关键是看材料，报到市行、省行都得看材料。"

古清强见王敏山说得有点道道，顿时来了精神，问："要什么材料，我来准备。"

"一是详细的企业财务报表，当然，是星光集团盈利的报表。二是，一份会计事务所的审计报告，当然是证明你星光集团今年盈利多少的报告，三是星光集团的报税单和税务局的纳税证明。"王敏山扳着指头数着。

古清强一听，这是让他去做假，但想到集团的发展，眼下资金流出现问题，让银行放贷，马上就会缓解企业的困境。再说，他又不是骗银行的钱不还。

想到这，古清强说："这财务报表和审计报告好弄，税务证明是不是就劳驾王所长？"

"这是当然，为了同学的奖金，我理当出力。"王敏山说，"先将前两份材料准备好，再附一份给税务局，还得将钱打到税务局的账上，才能出纳税证明。"

"打多少？我现在可没有钱在账上。"古清强问。

"三五百万就行。"

"五百万绝对打不出，三百万也有困难，我目前账上还真的没有钱。"古清强说，"你不会真的让我再交三百万吧？"

王敏山笑笑："连我也信不过。算了，贷不贷由你。"

"好，就这么干吧！"古清强说，"我可是头一回做假。"

"对了，还有。"王敏山做出一个数钱的姿势，"你得打点一下行长。"

"要多少？"古清强问。

"万把块总要吧。"王敏山说，"人家放几千万的贷款，总得谢谢人家。"

古清强有些迟疑："这会不会出廉政问题，这么做可是行贿受贿呀！"

王敏山拍了一下古清强的肩："看来，古总真是位廉洁的好干部。现在万把块算什么哟！再说了，要是送得出去，你不就办成功了么。这样，到时候，我安排你们单独见面，天知地知，只要你们俩不说出去，什么事也没有。"

接着王敏山就交代了一些准备材料的详细问题，古清强掏出纸一一记下了。

第二天，一到星光集团，古清强就将财务部主任喊来，让其准备贷款材料。

财务部主任一点也不吃惊，原来在前任老总单志手上她也做过假业绩报表，也是为了贷款。

个别会计事务所是专靠做假报表赚钱的，全昌县郑账会计事务所就是这样的，三个退休会计，根据星光集团的一份盈利财务报表，认认真真地编出了一份审计报告。两份材料很快被送到银行，进入贷款申报审批程序。为了慎重起见，王敏山将古清强与行长的见面提前安排了，安排在一家咖啡屋的雅间里，王敏山、古清强还有专门负责贷款的文股长。

喝着咖啡，他们四人谈天论地，最后谈到贷款的事上。古清强以前跟文股长打过交道，不是生人，所以人家站在星光集团的立场上，答应一定会把这笔贷款办成。

"不过，税务证明也要尽快跟上。"文股长说。

一听这话，古清强立马将王敏山拉到一旁耳语："我现在打不了这三百万，账上没钱。"

其实，并不是账上没钱，而是他担心这贷款办不了，被王敏山耍了。

王敏山早就看出古清强的心思，说："我先出证明可以，但贷款到账了，你必须要打三百万到税务所。"

"行，贷款下来我肯定打钱。"古清强说。

王敏山拍了拍手，示意古清强进去继续谈正事，自己却借故拉着文股长走开了，说是过几分钟再过来。

古清强知道这是给他机会，送红包这事，真的不能有别人在场，好朋友也不行。他不放心，又走出雅间门四下里看了看，确信王敏山和文股长不在附近，就拿出一万块钱的红包塞向行长。哪知对方很老练，也不推让，镇静自然地接了过去，大大方方地装进自己的夹包，对古清强笑了笑，又会意地端起咖啡杯，相互碰了一下。

第二天，王敏山通知古清强正常报税，然后爽快地出具了纳税证明。

银行贷款很快下来了，有关税种程序进行得快。放贷那天，王敏山要求古清强打款。

古清强还在喜悦之中，欣然同意。三百万税款就这样一笔打进了税务局的账号。

几天之后，古清强问这三百万什么时候还给星光集团。

"这钱不能还，各科报税的手续都上了电脑。"王敏山说，"省局都有记载了。"

"什么——"古清强大声嚷道，"你敢骗我，我找你们局长告去。"

王敏山说："你的办公桌上有碟光盘，你自己看一下，如果你到局长面前告我，我就到纪委告你。"

古清强打开信封，果然有碟光盘。他放进电脑，他给文股长塞红包的影像清清楚楚。原来，王敏山借故出去，却事先将包和微型摄影机放在那里，将整个现场都录下来，然后，他只截取塞红包这一小段。

古清强关掉视屏，拿起电话拨通王敏山："你这混蛋，你这流氓，这样玩我。"

"哈哈——"王敏山大笑着。高兴地向局长交差去了。

"我说现在的企业家，都是老狐狸。这不，三百万不是挤出来了。"局长高兴地说，"还是王股长有本事。"

王敏山心里非常清楚，此时此刻的古清强，一定心里极端地窝火。肯定对他这个骗子王敏山恨得咬牙切齿。

正是："行规蹈矩人之本，巧取邀功不可取。脚踏实地平平安，虚伪只能骗一时。"

要知故事后戏，请君续看下回。

第四章

lianxin

灵肉夜话

深秋子夜，镰月高挂。

肉体与心灵静静地站在公园的湖边，望着隐隐约约的鳞波，默默地彼此听到呼吸声。

肉体："学些什么教义吧，应该有些信仰，要么会让你这个灵魂很空虚的。"

灵魂："我也想有个信仰，但要做忠实的信徒很难。"

肉体沉默了片刻："是有些难，做忠实的信徒要有坚强的毅力。"

灵魂无语，不作任何表态。

肉体："学点儒学吧。几千年的文化，追求仁与善，对你会有帮助的。"

灵魂还是无语，不作任何表态。

肉体："要么信奉佛教，修善积德，修个来世好结果。"

灵魂：“这辈子还管不过来，谁管得了来世。”

肉体：“向上帝忏悔吧。你的罪恶太深了。”

灵魂不耐烦地：“其实我什么都信一点。但是，对那个教义又不完全相信。”

肉体挪揄地：“是不是惬意时什么信仰都抛之脑后，一旦遇到难题，又什么神啊仙啊去求去拜，乞求上帝保佑？”

灵魂不大好意思：“是这样的，急得来没有别的办法，只有让佛呀、仙呀、上帝呀一齐来显灵。”

肉体：“不可能，没有哪路神仙会保佑心不真诚的人。”

彼此无语，默默地走着。

第十九回　被骗者因祸得福　保虚荣苦心攻关

全昌县优秀企业家表彰大会结束之后，古清强便不再恨王敏山了。

古清强在会上披红挂彩当了优秀企业家。

县委马书记和王任伍县长亲自颁发了奖牌和奖金。那场面，让他兴奋让他激动。

从某种程度上，此时此刻，他还有一丝丝感激，如果不是那追加的三百万税额，县委的马书记和王县长也不会如此看重他古清强。大会上县委书记夸赞星光集团，表扬企业家古清强，都是冲着这庞大的纳税数字来的。

马书记的评价是：“比前任总经理更具开创精神。”

会后，马书记与王任伍县长一道宴请五位优秀企业家。古清强看得出来，主要是他星光集团老总受宠，其余四位只不过是作陪。

散席前，马书记握着古清强的手，附耳悄声说道：“王县长建议，给你个政协常委。我看可以考虑，伙计呀！好好干，多为全昌县出点力。要是市委和省委批了，你也就是副县级干部了。"

古清强感觉马书记的声音很有一种男人的磁性，非常中听。他感觉书记的手肉乎乎的，有一种热流传遍全身。这热流之源还是那句意味深长的话语，似在向他古清强暗示着什么，承诺着什么。

"副县级"这个词很有吸引力，像一针兴奋剂让古清强开心了好半天。但当他想到王敏山的视频就再也高兴不起来，担心这小子日后接着敲诈。于是，一个电话将王敏山约到了自己的办公室。

"哎，我说王股长，钱你也得了，那个视频是不是可以销毁了。"古清强说，话语中再也没有以前那种恨。

"我说已经销毁了，你信吗？"王敏山嬉皮笑脸，一副玩世不恭的样子。

"你向我保证，回去之后就销毁，不再留底。"

"我就算是承诺了，你能放心吗？"还是那副油滑的样子。

"你给我写个东西，证明那视频是你导演的。"

"我的古总，没用的。"王敏山叹了口气，摇了摇头。他随意问了一句，"你看完了视频没有。"

"为什么要看完，难道一个臭鸡蛋非得要吃完才能知道臭吗？"

"那么说，你没看完。"

"没有。"古清强说，"只看了一点。"

古清强记得那天刚看了开头，就有人进来，他急忙关了视频，取出了光盘。但他认为，只要看个开头就知道是什么内容了，用不着看下去。"

"接着看完，再仔细看一遍。"王敏山笑着说。

"你成心气死我是吗？"古清强以为是王敏山故意刺激他，非常恼怒。

"是真的，别生气，看完之后你就不生气了。"王敏山一脸诡异地笑。

古清强又找出那光盘，放了一遍，发现他递给股长的是一本书，并没有看出是递红包。这时才想起来，当时为了掩人耳目，他特地悄悄地将红包夹在一本杂志里，递给股长。看完之后，古清强愤怒地："你竟敢拿这玩意敲诈我？"

王敏山笑了："我本来就不是敲诈，是跟你开个玩笑。我猜你当时就会说破真相，哪知你不看清楚。你呀，没看完就吓得不再往下看。"

"你呀！太坏，是个浑蛋。"古清强丢过一支烟，心情好了许多，说，"以后，我得防着点你，以免上当。"

"行了，我们俩算两清。不过我随时保留到局长那告状的权力。"

"别，李总，"王敏山笑道，"你千万别说那纳税是被骗的，要不人家说你虚报利润，骗取荣誉。"

"你——"古清强一听又怒起来，心想还是被这小子牵住了尾巴，于是很恼怒地，"不跟你说这些了。"

王敏山调皮地一笑，假作逃跑，却真的走开了。

古清强坐在那里愣了半天，心想还真不能得罪这小子，否则闹腾起来，政协常委的事，可就泡汤了。

带着喜悦的情绪工作是件心旷神怡的事，星光集团员工也享受到领导快乐工作时的好处：此时的古清强，不再官僚，不再摆架子。

副总经理和部门主任奔走相告，一些平日里不敢拿来签的请示和报告，一下子全都排着队来签批，公司上下像过年一样快乐。

以后的日子，古清强便等着全昌县的人大和政协两会召开，等着马书记的承诺变为现实。

两个月后，全昌县两会召开了。会议结束之后，古清强的心情便一落千丈，县委书记承诺的政协常委，不但没变成事实，连委员也没进，仅仅是个普通的县政协代表。

一打听，原来并非县长和县委书记说话不算数，是县委开会讨论时没有通过，有为数不少的县级干部持保留意见和反对意见。

古清强并不是追逐名利之辈，只是上次优秀企业家表彰大会之后，升任县政协常委的事传开了。传开了，没有变为事实，便会有非议，便会很没有面子。

自尊心受到伤害的古清强，心情便很郁闷，整天阴沉着脸。办公室主任罗叶新看在眼里，急在心里，也就琢磨着为领导排忧解难。

"古总，有一句话不知该讲还是不该讲？"罗叶新趁送文件的机会，试探着问了一句。

"说吧，我会吃了你不成。"

"吃是不会吃，就怕你生气。最近你的精神不好，我们也难受。"罗叶新讨好地笑了笑，说，"做人不能太老实。我建议，还是找找关系吧！"

"我不是不想找关系，县长和县委书记我都熟，还能怎么办呢？"古清强仰天长叹，"一个县，有几套班子，个个都找到，我没这本事啊！"

"据我了解，星光集团内部有些员工还是挺有来头的。"罗叶新说，"我们要充分利用现有的资源。"

"这倒是个好主意。充分利用自己的资源，找找关系。"古清强心情略有好转，笑着点了点头。

"这些资源，说不定能派上用场。"罗叶新附和着。

"可怎么去收集这种资源呢？"古清强问。

"我们国有企业有一个传统，所有的干部和员工，每年都得填一次履历表。"罗叶新说，"我们可以另附一张社会关系表，特别强调亲戚中有副县以上的必须填报。"

"还是你点子多。"古清强高兴地说，"就这么办。"

第二天，星光集团公司总部和各子公司的职工手上，都发了一张《履历表》和一张《社会关系表》。

据统计，共有二十多位职工有亲戚在县市和省城各级政府机关，有不少还是当大官的。还有好几位，竟然与厅级和省级这样的高级干部沾亲带故的。

没多久，这二十多位职工都不同程度地得到关照，有的提拔，有的没被提拔，但换到了让人羡慕的舒适岗位。

利用任前谈话和换岗谈话的机会，古清强单独与所有高级干部的亲戚员工进行了热情的谈话，或明或暗地表达了自己的意思，这一切做得天衣无缝。

愿望是好的，但要这些员工的亲戚都真正为古清强说话并不是件容易的事。反馈的情况总的不是很满意，这使他又陷入苦恼之中。

"做强做大。"有一位市领导的亲戚捎来这么一句话。

正是："有心栽花花不发，无心插柳柳成荫。被骗本是闹心事，因祸得福成喜剧。"

要知故事后戏，请君续看下回。

第二十回　九姐关系不一般　领导面前摆架子

几个省市大人物的发话，让古清强受到了极大的鼓舞。

为了便于攻关，他在集团公司总部成立"公共关系部"，暂时让办公室主任罗叶新兼主任，专职从事拉关系。他坚信，不久的将来，一张关系网就要建立起来了，

宣布公共关系部成立那天，古清参加了部门会议。他提出了部门三大职能，一是宣传企业品牌，二是建立社会关系网，三是处理负面影响。

他吩咐办公室主任罗叶新："继续去寻找有用的关系资源。"

"公共关系是指对外的部门吗？"罗叶新问。

"不仅是对外，对内也要建立好关系。"

"公司内部也有一些人，很有神通，在省政府机关和市政府机关有人。"

"好，你罗主任把这些人摸清楚。"古清强非常兴奋，"人力和物力，你只管开口。"

第二天，罗叶新向古清强报告："下属公司中的杨州山水电站里出了个小小的明星人物，名叫九姐。"

正在犯愁找不到更多的社会关系时，却发现一个新的资源。这让他很惊讶，也非常兴奋。当古清强了解了这个明星人物之后，心里还是很不舒服，甚至有点妒忌。

惊讶的是，一个小小的员工神通广大，本县之内几乎没有她办不了的事。兴奋的是，九姐还是分公司一个部门的主任，几乎是最底层的员工，是一个好拉拢可利用的好资源。让古清强心里很不舒服的是，她九姐尽管生活在企业底层，却并不把古清强之类的公司领导放在眼里。妒忌的是，她的群众威信太高了，目前在杨州山水电公司里没有哪个领导比她更受群众欢迎。

这个小小明星名叫叶丽玖，尽管在基层公司里是当个没有级别的后勤主任，却很有神通。员工有人想买点很稀缺的东西，搞几张明星演唱会的门票类的东西，她往县城跑一趟，都能解决。据说前几年，她连小车的驾照都能办成。她身边总是围着一群人，大家亲切地叫她九姐。

最让古清强不舒服的地方，还在于九姐总能弄到一些新鲜玩意儿给同事，却不给他这个公司总裁级人物。要是换成别的人，公司上下有些个会办事的，总是想办法讨好他这个总裁。有时员工连家里珍藏多年的好酒呀古董呀之类的，都会送到他古清强的手里，让他有一种土皇帝似的自信，也很有成就感。唯有九姐不把他当回事，从不给他送东西来，这让古清强很上火。

古清强拉拢员工的惯用伎俩是先打一把，再摸一把。以前，这一招很管用，凡是被他折腾过的人，都对他有几分恐惧和十分的温顺。他打算用同样的手段来对付九姐，心想拉拢一个下级公司的女员工，应该不在话下。

偏偏九姐是位做事很认真的人，职责内的工作一点也不马虎。古清强注意她很久了，捞不着她一点错，也就没能想出整她的办法。于是，古清强改变策略，打算直接拉拢她，琢磨着拉过来为我所用。

恰逢星光集团公司近期销售业绩直线下降，古清强急了，罚了三五个员工待岗，想镇住营销部的员工。没想到伤害了广大销售人员的心，于是个个心有余悸，工作只求无错，不求有功。

古清强找到九姐，告知欲调她到星光集团总部的销售部当业务员。这等好事，要是换了其他子公司的员工，高兴还来不及，可九姐并不感兴趣。

"不干。"九姐毫不含糊，果断地回答，"当销售部主任还差不多，当个破营销业务员，不干。"

古清强两眼瞪得像铜铃，惊愕得无语对答，血开始沸腾，火慢慢往头上冒。进公司以来第一次遇上敢顶撞自己的人，决心使用杀手锏镇住这个员工，否则以后无法开展工作。

"不干也得干。"古清强言词威严，用命令的口气说。

"凭什么？"九姐不以为然。

"就凭我是总裁。"古清强提高声音，"不干就处分你，待岗。"

"你敢。我没犯错，敢乱处分，我就告你。"九姐扔下一句话，干脆反身走了，根本不把古清强当回事。

九姐走后，古清强恼怒到了极点，脸涨得通红，嘴唇不停地抽搐着，他一气之下摔碎了办公桌上的茶杯和笔筒。

第二天，古清强到杨州山水电站紧急召开中层干部大会。古清强重点强调执行力，强调公司的纪律。他打算将九姐作为反面事例，宣布给予她处分。

但是，古清强在讲着什么叫执行力的大道理时，看到台下有一双冒火的眼睛，那是九姐那双有神的大眼里冒出来的，是一种发自内心的让人一看到就生畏的愤怒眼神。古清强便有些心虚，便不敢指名道姓，随后只是轻描淡写地说了句："有个别员工，竟敢不服从调动，还开口向我要官当。"

直到讲话结束，也不敢宣布对九姐的处分。他胆怯了，不知道九姐到底是吃几碗饭的人，他还不清楚她身后到底有什么背景，有哪根神经连到上面什么要害人物。

会后，员工交头接耳，纷纷猜测古清强讲的是谁，没有任何人感觉到这次会的教育作用。相比之下，古清强都有些后悔，恨自己临场胆怯，恨自己没有男子汉气概。正琢磨着用个什么法子，镇住九姐，心里暗暗下决心，一定要镇住，要不，以后无法开展工作。

"行啊，你有种。"九姐散会后追着古清强，非常生气的样子，一见面就质问道，"今天开这会就专门批评我是不是？"

"是的，我本想宣布给你处分，让你待岗。"古清强的英雄气又上来了，不再害怕九姐。

"你知道我是谁吗？"九姐高高地昂着头，"市里有个领导叫我表姐，你知道吗？"

一听这话，古清强立马瘫了下来，顿时像矮了半截。在他心目中，副县长都是个大得不得了的官，可以免掉自己的乌纱。如果说县长是土皇帝的话，市领导就是太上皇了。他感到恐惧，感到自己得罪了皇亲国戚。

"九姐，你平时没告诉我这些呀。"古清强马上换了一副嘴脸，讨好地，"有空到我办公室坐坐，有话好说。"

"你也没问过我呀？"九姐也缓了口气，换了笑脸，"不让我待岗了？"

"不好意思，大水冲了龙王庙，我这就安排你当销售部副主任。"古清强笑容可掬地说。

"副主任？不干，要干就当正的。"九姐坚决地说。

古清强迟疑了片刻，立马答应是："好，正主任就正主任，你可要好好干。"

"好，说定了。"九姐主动伸出温暖的手，古清强马上双手握住，顿时感觉有一股温流流向心间，他好生兴奋。

之后不久，九姐果真升任集团总部销售部主任，正好发挥她的交际天才，业绩直线上升。

有好事的人多方打听，相传九姐大有来头。至于九姐是市里哪个头的亲戚，便有了好几个版本。九姐一概不否认也不肯定，不做任何解释。不过，九姐仍是很有神通。市里的县上的事，只要委托她，十有八九可以办成。

古清强，照旧在星光集团公司说一不二，员工照旧非常畏惧他。唯独见了九姐，他反过来变得唯唯诺诺，像奴才见到皇上。九姐身边的人也就围得更多。有时有员工求九姐到古清强面前说句话，比公司副总经理都管用。

正是："牡丹花大空娱月，枣花虽小也结识。强人更有强中手，莫道自己是英雄。"

要知故事后戏，请君续看下回。

第二十一回　丁莉娜特权报应　马站长指数算错

古清强的儿子毕业了。

古清强的儿子是一位帅哥，名字叫古辰树。

名校电力系统专业本科，学士学位。古辰树进县供电公司系统工作，并不是古清强利用权力。他很有个性，不让父亲开后门。自己参加县供电系统统一招聘考试，凭本事考进了千业星光集团，公平竞争。

儿子争气，老子脸面便有了光彩。

公司上下都为古清强的为人叫好。人事部主任便找到古清强，虔诚地请示："古辰树的岗位如何安排？"

"下变电站。"古清强不假思索回答道，必须下基层班组。

人事主任肃然起敬，心里赞叹："真是位好领导。"

"不过。"古清强一反居高临下，放下严肃的面孔，用和蔼的口气商量道："必须放在上次全省技能竞赛一等奖的变电站。这事我专权了，让他到那个专业能手马宁站长手下，可以让小子多学点东西。"

"这不算开后门，没有问题。"人事主任拍着胸脯发誓说："我负责落实。"

马宁站长是个人才，上次专业竞赛，古清强亲自观看了比赛，非常赞赏这个小伙子。无论是专业理论还是实际操作，都是所有参赛选手中一流的。

古辰树调令开出的当天，人事部主任接到两个电话。一是古清强打来的，夸他："干得不错，会办事。"另一个是古清强的太太丁莉娜打来的，张口便是诘问："你怎么把我儿子分那么远？都离县城50公里了，你这是成心整我家古辰树。"

人事主任不敢说这是古清强的意思，担心古清强后院起火，只好硬着头皮顶着说："新大学生，都得到基层站所，这是星光集团公司的规定。

"规定是死的，人是活的。再说了，到站所也不用到那么远的站呀，不可以到县城边上的站所呀。"丁莉娜生气地撂了电话。

报到那天，人事主任亲自把古辰树带到马宁站长面前，亲自交代道："要多多关照这位公子哥。"临走，还特地叮嘱："如果丁夫人有什么要求，尽量满足她。"

人事主任知道，小小的站长，如果得罪了丁夫人，是很麻烦的。

马宁站长是个十足的书生，名牌大学毕业，有着数学天分，是位电气高材生。尽管有五年多的工作实践，书生气还是蛮重的。天真的马宁站长推了推鼻梁上的眼镜，心想："我好好教这位公子哥就是。大不了把自己的看家本领都教给他，这还不行么。"

事情却没有书生马宁站长想得那么简单。第二天，马宁站长就被丁莉娜请到一家宾馆，说是有事要单独谈谈，并再三警告："这事不能让古清强知道。"

"古辰树是我的一切，是我的命根子。"丁莉娜强调道，"我从来没让他在家干过一分钱的事，我舍不得让他受这个苦。"

马宁站长一脸尴尬，不知如何应答。

"听说变电站当班非常危险？"丁莉娜一脸的苦相，坚决地命令道，"你可不能让古辰树干任何有危险的事，古清强古家只有这棵独苗。"

"我该怎么做？"马宁站长一脸难色，近乎绝望地反问，"不让古辰树做任何事？"

"你是站长，要不要做事你安排。站里那么多人，古辰树一个人不做事难道就转不了？"丁莉娜起身就走，刁蛮地丢下一句话，"反正别让他累到了，别让他受委屈。他要有个三长两短，我会找你算账。"

马宁站长望着丁夫人远去的背影，身上一阵寒噤，背心冒出冷汗，呆呆地坐在那里想了很久很久。

回到站里，马宁站长带着古辰树给每个工作人员介绍，并加重语气强调："古辰树是星光集团第一号人物——古清强的公子哥，大家要多多关照，多多帮助他。"

第二天，站里整顿环境，站长按小组分工，有拔草的，有冲洗路面的，有整理花草的。强调过安全注意事项后，要求大家别让古辰树累着了。

古辰树是个天真的小伙子，从小在家里受宠是没错。但四年大学教育，还是锻炼不少。尤其是昨天父亲一席话，他铭记在心："你是星光集团总经理的儿子，但你不能搞特殊化，要多学多干。"

他听得出，父亲一半是期盼，一半是命令。

古辰树每遇到要出力的时候总是冲在前面，一天下来累得腰酸背痛。

晚上回到家里，马宁站长心里长舒了一口气，心想："古清强的公子哥并不像他妈说的那样娇生惯养的，是个能吃苦的好小伙子。"心里一得意，嘴里就哼起了小曲。他有个打算，要把这古辰树这棵小苗培养成像自己一样的技术尖子。

"铃——"电话铃的尖叫，让马宁站长从坐椅上弹了起来。他最怕晚上电话响，担心站里出安全事故。

"马宁站长吗？我是丁莉娜。"

一听是局长夫人，便可以确认不是站里出了安全事故，心里便长舒了一口气。回想起白天古辰树的表现，心想局长夫人要表扬自己了。

"你是怎么搞的，跟你说的话，都当耳旁风啦。"听筒里，传出了丁莉娜严厉的责问声，"人都累散架了，再这样下去，我叫你站长当不成。"

"我——"马宁站长欲辩解几句，是古辰树自己要抢着干的，不是分给他的任务。但没等马宁站长说出第二个字，丁莉娜连珠炮似的责怪又从话筒里弹了出来："你这是成心跟我作对。"

妻子愕然，讷讷地：“疯啦！”

“我没疯，是这世界疯了。”马宁站长狠狠地击打着自己的脑袋，“我没用，我是书呆子。”

妻子扑过来抱住丈夫，抓住他的双手，温情地：“别急，给我说说什么个情况。”

曹莹是H证券公司的证券分析师，经营头脑非常灵活，是公司领导器重的人才之一。才女在公司里很有派头，当然这派头来自她的勤奋与机智。她每天都要翻阅大量的财经报道，查看国内外一切与财经有关联的新闻报道。然后过筛，提炼，最后得出分析结果。

才女很美，也是贤惠妻子，活跃敏捷的头脑，决定她还很会经营这个家。回到家里曹莹温柔体贴，随时掌握着爱情指数，然后决定对感情的追加和减仓，伺候得丈夫云里雾里，使马宁对妻子爱得疯狂如初恋般。

马宁站长很委屈，把近期古辰树进站的事一一向妻子诉说。他不知道在清廉的古清强与刁蛮的丁莉娜之间，如何协调。

听完马宁站长的介绍，曹莹思忖良久，然后画出两个抛物线，笑着说：“古清强的感情指数正处上涨阶段，你尽可以持仓待涨，但对其夫人丁莉娜的感情指数，明显处于低位，必须追加感情投资，否则，损失的感情无法捞回来。”

马宁站长茅塞顿开，这人世间的关系犹如用电。古清强这边尤如情感电源满发，而丁莉娜那边好比消费用户空载，不能减少满发的情感资源，只有追加消费负荷，才能保持平衡。他决定，讨好丁莉娜，以求自己的安稳。

第二天，马宁站长开始对全站更严格管理的同时，对古辰树关爱有加。他私下里严令所有值班长和组长：“不要让古辰树做任何事，但又不能太明显地拍马屁，要通过分工很自然地让古辰树享清福。”

每遇到操作，古辰树都是担当不重要的协助监控角色。每遇体力劳动，古辰树都是督促与检查。每遇写记录，要么老师傅上，说是更专业，更准确。要么更新的人上，说是给予新生锻炼机会。

一年一度站际竞赛，马宁站长严格训练，加班加点。当然，这只是对站内其他人员，古辰树除外。单兵训练时，古辰树只是帮助掐个秒表什么的。要么是举个红旗之类的，用不着流汗出力。

竞赛结束，马宁站长又得奖了，稳居第一名。

马宁站长所在站得奖了，也是第一名。如是三年，凡有马宁站长参与的单项赛，他必是第一名。凡是马宁站长所在站参赛的，也必是第一名。

古清强很想看到自己儿子操作，很想看到儿子现场的操作表现能力，但都失望了。马宁站长解释，古辰树在值班，人才都抽来比赛了，总不能全用差生值班，安全出了问题怎么办，也一定要用骨干支撑。

古清强感觉有道理，儿子毕竟派上大用场了，也就高兴，也就想奖励这个于公于私的功臣。

回到家里，古清强试探着问儿子："马宁站长为人如何。"

"好，真是好人。技术棒，为人好。"儿子大加赞扬。

丁莉娜也插嘴："是啊，得奖励这个人才。"

古清强是个公私拎得清的人，问完便不再提，尽管想假公报私，但很快便打消了这个念头。

后备干部名单报上来了，马宁站长名列榜首。古清强便果断地召开班子会，决定提拔这个有为的年轻人。因为马宁站长的业绩，众人拥护，没费事便顺利通过。马宁站长临走，向主管力荐古辰树替位。

马宁站长的技术很好，马宁站长的为人很好，信誉度自然也很高，推荐人的可信度自然也很好。

"古辰树当站长了。"

古辰树有些诚惶诚恐，但宣布他为站长时，公子哥一点也不惊讶。

近两年，他几乎已经是站长了。因为他的每一句话，站长都支持和赞同，员工当然更不会有反对之声。

古辰树说话算话，员工早已习惯，尽管谁都知道他技术不咋的，但是集团总公司总裁的公子哥，当个站长，大家心里承受得了，不会有举报和人心不服的现象。

"古辰树出事了。"

一月后的某天，古辰树被电弧打伤了，致残了右臂。

事故鉴定书上这样写道："误操作，缺乏基本常识的低级错误。"

"缺乏基本常识的低级错误。"古清强不敢相信，优秀站所的员工会犯低级错误，他找到马宁站长："古辰树以前是怎么操作的？"

"他没单独操作过。"马宁站长讷讷地低头坦白。

"为什么？"古清强怒不可遏，"凭什么不让他单独操作？"

"因为每次让古辰树干活做事，比如具体操作之后，都会受到丁莉娜夫人的诘问和责怪，说是不该让其宝贝儿子承担安全风险。"

古清强听后差点背过气来："你就这么听她的？不怕我怪你？"

"从情感指数来讲，你对我已经很信任了。而贵夫人是很看不起我的，我只有讨好她，否则她会让我当不成站长。"马宁站长解释声小得像蚊子。

"我免了你。"古清强这回是真的火了，任职以来，第一次感情用事。

"你免不了，我没犯错。"马宁站长的书生气又上来了，小声地顶撞了一句。

"一定得免。"古清强狠狠地丢下一句话，转身离去。

"凭什么？"马宁站长壮着胆子追问一句。

"情感指数。"古清强远远地抛过来四个字，像四棵钢珠弹，打得马宁站长好生胸闷。

正是："夫倡廉洁妻自私，特权宠儿成熊子。自古百炼才成钢，不经艰辛难立志。"

要知故事后戏，请君续看下回。

第二十二回　戴总临时抱佛脚　丢财消灾保平安

戴少军当扬州山水电站总裁五年了。

也不知道这五年是怎么熬过来的，戴少军的日子有些度日如年了。

本想往上再发展提个一级半级的，但事与愿违。戴少军感到不但提拔没希望，最近个人威信在下降，号召力明显不如以前。更让他不安的是，他隐隐约约感觉到有些员工和骨干非常地恨他，而且是一种很深的怨恨。

自从出了个九姐，常常在中层干部会上有人敢顶牛。尤其是那些个有些背景的人，更是有恃无恐地耍大牌。常常会场秩序特差，有些人根本不把戴少军当回事。

戴少军听说中学同学李存顺刚刚竞争当上了乡长，传说能力很强。他便提着好烟好酒到新上任的乡长家，讨教良方。

戴少军自以为与李存顺知根知底，什么话都可以随便说。但他错了，虽是同学，但毕竟是中学同学。这么多年没见面，思想观念都发生了非常大的变化。戴少军没能考上大学，怎么看都像个大老粗。可这位乡长同学正规的大学毕业，是位十足的知识分子。李存顺到乡政府上任之后，听说过戴少军的为人，从心底里看不起这位不学无术只会玩权的中学同学。他思忖了半天，怪里怪气地学着电影里的明星，双手一摊："我帮不了你。"

戴少军很生气。生气便骂娘骂同学，越骂越让同学看笑话，什么经验都不传给他。他便有些失望，悻悻地走回家，踏着清风，想破了脑袋还没有琢磨出个子丑寅卯来。

初夏的晚，习习微风、阵阵虫鸣。要是以往，他会很神气地挺胸叉腰，慢踱官步。可今天，戴少军有些忧伤，强烈的危机感让他心烦。

走到一个十字路口，他停住了，不知往哪走好。往前，离镇子越来越远了，往左通往巷口，右边是一座山，叫小金山。山上有一座寺庙，号称金山寺。山不算太高庙也不算大，没有长住的和尚，只有几尊佛像。偶尔有个云游来庙里的和尚，也只是白天在这照应，晚上到镇上的招待所住。

戴少军想到自己德不算突出，能力不算上乘，能当上这个分公司的总裁，应该是有神灵保佑。想到这里，他信步向金山寺走去，打算给菩萨磕个头，烧几炷香。

平日里，文化不高的戴少军，本来就有些迷信的头脑，只是不像佛教徒之类善男信女，坚持拜佛。他是平日不烧香，临时抱佛脚的角色。

小山包静如卧佛。踏着习习晚风，聆听着虫鸣蛙叫，借着月光，他一会儿就爬上山坡来到了庙前。小庙的门虚掩着，外面月光如昼，庙堂里还是有点黑，只能隐约看见几尊佛像的轮廓和稀稀的几点尚未熄灭的香火。他缓步走进正堂，双膝跪在佛像面前，认真虔诚地磕了三个响头，他看到神案上放着一把散香，前面有一个功德箱。

他摸出几块钱丢进功德箱。又取了三炷香点着，拜了拜又插进香炉。

走出金山寺，他有些释然。突然，他想到了另一位在市区大企业当总经理的中学同学苏红青，也就掏出手机打了个电话，诉说着自己近期境况，请求帮助。

与李存顺相比，苏红青显得客气热情。他顿了顿说，我也没学到什么高招。这样吧，我推荐你去见我读研究生时的老师，是市工商管理学院的马教授，他在企业管理方面很有一套。过一会儿，我把他的电话和地址用短信发给你。

挂了电话，戴少军有些得意。心想，拜佛真灵验啊，这不，救星来了。

第二天一早，戴少军就找了个车子直奔市工商管理学院，很顺利地见到了马教授。教授年近六十岁，一副学者风范，有了学生苏红青的介绍，马教授也非常热情。听完戴少军的诉说，他很坚定地说："改革吧！"

"改革？"戴少军一脸茫然，"怎么改？"

"管理制度改革，人事改革。"

戴少军还是摸不着头脑。

"就是把不合适的制度改掉，把不听话的人员换掉。"马教授感觉有点像对牛弹琴，"还不明白？"

这下懂了。戴少军茅塞顿开，忙谢师告退。临走，马教授还送了几本有关人事改革的书。

戴少军越发信神了，心想这一切都是神的保佑，回到家里，他将教授送的书胡乱翻了一通。什么也没看懂，但他很聪明，把马教授的大意给悟出来了，就是借人事的变动的机会，给企业带来生机，他赶紧给在市里当总经理的苏红青同学打电话，说出自己的收获。

"大胆干吧！"苏红青鼓励道。

第二天，戴少军召集班子成员开会，提出人事改革的议题。一开始，有些人不同意，担心这样会出乱子，但拗不过戴少军。最后还是决定：公司的中层干部全部重新竞争上岗。

这则消息犹如一个炸雷，扬州山水电站不再平静。于是乎，中层干部人人自危，对照人事部门公布的上岗条件，急着写自己的竞争演讲稿，写作能力差的，就在外面找学校老师代笔。

开始有乡里、县上的人打电话找戴少军，戴少军又感觉开始风光起来。可不，他几乎回绝了所有的求情电话，先把竞争者贬低一阵，接着说岗位要求如何高，工作如何重要，直讲得人家心虚没了底气，最后再带上一句："有难度，我尽量关照。"

有些头脑灵光的，开始提着好烟好酒上门找戴少军，被一律拒绝了，赶出了家门。倒是有些个表面上看空着手来，实际上带着现金和金银珠宝的，被戴少军笑纳了。

他琢磨着，公司十二个中层正职，近二十多个副职，送钱的人肯定会有，说不定可以捞个十万八万的。他笑眯眯，佩服马教授的高明，本来他戴少军差点被人抛弃，一下子变成人人相求，捧若明星。

"是神的力量。"戴少军更坚定这种观念，认为是上次拜佛有灵。于是，他上镇里买了许多好香好纸，晚上又偷偷地去了趟金山寺，又悄悄地虔诚地拜了一回，并向功德箱里丢进了好几百块钱。

事实上，往后没有百分之六七十的人上门求他，只有半数左右的中层来过，不过也有送得多的不只三万，特别是那些个能力差家里又富有的人，送来四五万。

当然，接钱后，戴少军是要兑现的，绝不食言。至少可以保住原职。那些个送得多的，不管能力如何，副职可以转正，不好的部门可以调到好的部门。

那些没送钱的，就算有能力的，也坚决撤下来。即使有真本事，如果没有人打招呼，一般不予考虑。

他还特地不配满职位，宁可空着一些副职的岗位，也不让没打招呼又没送钱的人上岗。也有些很有能力但人很老实的人，他本来想让人家上岗，但想到这些人不懂礼数，也就管不了许多了。

那是他最兴奋的晚上，他从没有见过这么多钱，感觉富有了，感觉成功了。为了过瘾，他一连数了三遍，这才高兴地把钱藏在床底下。

打开电视，正是某地新闻，某县城建局长受贿三十多万被查处。

戴少军的神经立刻紧张了起来，天那，如果犯了事怎么办？想到这，他浑身一阵热灼，坐立不安。自己的数额可比电视里的人多一倍，如何是好。

正在无计可施时，他又想到了神，于是急忙快步向金山寺走去。一进门，先向功德箱奔去，又向里投了几百块钱。然后跪地长拜，磕头不起。

"戴少军，有难处是吧？"突然，一个沙哑的声音从佛像处传来。吓得戴少军一跳，他急忙起来看了看，没有发现有人在附近，于是恐惧地问了一句，"是谁在说话。"

"神，你是看不到神的。"

戴少军马上跪下来磕头有。"求神，保佑平安。"

"你贪了钱，你有劫难啊！"沙哑的嗓子说，"搞不好有血光之灾啊！"

"那怎么办？求神保佑。"戴少军马上将自己身上所有的钱丢进功德箱，又燃了一炷香，虔诚地跪拜。

"我给你指一条生路。"

"谢谢神灵菩萨！"

"金山寺的南墙角有一块青石板，你把贪来的钱放到石板下，过七七四十九天，让神帮你洗干清这些钱。记住，天机不可泄漏，你不能跟任何人讲。明晚子时三刻送钱来，要悄悄的，不能让别人看到啊。"

"这——"戴少军有些不大放心。

"对了，神案上有一道灵符。把灵符盖在钱上，然后再盖上石板。"……

"放心吧，四十九天以后，你的钱就干净了。"

"这——，真的？钱能变干净了？变干净之后钱还是我的？"

"是的，神会让你的钱变干净了。信不信由你，我去也。"沙哑的声音戛然停止。

戴少军以防有诈，围着佛像转了几圈。又仔细在庙堂里搜了一遍。确信不是有人在搞鬼，这才放心地回到家里。

第二天，他还是不放心。中午抽空来到了金山寺，围着庙宇转圈子观察，果然见到寺庙的南墙角有一块大青石。确信有神明指点，这才回到家中找来一个蛇皮袋子，将钱全部装了进去。

他度日如年地等到第二天子时三刻，外面已是夜深人静了。他一溜烟似地将钱袋扛上金山寺，来到寺庙的东南角，果然有一块二尺见方的青石板。他使劲扳起石板，里面是一个大洞，很干爽。他按神的指教，将钱放了进去，然后将灵符放在上面，再盖上青石板，左右看看，没有什么明显的痕迹，这才放心地回家。

一周后，戴少军被县检察局的人叫去问话，说是有人举报他卖官。戴少军矢口否认，说是无中生有的事，并拿出公司员工的花名册，让来人指名调查了解。

公司的员工送了钱的都说没这回事，没送钱的也就拿不出证据。

调查组到戴少军家搜查，没有发现现金。

调查组的人走后，戴少军长舒一口气，心想神灵太伟大了，要不是及时提醒，如果在床底下发现了一大堆钱，那真乱了套了。

一个月后，镇上希望小学开工重建，据说是一名不愿留名的本镇企业家捐的。

大家就猜，是张老板，还是李老板，反正没人猜戴少军。因为他是国有企业，拿工资的总裁，说什么也拿不出50多万。

戴少军也说："哪里哪里，我又不是神仙，怎么会弄来那么多钱。"

别人也就没在意。

等到七七四十九天的当晚，戴少军悄悄再次来到金山寺，打开石板，傻了眼，钱不见了，只见灵符还在。

他拿起灵符，只见灵符上面多了几个字："神会保佑你。"

正是："廉洁原本从心起，仅求神灵难恕罪。勤劳致富人之本，歪财邪财是祸魁。"

要知故事后戏，请君续看下回。

第二十三回　玩权惹恼总经理　削权平调任闲职

戴少军成了名人了，这让古清强非常地光火。

县商报头版头条，介绍戴少军的企业改革。整版的介绍，标题非常醒目"敢想敢干、勇于创新——记具有改革精神的企业家戴少军"。

县电视台为戴少军做了二十多分钟的访谈，还为此专门设立了一个栏目"全昌县名企业家访谈"。

某某县领导专程到杨州山水电站参观，对戴少军的工作给予了高度肯定。

古清强得到可信情报：县商报的副总有个外甥这次被戴少军聘为技术部主任；县电视台主任记者的表弟由杨州山水电站的后勤副主任升为主任；某某领导的……

狂热的媒体报道之后，星光集团公司便出现各种传闻：

戴少军要升任集团副总经理……

戴少军要提拔到县政府任职……

戴少军在县政府和市里省里有人……

……

古清强恼了，心想，各子公司领导如果都这样出风头，我集团公司总裁的位置往哪摆。

"一定要镇一镇。一定要给戴少军一点颜色看看。"古清强认为，这明显是挑战他的权威。想到这里，他喘着粗气，心跳加急。深呼吸了好几下都不能平息心头之火，自个在办公室发怒。

良久，颤抖着的手又一次抓起那报纸，看着看着，发现了问题，急忙拿起红铅笔画着扛扛。

他叫上集团办公室主任罗叶新，坐着小车直奔扬州山水电站。上车前，他私下里告诉罗叶新："戴少军又有闹独立的苗头。这次我们到水电站去，你细心一点，一定要找到处罚戴少军的错误点。"

可怜的戴少军，还蒙在鼓里，以为古清强跟其他领导一样，是来水电站打招呼的。他身着正装带公司全体班子成员和科室中层干部，站在水电站门口热情地夹道迎接集团总裁。

炎热的上午，一丝风都没有。

这种天气，一般人走路都会挑树荫下走，女士多数都会打着洋伞什么的，还会不时地用手绢扇着风，可扬州山水电站的中层干部们，个个精神抖擞地站在大门口，迎接尊敬的古清强总经理。

古清强的小车缓缓驶入院门，时戴少军立即带头鼓掌。古清强从车里一出来，掌声更加热烈。

古清强一脸的威严，似笑非笑地点头回之以礼。

说实在话，这个偏僻的水电站，集团公司领导一年难得来一趟，特别是百忙中的一把手古清强，就任星光集团公司总经理以来就没到过这里。今天的大驾光临，让戴少军诚惶诚恐，比县领导来视察还紧张。

会议室的背景墙上，醒目地贴着"安全、稳定、创新、发展"几个烫金大字。

"这是我们站的企业文化。"戴少军很得意地向古清强介绍，"昨天，得到了某某副县长的表扬。"

古清强不置可否地点了点头，一脸的庄严："你戴少军现在是名人了，我从报纸和电视上看到了你的光辉业绩，还知道，杨州山水电站最近进行了人事改革。"

戴少军不知总经理是褒是贬，但从古清强不冷不热的表情来看，应该是件严肃的事。他心里发虚、头上冒汗，就像在外撒野的小孩见到了畏惧的家长。

"你做个详细汇报吧。"古清强命令道。

戴少军从没见这总裁这么严肃，心里由发虚到发颤。电视台和县领导来站之前，他已经熟背了的汇报稿，多次都表现得非常自然，此时的他，却是鼻尖溢汗，两腮发红，口齿也不怎么利索。每说一句之后，偷偷地观察一下古清强的表情，不看不打紧，越看越紧张，花了半个小时，才结结巴巴汇报完。

本以为古清强会表扬几句，古清强没说一句话，默默地起身，一脸严肃地带着罗叶新在整个水电公司视察了一圈。

走遍公司之后，古清强心里不得不佩服戴少军的工作能力。整个公司环境整治得非常好，全公司范围的路上看不到一点垃圾和杂物，生产区更是让人感觉良好，设备保养得非常到位，不但外表擦得光亮，且没有一丁点儿"跑、冒、滴、漏"，各种物品摆放有序，并且有标准的定置图，值班员工着装整齐，而且个个精神饱满。这种情景，只有到大城市大工厂才能见到。

古清强心里有些打鼓，几次有放弃整弄戴少军的念头。说实在话，如果要说古清强以前对戴少军不了解的话，现在对他的工作能力是非常认可的。他心里迅速将中层干部排了一下队，认为戴少军是优秀中的优秀，是数一数二的，处罚这样的优秀干部，他有些不忍心。但一想到他挑战了自己的权威，还是咬咬牙不说一句话，板着脸钻进了小车，甚至不看戴少军一眼就返回了集团公司本部。如此严肃的气氛，吓得戴少军半天没缓过神来。

一回到集团公司，古清强就紧急召开了总经理办公会，与会人员扩大到集团公司本部的部门主任，以及所有子公司总经理，也包括戴少军。

一时间，整个星光集团笼罩在紧张、严肃和神秘的气氛中。大家不知道发生了什么大事，会前互相小声打听，却没有一丁点儿结果，这越发显得神秘，于是各种猜测都有。

古清强严肃地分析了杨州山水电站现象。指出问题有三："1.泄漏商业机密，自作主张向新闻媒体报告利润总额。2.超编聘用干部，借人事改革之名，超职数聘用中层干部。3.企业文化建设另搞一套，集团公司的企业文化是'创新改革、超越一流'，杨州山水电站却宣传'安全、稳定、创新、发展'。"

戴少军一听古清强的口气，就知道世界末日到了。他想辩解，想说自己也是围绕集团公司的企业精神，想说自己杨州山水电站不过是提个口号图个新鲜，但他没这个胆量说出口。他明白古清强的脾气，知道顶撞古清强会是什么结果，只能紧张地低着头默默地听着，心里一个劲地求神仙保佑不受处分。

古清强态度严肃地说，"一个企业集团只能有一个核心价值观，不能各自为政打乱仗。"

会场静得只听到人的呼吸声，尤其是子公司总经理们，个个大气不敢出。古清强感觉会议有了效果，便郑重地宣布三条纪律："1.子公司不得独立接受任何新闻媒体采访，必须报经集团总公司宣传部的批准。2.子公司中层副职以上干部的选聘，要报集团总部人事部审核批准后，才能聘用。3.整个集团公司所有子公司，企业文化都必须与集团公司一致，只有这样才能树立集团公司的品牌。"

最后，古清强站了起来，激动地大声说："这三条纪律，作为对集团公司中层干部执行力考核的重要内容，不及格者一律免职。从今以后，集团公司本部和各子公司，所有的工作必须与集团公司的核心价值观保持一致。只准'公转'不得'自转'，任何中层干部有挑战以我古清强为首的集团公司的'唯一性'者，一律严肃处理。"

听到这里，戴少军只差没吓得哭出来。以前，他总认为创新是好事，总认为发挥主观能动性是不会错的。眼前的事实表明，他戴少军是错了。尽管他想象不到自己错的程度，但从古清强的语气可以断定，是犯了大错误。他猜想，会议结束前，古清强就会当场宣布对他的免职决定。

没有宣布什么免职决定，古清强只宣布了散会，戴少军怀着那颗悬着的惶恐的心，狼狈地逃离了会场。

总经理办公会之后，古清强接着召开了一个班子会议。他提议，免除戴少军杨州山水电站站长职务，调任集团总公司离退休管理部任主任，由离退休管理部原主任李季，接任杨州山水电站站长职务。

集团副总肖保江发表了自己的看法："戴少军有错这是事实，但人家杨州山水电站这几年还是管得不错的……"

"功臣就可以犯法啦——"古清强不容肖保江说完，很不高兴地打断他的话。

"我没说功臣可以犯法，但你得给人家改正错误的机会呀。"肖保江也不示弱，他认为自己是第一副总，应该有发言权。

"我并没有处分他戴少军，只是给他换了个位子。"对肖保江的权力挑战，古清强显得由衷地不快。

"在外人眼里，这跟撤职没什么两样。"肖保江又丢出一句，他也非常不痛快。近来，他说什么都被古清强否定了，副总经理成了摆设，心里窝火压抑得不行，一直想找机会发作。

"如果，你认为这换位子不行的话，免职也不是不行。那就先把戴少军的职务免了再说，另外再考察一个人担任杨州山水电站站长。"古清强来蛮的了，他才不管戴少军是否成为斗争的牺牲品。

"换个位子也好……"

"同意戴少军到后勤部当主任……"

"同意总经理的决定……"

另外几个副总见势不妙，就忙着打哈哈，纷纷表示同意与后勤部主任互换。他们对戴少军的工作都是认可的，几乎都不想他被免职变成普通科员。后勤部主任，尽管是个闲职，好歹也是中层干部，待遇还在那里摆着。

对戴少军来说，前两天还沉醉在英雄梦里，县报县电视台宣传，让他有一种功成名就的感觉。但自从古清强来水电站视察那一刻起，心里就有一种莫名的后怕，担心自己的职位保不住。

总经理办公会上，他差点晕过去。他的心理受到极大的打击，有一种绝望的感觉，更担心自己的职位保不住。

但是，最担心的事还是发生了，第二天就接到了调职通知。戴少军感觉，这次神仙又没有帮他。

正是："一时贪他一斗米，不日丢失半年粮。君子爱财要有道，人生知足何时知。"

要知故事后戏，请君续看下回。

第五章

灵肉夜话

初冬，一个寒冷的黑夜。

肉体与心灵面对面站着，彼此喘着粗气。

肉体非常生气地："你能不能不做卖国贼。"

灵魂申辩道："我没有做卖国贼。"

肉体："还说没有。你为什么专门拿洋人的观点来抨击中华民族传统的东西，几千年的文明史，你一句话就给否决了。"

灵魂："我是有点自私。但是攻击传统的东西容易出名，可以标榜自己有学问。"

肉体："你能说，洋东西全都是好的么？"

灵魂不好意思地："也不是啦。我得了洋人的好处，总得为人家做点事。从利益观来说，我现在必须站在人家一边，这是做人的基本道德。"

肉体气愤地："这也叫道德，我看你已经丧失了人格国格。"

灵魂得意地："已经别无选择，我只能这样走下去。"

肉体惊讶地："你不是中国人？"

灵魂："人为财死，鸟为食亡。只要有利可图，我管得了那么多。"

肉体："你这就是卖国贼，就是汉奸。"

彼此喘着粗气，谁也不理谁。

第二十四回　美日奸商玩阴招　密谋入侵须慎防

纽约，美国一个大公司的会议室内，神秘地聚集着几位日美商人，他们在讨论着一个问题："如何把中国企业变成自己的企业。"

"中国日益强大，日本和美国大企业很快将被中国企业吞并。"又矮又胖的枝冈次郎激动地站了起来，挥动着肉乎乎的拳头，"我们日本国的经济优势在逐渐消失，过去做生意，中国人求着我们。可现在形势发生了逆转，完全反过来了，中国商人在左右我们。"

"我们美国也感觉到压力，严重的压力。中国的产品畅销全球，美国大商场到处都摆放着中国制造的商品。"中年美国商人彼拉·伍德附和着。

"你们在做梦。"美国威廉公司商业情报员莉代·比莱情绪更是激昂，"你以为，中国还是以前东亚病夫时代的中国？你以为，中国还是以前贫穷落后的中国？眼下的中国不是那么好扼制的啊。"

从会议室的座位次序，可以看得出，莉代·比莱是今天会议的主持者。美国威廉公司和日本千业会社最近在中国的生意受挫，他们一商量，决定成立所谓的"日美同盟"，想办法控制中国企业。

莉代·比莱详细介绍了中国近几年的发展情况、经济增长指标、国民生产总值等，从他的话语中，给所有在座的人一个暗示信息，那就是："中国企业的发展将对美日企业构成威胁。"

主持人的发言，让会议室立马安静下来。大家不明白，为什么会议一开场莉代·比莱就浇冷水。

"从政治上，扼制控制中国，那是梦想。"莉代·比莱说："几代美国总统都试图改变中国的社会制度和政治体制，可是，都以失败而告终。中国共产党的核心人物信仰坚定，谁也无法改变他们走社会主义的道路。"

他停下来，环顾四周目瞪口呆的与会者，故意卖着关子："从军事上打败中国共产党，也是幻想。想当初，中国共产党还是泥腿子的时候，国民党800万大军都被轰到了小小的台湾岛上。还有抗美援朝，让我们美国军队吃了不少的亏。这些，都是血的教训。"

莉代·比莱站起来，背着手来回踱了几步："美国是世界和平与发展的领袖，这个领袖地位是任何人不能动摇的，我们要誓死捍卫这个地位。美国不容许任何国家的挑战和控制，为此，我们不能任凭中国那样快速地、无限制地发展下去。"

"经济制裁。"冯信君激动地站了起来，这个瘦小的日本汉子，是个自以为是的家伙，曾经在对华战略上，为日本政府出了不少坏主意。现在作为日本国派驻美日同盟办公室的中国问题研究专家，专门研究如何控制中国。他想附和莉代·比莱来拍马屁，却无意中打断了莉代·比莱的话。

"白痴，"莉代·比莱一句呵斥，"这几年我们用反倾销、技术封锁等等手段，想藉此扼制中国，有用吗？中国不照样仍在飞速发展？而且已经成为世界第二经济强国。"

听了这话，会议室里所有的人都变成一个哭脸，自信心受到严重的打击。日本商人枝冈次郎不大高兴，冷冷地抛出一句："那我们就等着成为中国的控制国，用中国的话说叫做'坐以待毙'。"

"不，"莉代·比莱停下来，面对大家露出微笑，"我们美国的中国问题研究所，最近想出了这样的方案……。"

"哦——"

会议室马上活跃起来……

第二十五回　招商引狼招宄人　经济着手造民怨

全昌县搞了一个招商引资洽谈会。

为了使这项招商引资会举办成功，县长王仁伍在会议之前亲赴香港和境外做宣传做广告。真是功夫不负有心人，一个县城的招商会，竟然来了十几家境外公司，而且是非常有实力的企业。

最有投资热情的，要数美国商人彼拉·伍德和日本企业家枝冈次郎，两人都号称投资规模可以超亿美元。彼拉·伍德宣称，美国威廉投资公司只投资医院和教育，不作其他考虑。枝冈次郎则号称合资形式多样，可以独资，但不一定非得独立办企业，最佳的选择是与当地企业合作，做强做大。

"无论你们投资什么项目，只要守法经营，我们全昌县人民都会欢迎。"马三江书记笑着说。对他来说，投资项目的选择不是问题，只要把钱投到全昌县境内，就是好的。

"合作形式可以洽谈。"县长王仁伍也是心旷神怡，他为投资洽谈会的成功感到无比的高兴。

会议期间，彼拉·伍德与枝冈次郎在马书记和王县长的陪同下，对全县情况进行了考察，两个人都感觉非常满意，认为完全具备投资条件。

当来到全昌县中医院时，"不孕不育专科医院"的大匾牌非常醒目。马三江书记介绍说，这个专科医院有一名老中医，对不孕不育有神来之功，省内外有许多不能生育的夫妻，都慕名而来，全昌县中医院因此驰名省内外。另外，有一名中医是专治呼吸道疾病的高手，号称咳嗽哮喘"五包药断病根"。

"我就投资这家医院，"彼拉·伍德对马三江说，"我要投资一个亿，把这家县医院办成世界一流的医院。"

"不过，我有个条件。"彼拉·伍德说。

"请讲。"马三江谦让地。

"我要独资收购，最少也要控股百分之八十以上。"彼拉·伍德说。

"行。具体的合作形式，可以商量。"马三江想了一下，答应下来。

"那就说定了。"彼拉·伍德说，"好，马书记够朋友。"

马三江也赞美彼拉·伍德是中国通。

"我喜欢中国，我热爱中国，我要在中国大干一番事业。我还要收购你们的学校，与我们美国的名牌大学联合办一所大学。"彼拉·伍德也非常兴奋，不停地点头微笑。

"太好啦——"马三江嘴里这么说，心里想着对这些外商要加强控制。

另一个考察组是王仁伍陪同的，枝冈次郎对星光集团非常感兴趣。特别是听到星光集团古清强介绍，公司正在做强做大的种种企业行为，表现出赞许和肯定。

"完全正确，企业就是要做大做强。"枝冈次郎说，"我们合作吧。"

"这——"古清强有些犹豫。

"只要人家是诚心合作，可以答应人家。"王任伍将古清强拉到一边，"合作有什么不好，只要能引进外资，对县政府就是最大的贡献，你留个心眼，确保国有资产安全就行。"

"这——"古清强直抓头皮，表现出很不情愿的样子。

"是不是担心你那总经理的职务。"王任伍问，"放心，我保证给你一个职务，不行的话，回政府机关。"

"这——"古清强还是不情愿。

"我告诉你，要是因为你搞黄了这桩合作。我唯你是问。"王任伍发威了，警告说，"如果谈成了的话，什么都好说。黄掉了这桩合作，你这集团总经理的位子也保不住。"

"这——"古清强一头的汗出来了，只好不情愿地点了点头。

"不要嘀咕嘀咕啦。"枝冈次郎用汉语大声喊道，"我们的合作会愉快的。"

王仁伍没想到这个日本商人对汉语这么熟悉，反应这么快。于是问："枝冈先生对我们一路的议论，也都听懂啦。"

"是的，我从小就在华人学校读书的，中国话几乎是我的第一语言。"枝冈次郎自豪地说，"我对中国有很深的感情。"

听到这话，日语翻译自觉地退后，心想自己是个多余的人，也就不再认真听枝冈次郎的话，跟在后面东张西望起来。

"我们合作一定会成功的。"枝冈次郎笑着伸出手走向古清强，"我会让星光集团成为全昌县一流的公司，成为全省、全中国有名的大型企业。具体的细节，待我们两家商量后，再向县长报告。"

王仁伍借口有事先走。古清强心里没底，追过来拉住县长的衣襟，小声说："县长你不能走。你不在，谁拍板呀。"

"企业合作，你可以做主。"王仁伍鼓励了一句，随后附耳小声说，"细心一点，遇事多思考，别让外国人给算计了。"

古清强还是有点不放心，虽说在自己单位能说一不二，但从没有跟外国人打过交道。

"你们企业以现有固定资产作价，不用再出钱，由我们日本千业会社控股。"枝冈次郎走过来，对古清强说。

古清强没有反应过来，猛然大叫："不，你不能控股，我们必须绝对控股，必须50%以上控股。"

古清强非常警觉，担心他这个老总的位子。如果参股份额太少的话，担心会随着对星光集团公司持有份额的减少，而失去董事长的宝座。

"这样呀——"枝冈次郎完全明白他的意思，显得有些迟疑。

为这一个持股比例的事，他们争论了几乎一整天，最后以枝冈次郎的让步结束这场洽谈。不过枝冈次郎并没有因为古清强坚持持股份额的事而放弃投资，有一种势在必得的架势。洽谈结束前，枝冈次郎思忖了良久，还是勉强答应："好吧，你们55%控股，我们45%股份。"

招商会结束那天，举行了一个隆重的签字仪式。不但全昌县的主要领导悉数参加，市里负责招商的领导也赶来助威。

意向性合作协议有十多项，确定的合作协议有两项：一是，美国威廉投资公司与全昌县县政府签订了《关于投资建立美国威廉独资医院的协议》。二是日本千业会社与星光集团《合资组建千业星光集团股份有限公司的协议》。

会后的招待晚宴更是丰盛，县政府调集了全县的所有土特风味，招待那些诚心投资和总是"逗你玩"的外商，个个吃喝得不认东南西北。

倒是枝冈次郎与莉代·比莱在认真地察言观色，不时地向县委书记和县长举杯敬酒，兴到浓时，枝冈次郎向县长说道："县长大人，我想多投资一点，你们可要支持我呀！"

"支持，多投肯定支持，县政府举双手赞成。"王仁伍的脸微微有些发红，将一杯红酒一饮而尽。

"可你们贵县企业老板并不希望我们多投呀。"枝冈次郎半真半假地笑着说。

"不可能。"王任伍肯定地说。

"真是这样的。"接着，他将古清强不肯让千业会社控股的事和盘托出。

正是："深山毕竟藏猛虎，大海终须纳细流。渴时一滴如甘露，醉后添杯不如无。"

要知故事后戏，请君续看下回。

第二十六回　企业改制中变洋　有人欢喜有人愁

美国威廉独资医院的注册非常顺利，马三江书记派县委办公室副主任张根友亲自陪着彼拉·伍德，不出一月的功夫，手续全部办齐。

接下来便是原全昌县医院职工的身份置换，这是件大事，弄不好就会出乱子。但彼拉·伍德的条件优厚，得到大多数人的赞同，有些人甚至喊出"万岁"。

彼拉·伍德的用人条件是，西医专业方面有学历或有职称的一律优先聘用，待遇按国内合资企业用人的薪酬标准，大多数人薪酬对比原先都有大幅度的提高。没有被聘上的西医人员与中医专业的医务人员，组建美国威廉独资医院中医分院，独立核算，分别由两位名中医担任分院院长和副院长，原办公楼全部留给分院使用。

美国威廉独资医院的建设用地，要求比原医院大出一倍。县政府大力扶持，领导批示："请开发区负责落实用地。"按彼拉·伍德的意思，谢子正带着一帮人在县经济开发区划出一大块地皮，作为新医院门诊综合大楼的用地。但这块地上有500多户县城老居民，全是拥有私人产权的房子。

"拆。"县卫生局局长任宝果断地说。

"拆。"开发区谢子正主任表示赞同。

"拆。"县招商局杨局长也坚决支持。

"敢！"当地居民接到通知后围成一圈，拉起白布横幅上书："誓死捍卫正当权益。"

县委办公室张根友副主任立马报告马三江书记，请示策略。马书记想到安置居民是一件大事，只有让彼拉·伍德放点血，给居民多一点补偿，肯定能行。于是，召见彼拉·伍德，说明自己的意思。

"没问题，不就是钱吗。"彼拉·伍德不假思索脱口而出。

马三江："太好了。"

"马书记，不要高兴得太早。"彼拉·伍德冷静地说，"如果我提高了拆迁补偿标准，你以后县城的拆迁还能不能干得下去？"

马三江明白，这是一个现实的问题，有多处开发项目正是由于政府拿不出更多的拆迁费而被卡脖子。

"我听说，你们有几处的居民已经在闹事了，就是因为你们县政府没有钱给他们补偿。"彼拉·伍德笑着对马三江书记说，"这样吧，我们医院是外资公司，与县政府无关，我们自己来处理拆迁这件事情，免得居民恨你们政府。"

这时，马书记的手机响了。他急忙走到一边接电话，从他接电话的语气和神态可以看得出，是上级领导打的电话。果然，几分钟后他走过来对彼拉·伍德说："省里有个重要的会议，我必须赶去参加。"

"要多少时间？"彼拉·伍德问。

"四天。"马书记说，"来回差不多一周。"

"我们可等不了这么久。"彼拉·伍德说，"如果办不成，我们就撤资，去另外的县城去。"

马三江找来张根友，交代说："可以满足彼拉·伍德的要求——由美国威廉独资医院自己处理。但要注意保护居民的合法权益，去跟老百姓好好说，工作做细一点，好好劝劝他们。注意，不得强拆。"说完，他风急火燎地走了。

"这事，你也不用管，你也是政府官员。我的原则是：'不能让老百姓恨你们当官的，不能让老百姓恨你们政府。'我们是企业行为，我们自己来处理。"彼拉·伍德说。

张根友哪里敢走，如果强拆，百姓可不管是政府行为还是企业行为。彼拉·伍德看出了他的心思，就保证说："我们不会野蛮强拆，我会用你们中国民间双方都能接受的办法来处理。"

张根友一听也觉得在理，便学着书记的口气说："你自己处理可以，不能有暴力，不能强拆。"

"行。"彼拉·伍德说，"我会让他们全部都搬走之后，再动工。"

第二天，彼拉·伍德从国内招来的助手卓先生到了，从市人才市场招聘来的秘书袁蓉也来报到上班了。

"你，去找一个民间的建筑公司老板来。"彼拉·伍德第一次交给袁蓉任务，"要那种有地方势力的老板。"

"是。"袁蓉很想让彼拉·伍德有好感，争取坐稳这个秘书的职位。

她本来在一家广告公司应聘了，是同学告诉她，有家县城的美资医院，月薪一万聘女秘书，而且是底薪。这待遇实在是太诱人了，于是，她果断地报了名，并将自己的个人材料弄成精美的一本。面试那天，她表现非常突出，不慌不忙，异常地镇静，打败了连她5位同学在内的三十名竞争对手，成功应聘拿到了这个职位。

她理了一下思路，决定到县城内几个在建的楼盘打听。然后，又联系在市里工作的同学，帮忙联系了几家建筑公司老板，第二天一家伙召来十几位建筑工程公司的老总。

"我们美国威廉独资医院有一幢三十层的综合门诊楼要建。"彼拉·伍德一言抛出，立即引来众多建筑公司的老总们渴望和企盼的目光。

"但是，我们征地上的居民们不肯搬走。我要求你们两天内拿出拆迁方案，谁赢得了拆迁权，谁就赢得这幢新楼的施工权。"彼拉·伍德停了停，看着个个摩拳擦掌的老总们，接着说，"拆迁方案不能有暴力，不能强拆，也不增加拆迁费，只按你们县的现行拆迁补偿标准，给以补偿。有兴趣的，马上回去做方案，后天早上八点半交拆迁方案。"

说完话，彼拉·伍德转身就走出了门，不与任何人打招呼，显得神气而傲慢。

个别建筑公司的老总们看不惯，但眼馋的是那幢三十层的高楼，也就容忍了彼拉·伍德的态度。每个人都有自己的"小九九"，个个心怀鬼胎地走了。

当天晚上，袁蓉接到所有参会老总的电话，邀请她出来喝茶或喝咖啡，有几个老总甚至提着一摞钱满县城打听袁蓉的住处。袁蓉耐心地在电话里告诉他们，她这个秘书没这个权力。更主要的是，她还不了解自己老板的偏好，只有等大家的方案交上来了，根据彼拉·伍德的取舍，才能看出其价值观。

"到了取舍的分上，还有什么余地。"几乎所有的老总都这么说，"行，听天由命吧！"

第三天早上不到八点，各位老总们都带来自己连夜赶制的方案，有些做得很详细，厚厚一大摞。有的装订和印刷非常精美，以显示自己做事认真。唯有一个晨阳建筑工程公司的方案只有薄薄的三页纸。

彼拉·伍德先翻看装潢最漂亮的，再翻最厚的那本，但都是只看几页就看不下去。待所有的都翻看完了，只剩下最后一份最薄的晨阳公司的方案时，他连看也不看就丢在一旁。他又回过头来，翻看刚才看过的那些方案，再次失望地放下手中的材料。这时，他想了想还有一份最薄的晨阳公司的方案，无奈地拿过来翻看一下。但看着看着，他笑了，命令袁蓉："叫晨阳公司总经理单志贵。"

袁蓉赶忙打电话，候在外面的单志贵马上快步赶来，面带微笑，显得非常激动。他预感着有希望接这个活了。

单志贵1米68的个头，胖墩墩的，理了个很短的平头。从他那健步的样子，可以看出是个雷厉风行的人。

"你在方案里只写了拆迁方案的第一步和第四步工作，说是第二步与第三步只能私下当面说明。"彼拉·伍德说道，"说来听听。"

单志贵看了一眼袁蓉屋子里的其他人，欲言又止。

"你们出去吧！"彼拉·伍德吩咐左右。

袁蓉心想这个家伙，竟敢公开搞这名堂。捉摸单志贵肯定是给老板送好处，心想彼拉·伍德或许不吃这一套。

左右的人都走了，屋里只有单志贵与彼拉·伍德两人。

单志贵凑近彼拉·伍德，小声耳语一番，并不时地做着手势。片刻，彼拉·伍德开心大笑，赞道："你呀，简直就是中国的人精。"

"袁秘书。"彼拉·伍德喊来袁蓉，吩咐道，"拆迁的事，全权委托晨阳公司。"

袁蓉很是奇怪，这单志贵使的是什么招，竟然一下子接了这么大的工程项目。难道老外也作兴"有钱能使鬼推磨"？

"中国的拆迁是个老大难问题，我在标准补偿费上，每户追加5万人民币。"彼拉·伍德说，"县政府的规定必须遵守，底线是'不准暴力，不准强拆'。如果你晨阳公司违约，就要受到经济处罚。如果有人告状，公开闹事，县政府找到我，我就重重地罚你。如果你们把这次拆迁的事办妥了。三十层的大楼建筑工程项目就交给你们公司，你就发财啦。"

"放心。"单志贵拍着胸脯说，"我一定会做得天衣无缝。"

"做梦。"袁蓉认为单志贵是吹牛，便在一旁自言自语地小声嘀咕道，"中国的拆迁不好弄，不加钱肯定不行。百姓就认一个死理，那就是补偿费。不答应就闹，而且肯定会集中闹事，一直闹到多加钱为止。"

正是"做事经常为民想，切莫为利伤人心。真诚以待众爱戴，尔虞我诈遭唾弃。"

要知故事后戏，请君续看下回。

第二十七回　合资风光成新贵　减员分流埋伏笔

千业星光集团公司的挂牌仪式隆重而又简单。县长王仁伍主持仪式，县委书记马三江发表了讲话并揭了牌，放了几个冲天焰火，县电视台作了一个头条新闻。

古清强硬是保住了集团董事长的职位，枝冈次郎任总经理。经过协商，枝冈次郎从国内招来十几个日本职业经理，担任集团部门主任和分公司的日方经理。为了控制财、人、物，古清强坚持人事主任、财务主任和材料主任由中方推荐。

正在这个时候，谢子正找来了，提出要古清强同学帮忙给李霞一个职位。

"为什么要来我们公司？"古清强问。

"废话。你们公司高薪都出了名，这谁不眼馋。"谢子正说："老同学，你这点忙也不肯帮呀？"

"没问题，就当总经理助理吧。"古清强显示一副老板的派头，略作思考便果断地表态。其实，他心里并没有底，还得征求枝冈次郎总经理的意见。

枝冈次郎满口答应，不过不是安排当总经理助理，而是安排了千业星光集团策划部主任职务，专门负责星光集团的新项目前期和新项目报批工作，并承诺给李霞高薪。给高薪的理由不是李霞本人的素质，是因为李霞的丈夫谢子正在开发区当主任，在枝冈次郎看来建立这种关系是非常重要的。他心中对公司的下一步发展已经有了计划，感觉谢子正能派上大用场。

新的千业星光集团公司没有再征用土地，原因是老的星光集团总部本身就借高新企业之名圈了一大块地。集团的二幢楼才占据一角，大片的空置面积被种上树和草。

枝冈次郎告诉古清强，新的集团要再建一幢现代化的综合办公大楼，要成为全昌县标志性建筑。于是，两人在一起，在院子里实地考察了大半天，确定了大楼的位置。

作为总经理，枝冈次郎指挥属下拿出了一个很宏伟的发展规划。在集团中层以上管理干部会上，作了许多细节的解读，让所有的参会人员振奋。照这个规划发展下去，企业的规模，员工的薪酬都会有大幅度的提高。

正在这时，古清强接到了一个电话，是邻县供电公司打来的，"据可靠消息，市公司要将所有的县供电公司收购，变成其分公司或子公司。"他合上电话，思忖了良久，不知该不该将这个信息告诉大家。犹豫了半天，最后还是没能憋住，趁着大会讨论的当儿，将这个事讲了出来。

"万岁。"有几个县供电公司的员工立马欢呼起来。他们早就听说，市供电公司员工的待遇比自己高出很多，属于中央企业，有种吃皇粮的感觉，羡慕那是自然的。如今能有机会被收购入伙，真是大快人心的事。

"为什么要跟大家讲这些？"枝冈次郎将古清强叫出了会场，问道，"你很向往被收购吗？"

古清强一脸的迷茫，说实在的他自己真不知道是该高兴还是痛苦，只是解释说："这消息早就传开了，现在只不过是确认消息。"

"你很盼望被收购吗？"枝冈次郎问。

"中央企业，待遇要高很多。"古清强答非所问。

"我会给你更高的待遇。"枝冈次郎说，"现在你是一个企业的最高长官，如果被收购，你只不过是个中层干部。你的财权、人事调配权、物资分配权，统统的都要被控制。"

触到痛处，古清强不出声，他前不久还想着怎样兼并新能水厂，为的是让企业做得更大。

"要被收购也没有办法呀！"古清强说："这是央企的操作，统一行动。"

"我有办法。"枝冈次郎说，"只要你不想被收购，是可以想办法的。"

"什么办法？"古清强问。

"马上将千业星光集团属下子（分）公司的厂部全部撤销，实行扁平化管理，整个集团只设一个财务部、人事部、物资等，各分公司变成一个生产部。"枝冈次郎说。

"不行，供电公司很复杂，调度营销、集中控制，是一整套的系统。"古清强说。

枝冈次郎说："千业星光是有一个调度中心，可以有电力调度组、煤气调度组、供水调度组。"

古清强怀疑地问："你是说连煤气、水也都全集中在集团控制？"

"对，马上动手建立中央控制中心，调度中心。在新大楼建成之前，先在老楼建起来。"枝冈次郎说，"马上召集有关人员开会，用最快、最简单的装饰，最先进的控制和调度设备。"

"还有，将整个千业星光集团的所有无技能人员，全部调配到供电公司，连同供电公司原有检修人员合并，建立一个供用电检修中心。"枝冈次郎说。

"这是为什么？"古清强不明白。

"第一，防止市供电公司强制收购。如果强制收购我可以处理掉所有的无技能人员，把这些无用的人全卖给他们。"枝冈次郎说，"第二，如果不强制收购，千业星光集团一旦正常运行起来，也要处理这些冗员包袱。"

　　"这样做，不是跟上面对着干吗？"古清强有些迟疑。

　　"不，不是的。"枝冈次郎，"你还没接到文件，还没有接到正式通知。也就是说，事实上你并不知道这被收购的事。既然不知道，我现在的行为是正常的企业管理，完全是我们企业自己的管理运作。"

　　古清强感觉有道理，于是召集了一个紧急董事会议，将千业星光现代化管理方案抛了出来，参会人员没有人能提出意见，全票通过方案。

　　说干就干，枝冈次郎将全部日籍助手召集到一起，加上千业星光集团的各部门主任，及属下公司的负责人，加了几天班，搞出了一个包括所有专业公司的总设计框架，又请日本及国内专业设计院，对调度、控制、财务、人事、物资系统进行施工图设计。

　　不出半年，千业星光总部正式落成，五大中心却装备了国际一流的设备。另外，老办公楼外墙又进行了一番装修，让人耳目一新。

　　五大中心启用那天，古清强请来了县委书记马三江和县长王仁武剪彩。走进这老瓶装新酒的办公楼，让两位领导恍惚来到了外国，一进门换拖鞋、白大褂，让人感觉非常现代化。

　　"以后省市领导来，王县长，我们就带他们来这里参观。"马书记高兴地说，"有点国际一流公司的派头。"

　　各分公司调上来的管理人员也非常高兴。一夜之间变成集团的人了，而且工作环境大大改善，待遇也明显提高，这几个月，枝冈次郎启用一种全新的考核办法对员工进行考核，但不管怎样，薪酬都或多或少有了提高。

　　"我方还会追加投资，我们要把千业星光集团办成一流的现代企业集团。到时候，县的GDP会提升很多。"枝冈次郎说。

"好极了。"一听说可以提升GDP，马书记说，"全昌县政府会大力支持你们企业的发展。细节的问题由王县长组织研究，组织专家讨论一下，请县长全权抓这件事。"

正是"投资合资要有诚意，不可用心算计人。路遥方能知马力，日久才能见人心。"

要知故事后戏，请君续看下回。

第六章

灵肉夜话

寒冬深夜，肉体与心灵并肩走在一排枝叶秃落的树下，踩得脚下的冰喳吱吱作响。

肉体打着寒噤，紧紧地抱着双臂。

肉体语气严肃地："你是不是感觉自己在做梦，是不是感觉越来越控制不住自己的思想。"

灵魂："是的，欲望受到诱惑时，我会反复出现语言性幻听，命令我去干。我已经无法自拔了。"

肉体非常气愤："你看看你，都在想什么。神情痴呆，思想缥缥缈缈的，简直进入了虚幻的梦境，你病得不轻。"

灵魂："病，我病了？"

肉体："是的，是精神障碍，贪得无厌的人大多数得的是这个病。"

灵魂："不对，是你的胆变得太大，你胆大才让我变得肆无忌惮。"

肉体:"我的胆是被你吓大的,一天到晚让我提心吊胆,能不出毛病吗?"

灵魂与肉体互不相让,不停地吵着。

第二十八回　李霞被忍痛割爱　谢子正连环中招

清晨,谢子正被窗外的汽车声吵醒,猛地从床上弹起来,揉了揉红肿的眼泡,拉开窗帘,发现太阳已经老高了。

他忧伤地巡视家里的每一间房子,杂乱的客厅,冰冷的厨房,泄气地一屁股坐到沙发里,沉闷地喘了几口粗气,懒洋洋地靠着,动也不想动。

妻子李霞到千业星光集团才一年,就变了。谢子正真真地后悔自己不该贪图什么高薪,不该让她到这个搅浑水的企业。

一个幸福的家庭就这样破了,破得干脆而毫无道理。

美丽的妻子李霞走了,活泼的儿子谢一洪也走了,被妻子李霞绝情地带走了。

往日一清早就可以听到妻子口齿伶俐的唠叨,催儿子起床命令声、拉丈夫胳膊时温情的呼唤,继而是厨房的锅碗勺交响曲。可今天,家里死一般的沉静,静得连挂钟的秒针走动声都那样的刺耳。

谢子正的妻子李霞是个完美的女人,完美得无可挑剔,温柔而贤惠。结婚以来她对丈夫谢子正是百依百顺,全力支持男人的事业。这不,谢子正从科员到科长,从科长到处长,每一级的提拔,都隐含着李霞的默默奉献。

谁都知道,他有一个幸福的家庭。

今天,谢子正幸福的家庭破碎了,这是不争的事实。

家庭是脆弱的，幸福的家庭也同样是脆弱的。只不过幸福的家庭给人是一个坚固组合的假象，而不幸福的家庭却给人天天争斗和吵闹的印象，常常表露出破残、摇摇欲坠的感觉而已。他与李霞高中相识，电厂再次相遇，从恋爱到结婚生子，好不容易建立起一个幸福家庭。在法律和道义的维系下，他们共同生活，认真经营着这个家庭。他记得有人说过"法律与道义仅仅是一只装沙的编织袋而已。两夫妻关系好时，犹如编织袋装满沙子之后，表面上看是一个整体。但关系紧张，犹如编织袋遇上破坏的外力，沙子立刻就流出破碎外壳的束缚。"谢子正和李霞夫妇婚姻的破裂就是一个活生生的例证。

　　他明白妻子李霞很爱自己，非常地爱，是打心眼里诚挚的爱。事实上，李霞的确是从打算嫁给谢子正之日起，就决心忠贞不渝。

　　结婚之后，李霞更是爱得义无反顾，爱得忘我，爱得愿意为丈夫奉献自己的一切。为爱，李霞殷勤地打理着家中的事务；为爱，李霞尽情伺候丈夫；可是眼下，为爱，李霞不得不坚决地离婚，绝情地抛弃了丈夫。

　　谢子正不理解，也无法理解自己的婚姻会破裂。昔日恩爱的妻子，走得这么坚决。他清楚地记得，有一次听到李霞在房间里哭着跟同学打电话，说是舍不得丈夫，但必须分手。

　　当时，谢子正心想，只要是舍不得，就一定有希望挽救。于是，他苦苦哀求，劝说，甚至威胁和发火都无济于事。李霞走了，冷漠地走了。走的时候完全不像舍不得的样子，扯着儿子，悄无声息地走了。

　　每天一阵痛苦的回忆之后，他照例草草地洗漱，拿起公文包，叹着气，懒得去打理眼前乱糟糟的家，无奈地掩门而走。

　　妻子离婚之后，他就没整理过这个家，没这个习惯更没有这个心情。从此再也没做过一顿饭，没心情也没这个能力。

　　婚前，他是父母的宠儿，住父母一起，不会也不要做任何家务。婚后被李霞接着宠，照旧是不会也不要做任何家务。这下坏了，现在独自一人没人照料，他不得不一天三顿吃食堂。家，变成只是一个有床和床上有脏被子的睡觉地方。

离婚半月，李霞也消瘦了许多，可人的程度也就差了许多。

现在的千业星光集团完全不同于原来的老星光企业集团，与原先比较，经营范围扩大了很多。

千业星光集团总经理枝冈次郎是个有经营头脑的人，尤其擅长社会关系，有着超常的公关能力。这能力，来自于他为了拉拢某个人，会不择手段。

他早就瞄上了开发区主任谢子正这个实权人物。

自从谢子正带着李霞过来之后，枝冈次郎很快明白谢子正是想利用职权，让妻子进来拿高薪。他及时答应并开始拉拢李霞，在她身上没少花功夫，先是宣传李霞的能力和工作业绩，继而是授权重用。那段时间里，李霞感觉世界是温暖的，对工作更是尽心尽力。

当李霞成为一名握着实权的部门主任之后，她有一种成就的喜悦，同时也对枝冈次郎有一种感恩的想法，但这思想的萌芽没多久便泯灭了。原因来自李霞与某兄弟部室主任的一次小别扭。

"你有什么本事，还不是你老公对我们公司有利用价值……"

李霞一听，差点气歪嘴，于是找到枝冈次郎想问个明白。

枝冈次郎不知为什么事正在大发雷霆，李霞正好撞到了他的枪口上。善良的女人，心情极度不好，平日里的机警劲全没了，只会气急败坏，单刀直入地向枝冈次郎提问。

"是的，就是这么回事。"枝冈次郎恼恨地摔着手里的笔记本，愤愤地指着李霞的鼻子，"我告诉你，你丈夫现在变得很不懂事。想当初，为了让你拿高薪，他是低三下四地求我。可现在呢，翻脸不认人了。"

李霞摸不着头脑，但被总经理的气势汹汹吓得惶恐不安，小心翼翼地问："总经理，能告诉我是怎么回事吗？"

李霞的神态让枝冈次郎有些心软，于是示意她坐下，缓了口气，慢慢地道出了全部实情。

原来，谢子正最近又兼任某要害部门的主任，而且直接与千业星光集团的业务扩展有关。枝冈次郎及时暗暗地关注李霞，由只拿工资的虚职主任，变成实权在握的部门主任，而且让李霞变成集团的核心中层干部，年薪也由初进来时的四万多，加到了十几万。

谢子正手中的审批权限，正掌管千业星光集团好几个项目和工程的生杀大权。审批这几个项目时，谢子正本不想批，因为属于可批可不批的范围。如果按县领导的交代，一切从严，那肯定是批不了的。但是，他心想千业星光关照了自己的妻子，应该网开一面。正准备批时，枝冈次郎亲自上门，道出了自己怎么关照李霞，还有李霞的弟弟，要求谢子正通融一下。

谢子正当即卖了个人情，当着枝冈次郎的面就盖章批字。心想反正也不违反原则，乐得做个好人。

枝冈次郎尝到了甜头，回公司搞了几个更大的项目。同时，他又活动关系，在李霞的弟弟身上下工夫。

"这不，你弟弟已经被列为后备干部了，正被单位考察，马上要提拔。"枝冈次郎加重语气，盯着李霞的眼睛说。

李霞这才想起来，弟弟这几年也是飞黄腾达，已经是某市公司的中层干部了。她同时，感觉到枝冈次郎的老谋深算和可怕。弟弟与自己完全不是一个行业，而且是在市属国有股份公司，枝冈次郎竟然也能伸进手去控制。

"最近几个项目，你丈夫谢子正死活不肯帮忙。"枝冈次郎不高兴地说，"我告诉你，你弟弟的事，只要我一个电话，要么成，要么黄掉。"

"谢子正批不批项目，跟我弟弟有什么关系？"李霞也很不高兴。

"你们是一家子的，怎么会没有关系？我控制不了谢子正，但我可以修理你呀。"枝冈次郎不客气地说，"否则，我控制不了这个谢子正了。"

"真奇怪，他不批项目你整我弟弟。你为什么不整他谢子正家的人呢？"李霞问。

"你是他妻子，你能控制他呀，我不整你整谁。"枝冈次郎说，"我对你够好的了，我为什么给你高薪，就是因为他谢子正。"

"我控制不了他。"

"为什么？"

"其实——"李霞讷讷地，有些语无伦次。

"其实什么？"枝冈次郎急切地问。

"其实——我跟谢子正一直夫妻关系不好。"从没撒过谎的李霞，生平第一次说假话，"他根本不听我的话。"

"怎么会呢？"枝冈次郎不信，疑惑地看着李霞。

"是的，我们早就是名誉夫妻了，同住一屋，但早就分居了。"李霞低着头，有些心虚地说。

"我不信。告诉你，如果这次谢子正不帮忙，你弟弟的事肯定黄了。"枝冈次郎阴险地威胁说，"你去做他的工作。否则，你弟弟到手的待遇，永远不会再有。"

"我做不通，他对我们家的人一直不看重。"李霞努力想挽救弟弟的前途，有些急。

"你们会关系不好？"枝冈次郎还是不信。

"真的关系不好，他完全不听我的话。求求你，看在我为公司尽心尽力的分上，不要害我弟弟。"李霞急切地恳求。

"去求谢子正吧！"枝冈次郎挥手逐客，"明天告诉我结果。"

回到家里，李霞向丈夫询问千业星光集团项目的事，谢子正明确地告诉她："这项目批不得。如果批了，就违反了原则，就会犯错误，丢乌纱。"

并认真地告诉李霞："回去好好解释，这项目真的不能批。换了别人在我这个位子，犯法的事也是不敢批的。"

"能不能想点办法，踩点红线？"李霞试探地问。

谢子正认真地说："这不是踩红线，是犯法。保命和保乌纱更重要，这是我做人的原则。"

"破例带私心做一次也不行？"李霞不死心，想到了弟弟的提拔。

"不可能。"谢子正斩钉截铁地说，"你要分得清轻重，这比嫖、贪、赌都严重，一旦被发现，就不得了。"

第二天，李霞揉红了眼睛，并挤出几滴眼泪，找到枝冈次郎，撒谎说："昨晚吵了一宿，没用。"

枝冈次郎很失望，靠在大摇椅里，手指敲打着桌子，两眼迷茫。

"总经理，这不关我弟弟的事，请你多多关照！"

"难办呐！"

李霞无奈，只有转身离开。

当天晚上，弟弟打来电话："姐姐，我说这两年升职这么快，原来是你在帮忙。谢谢你了，姐姐。公司里又把我列为后备干部了，听说过几天人事部就会下来考察。我要升公司副总经理哦？"

李霞非常高兴，心想枝冈次郎或许是吓唬她，弟弟所在的公司毕竟是市属公司。整个晚上李霞都心情很愉快，谢子正有点奇怪。

但是，没高兴几天，弟弟就打电话给李霞，说："姐，我的后备干部被取消了。公司领导说，是你公司的总经理枝冈次郎不肯继续帮忙。"

"奇怪，枝冈次郎与你们公司有什么关系呢？"

"关系可大呢？他跟市领导非常熟。你忘啦，我提中层科长和进入公司领导后备，都是你托他打的招呼呀。"

"是这样呀？"李霞后背发凉，感觉无法理解。

"姐，是真的。我们公司领导亲口告诉我的。"

李霞再也等不及了，找到枝冈次郎，"扑通"一下跪在他面前，苦着脸恳求说："求求你，别整我弟弟。"

这回，李霞是真的哭了。母亲早逝，长姐当娘的感情，让她不顾一切。

枝冈次郎有些心软，示意李霞起来。他站起身，在办公室踱了几步，阴险地说："如果真是你们夫妻不好的话，我就错怪你了。看在这个份上，我不恼你。但我还是不相信你的话，要考验你是否诚实。"

看到枝冈次郎那阴森的脸，李霞有些后怕，不敢再言语。

"要帮你弟弟可以，你们离婚。"

"离婚？"李霞大惊失色。

"我猜你们的关系不好是假的吧！"枝冈次郎得意地，"舍不得离？"

"离就离。"李霞心一狠，坚决地说。

"离了，你弟弟就马上可以接到任命。"枝冈次郎一字一板，"不过，他在试用期，你还得听我的。要是发现你们的假离婚，或者复婚，马上取消你弟弟任职资格。你考虑考虑，下周答复我。"

李霞头脑"嗡"的一声响，差点晕了过去。一周的痛苦思考，李霞千头万绪。谢子正正好出差在外，没有丝毫的察觉。就在谢子正出差回家的那天，她找到在法院工作的同学，告诉她，自己决定为弟弟牺牲两年的婚姻生活。

同学惊愕得像看外星人似的，打量了李霞半天，严肃地警告说："婚姻不是儿戏。"

"谢子正爱我，估计两年之内不会娶别的女人。"李霞侥幸地说。

但真正要提出离婚时，李霞非常痛苦，偷偷地哭了好几回。但为了弟弟，她还是向法院提出了离婚，找同学帮忙，草草地判了个离婚。那天，一向斯文的丈夫向李霞同学吼叫着："我要告你，明明我们夫妻感情很好，为什么要说感情死亡？"

愤怒冲动都是无济于事的，李霞还是拿着离婚判决，冷漠地走了。

正是"昔日恩爱夫妻，被迫强制分离。爱情纯洁严肃，不能半点儿戏。"

要知故事后戏，请君续看下回。

第二十九回　谢子正坚守廉政　谢老汉老年失足

离婚后的谢子正，精神极差，工作心情自然也好不了。心情不好，更加坚定他坚持原则的决心，千业星光集团的几个违规项目，全被他扼杀精光，气得枝冈次郎在他面前咬牙切齿。

"我就不信治不了你。"枝冈次郎恶狠狠地警告他说。

"走着瞧。"谢子正仗着自己的实权，不在乎枝冈次郎。他心想自己也不是被吓大的，于是义正词严地说，"想让我犯法，门也没有。"

谢子正毕竟是个有良好修养的人。内心的冲击尽管让人难以忍受，但他很快就调整过来了，上班的时间里表面上恢复了平静。

下班却还是一团糟，他无法习惯这家里的杂乱事，于是又回到了父母的身边，干脆过起了婚前的单身生活。

谢子正父母都是极其本分的人。自从谢子正有了一官半职之后，他就将双亲接到县城里伺候。父亲谢金根感觉自己身体蛮好，精力充沛，与母亲茶英一合计，开了个小吃店，生意越来越红火。开始，他们只求弄个生活费什么的，作个补贴之用。没想凭着谢子正的面子，有许多人来捧场，让小店回报丰厚，乐得俩老人家屁颠屁颠的。

孙子出生时，两个老人家竟送上了五万元的红包给媳妇，给小夫妻一个大惊喜。这回儿子家破，俩老人心知肚明，晓得谢子正心里现在不好受，一句话也没问，默默地担起关照儿子的生活，比婚前更细致，更周到。

谢子正下班无事，也就跟在俩老人边上，学着做些杂事，想学点儿技能。父亲明白儿子的意思，也就试着让儿子亲自操作，俨然是个师傅，在一旁指手画脚。

一个月后，谢子正的生活完全进入了新的平衡，似乎又回到了婚前。早晨母亲叫唤两三回才起床，吃了碗一推没事，衣服脏了换下来扔一边，什么也不牵挂。

倒是千业星光集团的枝冈次郎不让谢子正消停，隔三差五地拿着项目审批材料，软磨硬泡、死皮赖脸地在谢子正面前一泡就是半天。

碰了十几回钉子之后，枝冈次郎停止了行动，这个老谋深算的阴谋家，已无计可施了。于是干起了盯梢的行当，派两个人专门悄悄地盯着谢子正，指望捞一个谢子正违法犯法的证据。

结果失望得很。负责盯梢的人报告，这个谢子正，除了上班，下班就回家。要说有什么异常的话，那就是谢子正有时回自己的家，有时回父母家。而且即便回自己的家，也待不上一小时，又会回到父母一起。

枝冈次郎无计可施，苦恼地在办公室里踱来踱去，突然他止住步，得意地笑起来。他立即打电话，让自己的秘书苏枝到谢金根的餐馆里预定中餐盒饭。

"我们公司，原来不是在这家餐馆订的。"苏秘书提醒道。

"现在改为这家。"枝冈次郎命令道，"跟后勤部讲一下，以后中午的工作餐都由你亲自订，就到我指定的这一家。别忘了，你给他留个名片，以便好联系。"

　　苏秘书不知道为什么原因，只是猜想是老板的关系户，也就照办了。

　　谢金根喜出望外，天上掉下来一笔大生意。对他这种规模不大的餐馆来说，近百份盒饭，相当于全部中餐的散客。他叮嘱厨房一定要弄得好吃点，另外多加点料，薄利多销嘛，为的是走个量。于是，同样的价格标准，摆在千业星光集团员工面前的午餐质量却比以前好得多。公司上下无不称赞枝冈次郎英明，找了家好餐馆。

　　只有李霞听说后焦虑非常，不知道枝冈次郎这个老狐狸又要搞什么阴谋。

　　一周之后，苏秘书再走进谢金根的小吃店时，老人家两眼都放出绿光，热情得又是倒水又是递烟。再三要求苏秘书，转达他对老板的谢意。

　　第二周，苏秘书通知谢金根，老板决定中餐盒饭的标准由7元提高到13元。老人家一听，更是喜上眉梢，又是一叠声的谢谢。当月盘点，盈利是上月的两倍。再见到苏秘书时，谢金根拿出二份礼品塞过来，说是谢谢苏秘书和他的老板。

　　"我们老板要请你吃饭。"苏秘书说。

　　"反了，反了。"谢金根连连摇手，"要请应当我请。"

　　"说真的，不是开玩笑。"苏秘书认真地说，"我们老板说要谢谢你。"

　　"谢我？"谢金根丈二和尚摸不着头脑，笑着说："他谢我什么，肯定是搞错人了。"

　　"没错。"苏秘书正色地说，"今天晚上5点钟，我老板会派车来接你，见了面就知道了。"

　　谢金根正要推辞，但转念一想，也罢，去看看到底是谁，这么照顾自己，当面道个谢也不错。于是，满口答应，连声谢谢，将苏秘书送到餐馆门口。

下午五点钟的光景，一辆黑色的本田准时停在餐馆的门口，司机进来，说是来接谢老板的。

谢金根换了件干净的夹克衫，笑呵呵地跟着司机上了车。司机一路无语，只是认真地开着车。也许是太安静，安静得令人发毛，谢金根的兴奋劲慢慢地消退，取而代之的是局促和不安。慢慢地，他有点后悔。

"到了。"小车戛然停下，司机不卑不亢地下来拉开车门。

谢金根下来，迈不开步，心虚胆怯。正在茫然时，枝冈次郎笑容可掬地走了过来，握住谢金根的手："谢老板，来，来，这边请。"

谢金根抬头一看，"情调咖啡"几个字的霓虹灯在灿烂地闪烁着，门口两排美貌的迎宾。谢金根更是紧张，从来没有进过这等豪华的咖啡屋。于是不走："老板你这是？"

"谢老板不认得我啦？"枝冈次郎笑眯眯地，"我是去年在你店里吃饭，小偷偷了钱包，被你追了回来的顾客呀。一个棕色的手提包。"

谢金根想起来了，那是一个炎热的中午，枝冈次郎提着一个包放在一边的椅子上，要了一碗冰绿豆，正在仔细地慢慢品着。他是在这门口等人，约好了在这家饭馆门口碰头，人家来晚了，他就进来要了一碗冰绿豆汤，以消磨时间。

因为这家饭馆离火车站近，所以每天的客人都很多，加上谢金根的低价竞争，回头客也很多。常常要进店站一会儿，等别人离开才有位子。

这种大厅顾客多的饭馆，最容易招引小偷的光顾。枝冈次郎的富态、穿着，让人一看就知道是有钱的主。小偷尾随了很久，正当枝冈次郎低头品冰绿豆时，小偷闪电般地提走了他的公文包，正好被谢金根看见，于是放下手里的东西拼命地追了过去，硬是跑出两站路，将小偷手里的包给夺了回来。

枝冈次郎非常感动，心想一个老人家，为追包不顾一切，拿出500

元人民币，要谢谢谢金根。可老人家说什么也不收，还谢谢枝冈次郎光顾小店。谢金根的心里负担放下了，说道："老板，这是我该做的呀，要谢什么呀。要说谢，你订了我店中餐，已经是非常大的照顾了。"

枝冈次郎笑着将谢金根引到了一个幽暗的包间，谢金根刚放下的心，又提到了嗓子口，呼吸也急促起来。他一乡下老头，是个普通人，从来不进也舍不得进这种地方。

已是金秋天了，可这里空调温暖得很。优雅的音乐，扑鼻的香水味，让老人家感到很享受，慢慢地又有些陶醉了。

"那天有事，走得很匆忙。"枝冈次郎拉着谢金根的手小声说，"你知道，我那包里有几万块钱不说，还有几百万，几千万的合同书，我当然要谢谢你哦！"

老人家有些感动，想不到这么记情的人。他每月都要拾到几次顾客落下的衣服、钱包，全部归还给人，只要有线索，他会找到本人还给人家。

大多数都是知道好歹的人，常常拿出一些钱，或买些东西表示感谢。也有些人只是口头上说声"谢谢"，夸几句谢金根人好。

枝冈次郎叫来侍应生，点了些咖啡和小吃，可谢金根吃不来这玩意，一看价格好吓人，连忙制止，枝冈次郎笑着说："没事。"

之后他叫来领班，耳语了几句。

十分钟后，侍应生端着两盘扒饭，枝冈次郎尝了尝，不错。老人家顶合口味，也就埋头吃了起来。

其间，枝冈次郎不忘敬酒，洋葡萄酒劲顶大的，不一会儿老人家的脸蛋有了红晕。正当谢金根感觉酒足饭饱想退席时，进来两个大美女，衣着很少的大美女，彬彬有礼地走进来，斯斯文文地走到他们身边。

枝冈次郎见谢金根有些紧张，就安慰说："没事。礼仪之人，我叫人安排的。"

谢金根还想拒绝，但闻到一种奇特的香味，让人陶醉了许多，隐隐的，他闻到了一种女人的肉香。大美人一来就敬酒敬菜，时不时用那裸露的肌肤触碰一下老人家的手，老人家顿时心跳加速，本来有些红的脸颊，显得更红了。

一个本分的老人家，这时没有时间思考，现实的感知完全牵制着他的思维，隐隐地他有一种青春再现的冲动。

"小王带着谢老板到雅座去喝茶。"枝冈次郎吩咐道。

"这……"谢金根有些犹豫，但经不住美女一挽胳膊，立即像个听话的孩子，乐颠颠地走了。

半个钟头后，小王陪着谢金根回来了，老人家脸更红了，进门低着头，羞涩地不敢抬头看枝冈次郎。

"小王没有让谢老板生气吧？"枝冈次郎问。

"没有、没有，老板很满意。"她说着用胳膊捅了捅谢金根。

谢金根还在羞涩中，低着头呓语了几声。

"满意就好。"枝冈次郎拿出几张百元大钞，两人一人几张，挥挥手让她们走了。

之后，他陪着谢金根出门，让司机悄悄地送回了店。

回到餐馆，谢金根如鱼得水，兴奋起来，不停向老伴夸人家枝冈次郎如何如何有情义。总之，那兴奋劲头，像小伙子娶了新媳妇，乐呵呵地激动了好几天。

几次之后，谢金根一接到那个娇滴滴的女人打来的电话，便魂不守舍，不及一会儿便借口有事，匆匆走了，大半天才回来。老伴问去哪了，他就是不说，顾左右而言他。之后的几天，老伴发觉他有点怪，总是躲在一边偷偷地抽烟。

"你抽烟啦。"老伴抓了个现行，想夺那烟，但没成功，恼怒地尖叫，"好的不学，学抽烟，这么大的年纪了，快入土的人还学抽烟。"

老伴不停地唠叨着。

谢金根是个有封建脑袋的人，大男子意识特浓，以前他只会在家摆谱，家务事丁点都不做。进城之后，闲来无事，才学着城里的男人下厨，慢慢地家务事也跟着一起做。餐馆里主要是他唱主角，决定的事不许妻子更改。

或许是他认为自己理短，或许是他不想解释。总之妻子再怎么唠叨，他毫不生气，也不理会。照样隔三差五地被娇滴滴的女人叫走，照样回来一阵兴奋，让妻子捉摸不透，不知道老家伙在玩什么花样。本想追问到底，但想到一辈子过来，谢金根向来循规蹈矩，从不出什么问题，也就把心放好，不去想他。

谢金根会偷偷地抽烟，已成事实。无论怎么吵，怎么闹，无济于事。每次从外面回来，总要带上一二包烟。

谢子正回家，妈妈终于忍不住告了老头子一状，别看谢金根平日里在老婆面前顶牛气，可在儿子面前，却有几分胆怯，不好意思地低着头。

看见父亲有羞愧之感，谢子正也不好再说什么，心想老人家这么大年纪，想干什么就干什么罢，只是轻描淡写地说了两句："吸烟对肺不好，能不吸尽量不要吸，实在要吸的话尽量少吸。"

正是"为前程坚守廉政阵线，享快乐销魂堕落红尘。清廉儿子无奈何，厚道老汉有羞惭。"

要知故事后戏，请君续看下回。

第三十回　乐极生悲父吸毒　父债子还儿求助

谢金根忙说："我每天就一二支，不多。"

这事就这么过去了，谢子正自己本来不吸烟，也就没管父亲吸什么烟，心想每天一二支，算不上抽烟，就当玩玩吧。

一个礼拜谢金根没接到小王姑娘的电话，开始有些急躁了，烟慢慢没了。他想起来姑娘曾给过他一个电话号码，于是翻遍口袋，找出电话，避开妻子偷偷地打了过去。

小王姑娘没有往日的热情，但声音还是娇滴滴的："哦，是谢老板呀，我们老板回国去了。真抱歉，他没安排我招待你。"

"我不要招待，我是想要那烟。"谢金根急了，"我现在一天不抽那烟，浑身不舒服。"

老实的谢金根，不知道这烟是有名堂的，是被注射过毒品的，却只知道抽了这烟提神，不抽就浑身难受。

"老板没有给我留下烟。"小王姑娘疲惫地说，"你上别的小店买吧。"

"那怎么办。"谢金根恳切地，"小王姑娘能不能帮我想一想办法，我到别的店里买的烟没有用，就是想抽你的烟。"

"我手头没有呀。如果你真想要，我倒是可以帮你买得到。"小王姑娘打着哈欠说，"不过我没有钱垫。"

"多少钱？我给。"谢金根坚决地说。

"很贵的。五千块一包。"小王姑娘随口说了句。

"多少？五千。"谢金根，"你搞错了，是五千一箱吧？"

"没错，就五千一包。你不要算了，这烟没熟人是买不到的。"小王姑娘说着挂了电话。

谢金根不打算买，心想太贵了，自己几个月的烟瘾，戒了算了。于是回身到厨房拼命地做事，想用这种办法来分散自己的注意力。

不一会儿，谢金根感觉不对劲，像万虫钻心，浑身难受。随着时间的推移，他难受的程度在递增，痛苦越来越强烈。他以为是感冒，吃了点感冒药，没用。无意中来到以前偷偷抽烟的地方，发现有半支烟头扔在地上，可能是上次抽烟时被老婆发现，急着丢在地上踩掉的。他感觉有点浪费，就拣起来吸了几口，怪事，吸几口人就不难受了，抽完这半支就更舒坦了。

他于是偷偷拿了收银台一万块钱，打的去找小王姑娘买了二包烟。

"这是毒品，你可不能公开抽哦。"小王姑娘小声叮嘱了一句。

"毒品？"谢金根感觉是一个炸雷，惊恐万分。

回到家里，谢金根像犯了错的小孩，不敢正视妻子。低头卖力地干活，但自己不争气，烟瘾越来越大，最初是一天一支，后来二支，现在发展到三四支，半夜还起来吸一支。

几个月下来，店里的钱都被他拿去买烟了，用得差不多光了，再挪就没有钱买菜了。他找小王姑娘想借钱，人家姑娘没同意，倒是找了一个放高利贷的，说是可以帮助借款。谢金根没有办法，只好答应借两万，先买几包烟再说。等店里有钱了，尽快还掉。

第二天上午，苏秘书来了，他告诉谢老板，单位自建了食堂，从今天开始，不再订午餐盒饭了。听到这话，谢金根心里隐隐作痛，近几个月，他自己不争气，没有心思打理饭馆，营业额一落千丈，幸好有千业星光集团的订餐，才不至于一败涂地。可这下完了，取消订餐，餐馆说不定要亏本。

说不定的事，往往是怕什么来什么，亏损很快就真的降临了。到了月底，来了几个彪形大汉，说是收借款的，那阵式，像是阎王爷的催命鬼。

"这个月亏本，我下个月一定还。"谢金根没见过这场面，吓得魂不附体，可怜巴巴地哀求道。

"不还是吧？想赖账？"对方来势汹汹地，"不给钱就搬东西！"

"不是不给，是没有，等有了钱一定还。"谢金根哭丧着脸，双手作揖。

"你赖账。"有个大个子冲上来，抓住老人家的衣领，高举着拳头。

"别………"妻子不知什么时候出现了，她着急地冲了过来，"到底发生了什么事？"

"他借钱不还。"大个子松开手，凶巴巴地说。

"你在外面借了钱？"妻子惊疑地看着谢金根，不相信这是事实。可是老先生低下头，讷讷地，"是的，借了。"

"借了多少？"妻子急切地问。

"十万！"大个子凶巴巴地吼了一句。

"没有，没有这么多。"谢金根着急地，"我只借了四万，合同还在。"

说着，谢金根慌慌张张地找出了两份合同，递给大个子看。

"你再仔细看看，还有利息。"大个子抱着胳膊，冷冷地丢过来一句。

谢金根低头细看合同，天哪！

合同结尾明明白白地写着："借款两万，周息10％，按周结算……"

看着看着，谢金根的手开始抖起来，愤怒地："你这是抢钱，这是高利贷，我告你……"

"你敢。"大个子冲上来一把揪住谢金根的衣领，"你告，你这老骨头、你的老婆、你的儿子，还想不想活？"

"我们还钱，一定还。"妻子急着上前，拉开大个子的手，"明天一定还。"

"明天？明天就四十万了。"大个子不高兴地放开谢金根。

"哪能这样。"谢金根痛苦地："你这是黄世仁。"

"就这样，要么现在还；要么明天四十万。"大个子不耐烦了，从身上抽出雪白的寒光闪闪的杀猪刀。

俩老人家吓得抱成一团，手脚都瘫了似的。还是妻子有一丝理智，讷讷地说："四十万就四十万，明天晚上给。"

大个子没吱声，手一挥，一伙人顿时鸟兽状散去。

谢子正回到家里，发现气氛不对，一问，老两人家语塞，老娘两眼啪啪地往外掉泪。谢子正心里吓了一大跳，不知出了什么事，忙追问，才知道原委。

"报警。"谢子正果断地，恨恨地说，"要治治这些无赖。"

"不行。"老娘忙摆手，着急地，"这些人什么都干得出来。再说捅出事来对你也不光彩。"

"放高利贷是犯法的。"谢子正坚决地。

"放高利贷是犯法的，吸毒也是犯法的。"老娘说。

"吸毒？"谢子正不解，"谁吸毒？"

谢金根抬起头，眨巴着死鱼眼，羞愧地讲述了他的不光彩的过去。

老娘知道老头子吸毒，但风流事还是第一次听说，听着听着，脸扭曲成一团，伤心委屈的泪如洪流涌出来。

事已至此，谢子正感到再责备和埋怨也无意义，便过去安慰母亲，答应明天想办法还钱。

正是"吸烟吸出毒瘾老汉血本无归，借钱借出高利贷欠下巨债。金根道出荒唐事，妻恨子怨也无奈。"

要知故事后戏，请君续看下回。

第三十一回　为金钱终于腐败　谢子正非法敛财

谢子正虽说不是什么廉洁的干部，但他并不贪婪。近两年房价涨得快，他把大部分钱都用于改善住房了。加上离婚将不多的积蓄都判给了李霞，他已是很贫困了。

走进办公室，他头都是大的，40万对他来说不是个小数字，看来只有借了。

他咨询了财务部，答复是只能借五万以内，再多就不允许了，而且要找主要领导签批。

无奈之下，谢子正只好向几个同学开口，讨借40万。但平日称兄道弟的酒肉朋友，沾光的事，大家一拥而至。一提到借钱，请求帮助时，个个都有一百个理由，婉言拒绝。放下电话，他将脑袋埋在双手里。

"谢处长、谢主任。"枝冈次郎甜甜的声音将谢子正从痛苦的思绪中唤醒。

谢子正并不知道自己的父亲是被这个家伙一手设计陷害的，只是感觉站在眼前的是个厉害的角色。据说，他抓项目是不择手段的，有"项目狂"之称。

"有什么事，需要我帮忙么？"枝冈次郎又笑眯眯地挨前来，努力用最亲切的声音，"看你的气色不大好，是不是生病啦。"

"没病。"

"有什么事，我枝冈次郎能帮得着的地方只管开口。"

谢子正无言地摇头。

"别的本事我枝冈次郎没有。出个钱、出个力什么的，对我来说很容易。"

谢子正一听，喜出望外。正想开口，又犹豫了，还是忍住了没说，只是很勉强地笑了笑。

这一心理活动，被世故的枝冈次郎看在眼里。于是，佯装不高兴地说："谢处长看不起人，有什么事都不告诉我。我可是把你当好朋友啊。"

"没什么。"谢子正故作镇静，"只是家里有点小事。"

"两口子又闹矛盾了？"

谢子正否定地摇了摇头。

"老爷子生意有困难？" 枝冈次郎又接着猜。

这回，谢子正点了点头。

枝冈次郎连忙将手里的小提箱递到谢子正眼前，打开一看，是一箱子钞票。

谢子正像看到狗屎一样，急忙将箱子盖上，推回枝冈次郎面前。

"你这是想害我呀？"

"哎呀！我的谢大处长。全天下，现在就只有你一个人不吃人间烟火了。"

本来，谢子正正想恼怒地将枝冈次郎赶走，但他突然想到自己父亲的四十万块钱。心里有些想要，但廉政的防线不让他松口。

枝冈次郎琢磨有希望将这钱送出去，也就进一步劝说。

思考了许久，谢子正改变了想法，试着问："要么，你借点钱给我吗？"

"如果数目不大的话，就不要说什么借不借的了。"枝冈次郎拍拍手中的档案袋，"如果能批下这里的每一个合同，我会孝敬你主任大人的。"

说完，枝冈次郎又将那箱子钱推了过去："这是十万。"

"我不要你的钱。"谢子正说，"我借你的。再说，十万数字也不够。"

"要多少都行。"

"要四十万，今天就要。"

"行，没问题。"枝冈次郎奸笑着，"只要你帮我把那几个项目批下来。"

谢子正接过材料，看了一下，迟疑地："只能批一个。"

"好吧，先批一个也行。"枝冈次郎趁谢子正看材料的空当，早已写好一张四十万的支票，递了过来，激动得手都发抖。

"要现金。"谢子正没接支票，"不好意思，实在是急用。"

"好。你等一会，我马上叫人送来。"枝冈次郎掏出电话，乐颠颠地出门打电话。

不到半个钟头，苏秘书火急火燎地提来一个密码箱，交给枝冈次郎，然后知趣地退了出去。

枝冈次郎转身关上门，并轻轻上锁。然后将密码箱打开，整整一箱齐刷刷的人民币呈现在眼前。

谢子正关上箱子，收到自己的办公桌底下，翻了翻资料，冷静地说："行了，我明天就下文批复。"

"太好了。"枝冈次郎高兴得跳了起来，双手抓住谢子正的手，"我静候你的佳音。"

回到公司，枝冈次郎为自己的计谋得逞而兴奋。他回到自己的办公室，拿出藏在衣袖里的微型摄像机，连上电脑，欣赏自己的杰作。

电脑屏上，清清楚楚地看见谢子正双手接过箱子，手发抖地打开了箱子，齐刷刷的钞票展现在眼前。

枝冈次郎将这些镜头下载到电脑。然后，又清清楚楚地回放了一遍。接着，他又捣腾了一会儿电脑，谢金根的风流镜头了然于屏幕。看够了，他拿出一个光盘，将两个内容放到一个文件夹，刻录下来，放在一个光盘盒里，上面写着："谢子正的罪证。"

枝冈次郎是个极具心机的人。他通过正当渠道未获得项目批准时，就使用这些下三烂的勾当来敲诈主管人员。

"总经理，"苏秘书小心地走了进来，脸色难看地说，"马行长不给签字，新货款可能要黄掉。"

"你不会警告他。"枝冈次郎恨恨地说。

"没用，他软硬不吃。"

"算了，我这项目批了，可以正规申请贷款了，不求他了。上次光盘还在吗？"

"在。"

"寄给纪委。"枝冈次郎恶狠狠地，"寄给省纪委，叫他好看。"

"好的。"苏秘书转身出门。

"这个也拿去，收好。"枝冈次郎将刚刚刻好的光盘递过去。

苏秘书接过光盘，转身就走，出门前转身问道："全都寄出去么？"

枝冈次郎一心翻着桌上的资料，随口说："是的，叫他好看。"

谢子正拿到钱，当即就打的送到父亲的餐馆，俩老人家感动得流出了眼泪。谢金根坚决地发誓："一定要戒烟，不抽那怪玩意。"

下午，大个子一伙人如期而至，满意地将钱提走了，而且态度比上次好多了，蛮横里透着一丝笑意，不再凶凶喝喝。

老两口舒了一口气，感觉今天的阳光格外灿烂。

谢子正也天天在网上查找如何帮助人家戒毒，因为不想弄得影响很大，也就不敢打电话询问戒毒所，只是在网上购些药品。

一周后，正当谢子正感觉一切噩梦都过去了时，更大的惊雷炸响了。

他被省纪委的人带走，据说是有人举报他受贿。

一连几天，他被要求在指定地点向组织交代情况。

正是"设陷阱送钱上门，还父债不慎腐败。半生努力付东流，坠德失志英名坏。"

要知故事后戏，请君续看下回。

第七章

灵肉夜话

早春深夜，肉体与灵魂倚在窗前，任凭寒风夹杂着雨点，敲打着玻璃。

肉体："你不能欺负平民，平民是很无助的。"

灵魂："我要保障自己的利益，我管不了那么多。再说贫民也没有对我怎么样。"

肉体："你有权有势，他怕你，不敢跟你作对，当然不能对你怎么样了。"

灵魂："不是那样的，他对我很敬佩。"

肉体不屑一顾："那是无奈的客气，没有人尊敬你。"

灵魂："反正，他们不敢对我怎样。"

肉体："还记得荀子有句话'君者，舟也。庶人者，水也。水则载舟，水则覆舟'。"

灵魂又重复了一句："反正，他们不敢对我怎样。"

肉体："他们是弱势群体不错，谁能对你怎么样。但违背民意总是危险的，比如'微博'就非常厉害。"

"微博？"灵魂一听，大惊失色，顿时气馁了，"是啊、是啊，真是挺可怕的东西。"

第三十二回　没有强拆胜强拆　利益面前各自飞

单志贵接了美国威廉医院扩建工地拆迁的任务后，连夜召集精英和骨干开会商讨对策。以往接到拆迁任务，都是些小工程，小打小闹的没有这么紧张。这回不一样，一是县委书记要求不能强拆；二是不能出半点偏差，直接关系到能否顺利接手新办公楼的施工任务。

当天晚上，单志贵提着二条香烟和二瓶好酒，趁着天黑到罗之贵家拜访。罗之贵原是全昌县水产场的饲料工，后因水产场改制，租赁给一个浙江商人，他也随之下岗开了一个小小的冷饮铺子。四十来岁的罗之贵，从小没读什么书，但长着一副读书人的外表。特别是开饮料店之后，也不知是不再受风吹雨打，还是冷饮吃多了，变得越发白净。不熟悉的人初次见面，第一感觉绝对是一个斯文人。

就这么个表面斯文的罗之贵，却是小区里的公认领头人。不管小区发生什么事，物业管不了的，找到罗之贵一定能摆平。他曾经带着业主委员们为小区维权，把物业公司总经理给弄怕了。有一次，物业公司想把小区一块空地出租给一商贩，弄点租金供公司花销，罗之贵硬是带领业主委员会把人给赶跑了，还把物业公司总经理狠狠地给修理了一回。还有一次，是小区供电一户一表改造。供电局直供到户，但全得换上供电局的智能电表，要几百块钱一户。也是罗之贵带着业主委员会，找到物业公司讲道理，大闹了三天，直到逼得物业公司答应出钱才罢休。

这次小区要拆迁，罗之贵早就在心里打好了算盘，要狠狠地敲开发商一回。单志贵的突然来访，让他有些意外。尤其是看见那两瓶二十年的陈酿白酒，市面上要一千多块钱一瓶。单志贵态度谦和讨好地笑着，极其主动给罗之贵递烟，并说明了小区要拆迁，请罗之贵带头搬家的意思。一开始，罗之贵还冷眼袖手，一副油盐不进的样子。但当单志贵从口袋里捞出五万块钱时，罗之贵的意志崩溃了，非常听话地表示一定带头搬走。

为了慎重起见，单志贵再出动了几十个人，上门逐户征求意见和做劝迁工作。令他兴奋不已的是，竟然发现有不少人是愿意搬迁的。这是他多年实践摸索出来的办法，叫做"火力侦察"，还真有效果。通过走访，他摸清了拆迁区内所有居民的背景，包括每个住户的性格特点、个人能耐和社会关系。

对小区里号召力大的人和与政府官员有关系的人员，他单独晚上亲自登门走访，并采取了送钱送礼高价收买的办法，私下里恳求他们提前搬走。

果真"有钱能使鬼推磨"。他就是用这种办法，让小区里所有"刺猬"和难对付的人都得到好处，并且一个个非常配合并迅速地搬走了。

硬骨头都搬走了，大多数居民也就没了主心骨。平素有什么事，都是这些个硬骨头户主带着他们，招呼他们行动。大家记得，几年前物业公司将棋牌室租给一个卖早点的，就是有几个厉害的主带着他们围住物业公司要说法，逼得物业公司放弃租房，恢复棋牌室。

如今，这些个有关系有主见的住户却高兴地搬走了，大家无奈叹着气也就跟着搬。心想人家那么厉害的主都不敢闹事，平头百姓更不敢充好汉了。几天工夫，搬空了七八栋楼。

也有些人心里不服，认为按标准补偿金额实在是太少了，也就没那么痛快，不痛快便犹豫，想通过拖延时间的办法，看看能不能多要点补偿费。

这些个没动静的居民，平素里很少来往。可如今，一出门便有共同语言，一碰头一商量决定拖几天，提出增加一点补偿，即便是多捞一年的租房费也行。

单志贵没有答应这些人的要求，而是安排施工队对搬空的大楼进行动工拆楼。一天工夫，小区的道路立马变成乱石遍地，没有一条路能通畅。整天小区里尘土飞扬，机器声震天响。

单志贵还给还未搬走的居民户，每户发了一封劝搬通知书。这劝搬通知书有劝告的内容，也暗示不如期搬迁的惩罚措施。最后限定某月某日前，必须如期搬走。

有几户人家面对如此环境，动摇了坚守阵地的念头，找来搬家公司搬走了。与前期搬迁的居民相比，他们的搬迁费用大大地增加了，搬家公司的要价高出二成多。原因是小区的路已经不好走了，搬运车开不到楼前，只能停在小区门口，用手推车或人力抬出小区再装车。

剩下的二十户没坚持几天，又搬走了几户，只剩十几户。这十几户被单志贵搞恼了，要找单志贵讲理，路都弄坏了，还怎么搬。有两户要求增加因道路不好而上涨的搬运费，单志贵爽快地答应了，通知各户如果在两天内搬走，当场付给上涨的搬运费。果然又有几户人家搬出，也真的在小区门口领到了增加的搬运费。

还有9户人家见单志贵答应得这么爽快，以为自己开价太低，后悔要得太少。于是又不肯搬了，提出再增加一点费用。

单志贵的答复是："确定搬出时间，费用好谈。"

这几户以为还有讨价的弹性，便不肯确定搬出时间，一心想着单志贵来求他们。但是他们打错了算盘，当天小区的水、电和煤气管全都被施工队挖断。没有了这些个基本条件，生活存在很大的问题。

又有四户意志不坚定的人，搬走了，连增加的小区搬迁费也没领到。找不到单志贵本人，其余的人也一概不管。剩下的五户，看来是铁了心，出去买了白蜡烛，从小区外提来水，仅坚持了一天，又有2户受不了这个苦搬走了。

余下的三户均是顽固的老者。这些老人意志坚定，打算与单志贵一决毅力的胜负。第二天早上一开门，发现门口堆着臭气熏天的大便，这非常让人恼火，家里又没有水，没办法冲洗，只好关门不出。到了中午的时候，这些有人住的楼下，大型施工机器隆隆作响，吵得没办法让人午休。到了午夜的时候，发现有撬门的声音，开门一看，人跑得很快。

这三户均是老两口，没有年轻人在家住，白天还意志坚定，心想自己已是半截入土之人，玩老命也要与单志贵较量一番。可到了寂黑的晚上，老人心里便有些发紧。刚安静下来，又有人撬门。开门一看，撬门者又快速跑开，老人们又不敢出门追赶。只好又关门睡觉，刚安静一会儿想要入睡，又有人放鞭炮，就丢在他家门口。

几个晚上折腾下来，老人们被弄得疲惫不堪，有两户男主人感觉胸闷气短，女主人妥协了，打电话给子女，叫来搬运公司，迁走了事。余下的一户，老汉名叫罗辉军，是个老兵出身，乃是个非常顽固的老头子，他就不信坚持不下去。他听说某某小区拆迁，出现某某钉子户，最后这个钉子户得到了满意的拆迁补偿。于是，打算也当一回钉子户，便出小区买了矿泉水、方便面、面包之类的东西。可出门容易，回来时路就挖断了，他便满小区找单志贵，人家是老总，哪有那么好找，转悠了半天，不见踪影，而且身后总是远远地跟着几个人。

罗辉军感觉坚持不住了，一种无名的恐惧油然而生。他打电话给远在外地工作的儿子，让其想办法找人帮忙，搬家了事。他儿子是个门路很广的人，不出半天就与单志贵联系上了。单志贵表现出非常高的姿态，立马带来一帮子人，免费为老人家搬家，当天就搬完，整个小区搬迁工作如期全部完成。

没有上访。

没有群体性闹事。

一切做得天衣无缝。

马书记和王县长亲自接见了单志贵，并让他简单汇报了拆迁经过。

"城市建设飞速发展，我们需要这样的人才。"听完汇报，县委书记马三江高兴地说，"单志贵是全昌县城市建设的强人。"

王任伍也当面表扬他有能力，说了不少赞扬的话。

正是"画虎画皮难画骨，知人知面不知心。平生莫做皱眉事，世上应无切齿人。"

要知故事后戏，请君续看下回。

第三十三回　有钱没权照样过　大恩大惠蚀人心

坐在宽敞的新办公室，古清强有一种功成名就的感觉。

新的集团公司完全是国际现代公司的派头，董事长办公室非常之大，有独立的会客室，有休息间和卫生间。古清强背着手，在办公室里来回踱着，有一种领袖人物的派头和神气。

所有的办公室都是枝冈次郎亲自设计，亲自组织施工。他特地把古清强的办公室设计得美观气派，所有的材料都采用市面上最高级的。他决心要把这个董事长伺候得舒舒服服的，让古清强对他产生强烈的好感。

古清强自己也感觉奇怪，之前自己也是国有企业的老总，也是一把手，可就没有今天做合资企业的董事长这么舒服，真的有一种诸侯王的威风。

在枝冈次郎的提议下，董事会决定对千业星光集团的高管实行年薪制，董事长古清强年薪定在80万。

天，这个天文数字，古清强以前想都不敢想。

古清强已经亲身享受到金钱带来的快乐。他觉得，相比之下，政治上的光环没有经济上的实惠更让人陶醉。

枝冈次郎看出了古清强的变化，也就更加宠着他这个董事长。得到的回报是古清强对枝冈次郎的大胆放权，他明显感觉比合作之初更信任他这个老外，有些工作上的请示，几乎是个形式。慢慢地，大多数工作内容枝冈次郎可以先斩后奏了。

"怎么样？还满意吗？"每天枝冈次郎推门而入，笑着向古清强问候，把这个董事长陶醉得云里雾里。

古清强停止踱步，非常兴奋地向枝冈次郎点头说："不错，不错。枝冈次郎总经理不愧是一流的设计师，办公室设计得非常不错，在这种环境下办公，令人非常惬意。"

"我不但要让你非常惬意，还要在十年之内，把你培养和扶植成中国新一代富豪。"枝冈次郎说。

"知足了，我不贪钱。"古清强喜笑颜开，感激地说，"你已经让我享受到富人的生活了，知足了。"

他嘴上是这么说，但当他想到毕三鸿，难免还是有些遗憾，感觉还是不如人家那么富裕。羡慕之后，便是失落。

"不，人不能自满。"枝冈次郎说，"人一旦产生自满，就不会有进步。"

接着，枝冈次郎又提出一个更大的扩张计划：为了套取银行更多的资金，在集团之外，再组建十三家子公司和关联公司。

"我们管得过来吗？"古清强问。

"这些就不用你董事长大人操心了，你只要管大事，把握大方向。具体的管理事宜，由我们经理层去办，绝对没有问题。"枝冈次郎说，"如果有必要的话，我们多配几个副总，一人分管一二个子公司。"

"那要很多注册资金吧？"古清强说，"我们可再也拿不出更多的钱了。”

“这些子公司注册资金并不要很多。”枝冈次郎说，“主要靠这些公司自己经营，独立核算。”

古清强是集团企业家不错，但离现代企业家的头衔还差一大截。他只知道掌控权力，只注重自己是否能掌控住企业的人财物。如果有更多的精力，也只是去考虑企业的安全。因为安全问题，往往是一票否决职务的大事。至于什么“资本运作”、“营销战略”等等，只不过是挂在嘴上的，用于装饰自己能力外表的名词，实质上并不知为何物。

枝冈次郎猜出他不懂更多的现代资本运作知识，也就没细说，只是问：“你同不同意，同意我就组织手下人作详细方案，然后召开董事会，由董事会决定投还是不投。”

“有风险吗？”古清强问。但话一出口便有些后悔，自己这是说了外行话，办企业哪有没风险的。当着枝冈次郎的面这样问，会让人家看不起的。

“几乎没有风险。”枝冈次郎并没有表现出对他的鄙视，而是信心十足地说，“成功的几率很大。”

“那就干吧！”古清强说。

“有些核心机密，是不能让更多的人知道的，只能是你我之间。不能有第三个人知道。”枝冈次郎说。

“只要你不把我卖了。”古清强开着玩笑。

他明白，枝冈次郎不会耍花样，也玩不成花样，作为董事长，他完全控制着财权。

枝冈次郎笑了笑：“我只会让你发财，让你早日成为千万富翁亿万富翁。”

接着，枝冈次郎口头讲出自己设想的宏伟的扩张计划。听完之后，古清强似乎看到了自己光辉的未来。

"好，我同意。"古清强不假思索。

"那就开董事会吧，这种大事要经过董事会讨论。"枝冈次郎说。

"行，开吧。你通知办公室去发通知。"古清强说。

说干就干，办公室紧急通知，当天下午董事会在集团在新装修的大会议室里召开。古清强见诸董事都跟自己一样的兴奋，就让大家私下里叽叽喳喳喧哗了好一阵子，以满足董事们的新鲜感和好奇心。

良久，他清了清嗓子，说道："千业星光集团拟投资组建三大控股集团公司，一是全昌县环保集团公司，二是星宇新能集团公司，三是千业星光房产集团公司。现请各位董事讨论，请发表意见。"

董事会上，枝冈次郎着力描绘千业星光集团的前景，像一坛浓重的陈年老酒，醉倒了所有的董事和监事，投资决定轻易通过。

所有的董事都把目光集中在古清强身上，希望他能给大家说得更具体更清楚些。

古清强只好装着没看见，他无话可说，因为这一切都是枝冈次郎设计的。他也并没有掌握详细的第一手资料，半年来的养尊处优，让他很少过问具体的事。

有几个董事长发言质疑，并把矛头指向古清强，怪他不熟悉情况就拿到会上决定，等于成了枝冈次郎的傀儡。

这个时候，他突然有一种希望有一个代言人的想法。他认为，有了代言人，就可以帮他具体地过问一些事，特别是像今天的这种场合，可以向大家作个说明。他把目光投向集团的办公室主任罗叶新，但人家罗主任眼睛一看到古清强，就立即畏惧地将目光收了回去，不敢与古清强正视。

"该选个代言人。"古清强心里嘀咕着，便有了迫切的愿望。

于是凝神沉思，脑子里过电影似的，将熟悉的员工一个个过了一遍，发现集团办公室有一位老秘书黄小金，是个人才，工商管理硕士，而且是作家，是个被埋没的人才。他的同学肖保江都当集团副总好几年了，他却还是个老秘书。

"对，就是他，让他当集团的董秘，进入高层管理岗位。"古清强心里这样念叨，打算做一回伯乐。

他心里琢磨着，散会后指定人事部门安排人去考察。想到这里，他不由自己地窃喜，眉开眼笑。

"董事长，有什么好事。"有位董事急切地问。

这一问，将古清强的思绪从幻想的世界拉回到现实。他明白自己有点出格了，忙打圆场说："枝冈次郎总经理是经过深思熟虑才提出来的，我认为有一定的可操作性，是个好主意，作为董事长，我本人同意总经理枝冈次郎提出来的《千业星光集团公司的发展计划》。"

"既然你同意，我还有什么意见，同意。"古清强一表态，立马有董事附和。

"同意。"

"同意——"

正是："名为董事长，实为混世王。待遇照样拿，胜似太上皇。"
要知故事后戏，请君续看下回。

第三十四回　投资繁荣官方喜　洋人三惑难懂汉

一个凉爽的早晨，古清强和枝冈次郎俩人就早早来到了县委大院，等待着县委书记马三江和县长王任伍，要亲自迎接二位首长参加星光集团下属三个公司揭牌仪式。

最近，星光集团新成立了三大实业控股集团公司和一家投资公司，均注册在全昌县高新技术开发区。这个主意是枝冈次郎出的，他调用日本国内的高新专利，在全昌县城报批了高新企业并获得核准。

今天是这三个公司的开张揭牌日。作为地方官员，领地上开办了新的企业，是件非常高兴的事。揭牌仪式地点选在大院的门口。豪华气派的大院门楼旁，三块镀金招牌被红绸布盖着，巨大的彩虹门下铺着鲜红的地毯。

马三江一行刚进全昌县城开发区，还没到揭牌地点，他就让司机停车。他兴致勃勃地从小车上一下来，正好处在这一片土地的制高点。放眼望去，眼前立刻一亮，星光集团属下的三大公司所占用的一大片土地尽收眼底，错落有序的厂房，绿茵茵的草皮，一排排从附近农村买来的大树，让原本还很荒芜的郊区，变成了一个美丽的园林。加上耸立起三处气势宏伟的高楼建筑，成为全昌县高新开发区一道亮丽的风景。

"不错，不错。我们可以把这里作为全昌县招商引资的主要参观点。"马三江非常兴奋，连连点头，"王县长干得好，星光集团真正成为全昌县一面旗帜了，你这个典型树对了。"

王任伍谦虚地说："哪里，哪里，这都是县委的正确领导，加上星光集团古清强董事长的努力，我不过是个中间联系人。"

马书记转脸对古清强笑着说："古清强。你这个星光集团是我们县的光荣，你这个董事长是我们全昌县的有功之臣哦。"

古清强立马恭敬地点头，也学着王县长的腔调："哪里，哪里，是王书记和王县长领导得好，我们不过是做了点具体的事。"

马书记也不再坐车，而是带头步行向揭牌的地点走去。仪式场面宏观气派，有一身大红衣的四十多人的腰鼓队，有二十多人的军乐队，两边是星光集团公司近百名员工着装整齐手捧鲜花列队。

县领导一行刚走近仪式地点，乐队指挥马上指挥奏乐。

"这得花多少钱啊！"马三江书记大声对古清强说，但没有半点批评的意思。

"喜庆的日子，花点钱值得。"古清强大声回应。

"也显示着我们集团的实力。"枝冈次郎大声补充了一句。

大有全昌县快速跨入现代化城市的架势。

揭牌仪式简单而热闹。县长王任伍主持，书记马三江致词。二位领导同时揭牌，最后是鸣炮和奏乐。

古清强和枝冈次郎又引领二位首长，分别走马观花地参观了三个公司的办公大楼。眼前的一切，让马三江有一种全昌县一夜之间跨入现代化的感觉，回程的路上他心情非常好。

"对了，我记得你们还有一个投资公司。"临别前与古清强握手时，马三江问古清强。

"投资公司不算高新企业，我们安排在千业星光集团公司本部大楼内。"古清强解释道。

千业投资公司是专门负责千业星光集团所属公司的资产运营。投资公司的员工组成，一部分来自千业星光集团公司其他子公司内部，另一部分从人才市场招聘，全部都是财务和金融专业毕业的。

其实，古清强心里清楚，今天揭牌的三大公司也不是完全意义上的高新企业，但在开发区注册高新企业的好处是，一来可以圈地，二来交税比例收可以大幅下降。

送走县领导，古清强的兴奋没持续多久，他高兴不起来，回到自己的办公室想得很多，说不上是高兴还是担心。近来，尽管他的待遇有了提高，但始终感觉不到很幸福，一是自己的管理能力明显不如枝冈次郎，二来他对自己的地盘掌控能力明显下降。

枝冈次郎真是资本运营的高手，三大实业集团公司由千业星光集团控股其中一家，先让千业星光集团公司给其担保，让其中一家全昌县环保集团公司获得银行千万元的贷款，其余股份由个人股组成，千业星光集团高管个个高额参股，公司高管还以私人的名义贷款垫资为当地官员的家属或子女参股或配送干股。然后，再让全昌县环保集团公司给另两家公司担保，分别获得数千万元的担保。然后，又由这三家集团公司出资收购并控股千业星光集团属下的两个煤气公司、属下的子公司——供电公司、自来水厂等。几乎所有原千业星光集团公司有效益的分（子）公司，均被新成立的三个控股集团公司控股，均可以享受税收的优惠。到了年底，三大集团公司年终高送配、高分红，个人股东人人喜笑颜开。想起这些，古清强当然是高兴。

但也有让古清强犯愁的事。三大集团公司高送配的同时，枝冈次郎却在悄悄地对所属子公司中层经理人选进行洋化置换。他以总经理的名义，对几家子公司和部门经理进行了重新任命，任命日籍井田一雄为全昌煤气公司技术部经理，任命日籍小本冶郎为千业投资公司策划部经理。

洋人经理上任很是神气，一上来就套用日本国的企业管理办法。小井冶郎博士能讲一口流利的汉语，标准的京腔可与京城人相媲美。

小井冶郎被任命为千业投资公司策划部经理，这个初出校门的日本籍博士一来就当了部门经理。

半年下来，小井冶郎将辞职信递到了枝冈次郎的办公桌上，他扬言，要到中国的大学重新申请攻读汉语博士。

"为什么？"枝冈次郎很不明白。

"为了能在中国公司当好经理。"小井冶郎博士诚恳地说。

古清强也不理解："以你现有的水平，在中国公司当个总经理足矣。"

"No，No!"

小井冶郎博士一叠声地否定之后，道出了自己的三惑。他认为，不解决这三惑，在中国公司只能当一名傻子经理。

一惑：客气与热情

小井冶郎博士工作几个月后，发现科员们的抵触情绪很大。他知道这是中西文化差异出的问题，他无法不用西方人的观念来判断中国人的问题。事实上，他这个号称中国通的人，连手下现在想什么都一无所知。

正在发愁，科员甲下班时来打招呼："经理，我下班了，有空上我家坐坐，吃顿便饭。"

小井冶郎博士喜从心来，在西方被邀请参加家宴是最高的敬意。他连忙答应，并立即收拾东西随科员甲前往。

科员甲带着小井冶郎走在回家路上，越走心里越沉重，到了家中更是引发了家庭战火。妻子一顿斥责之后，气势汹汹地将丈夫拉到一边质问："你得到什么关照，凭什么带个日本佬到家里来拍马屁？"

"我是客气，谁知道他真的就跟来了。"科员甲讷讷地说，"他把客气当热情了。"

后一句，小井冶郎博士听到了，但怎么也弄不明白其中意思。

饭后，他却明白了弄不明白客气与热情的悲惨后果——跟着主人吃剩饭剩菜，说是不把经理当外人，随便。

二惑：服从与尊敬

小井冶郎博士的日子并不好过。他是在开始用中国人的思维去考虑问题之后，才感觉到难受的。

他慢慢地发现，科员一个个都当面点头，不再顶撞和对抗，但暗地里却几乎抱成团坚决反对。小井冶郎博士感觉到不可思议，在他看来，按常理要么反对，要么赞成。表示反对之后不会暗地里赞成，表示赞成之后，也不会暗地里反对。

有一次，小井冶郎博士找到科员乙问："你们每个人当面对我都很尊敬，为什么要背后反对？"

"没有人尊敬你。"科员乙小声地说。

"胡说。你们每个人见了我都点头致意，分配任务时也很干脆地接受了。这不是尊敬是什么？"

"是服从。"科员乙说，"你的职务比我们大，有处分权，可以扣奖金。大家得罪不起，只能服从。但要赢得尊敬，仅仅靠职务是没有用的。"

三惑：命运与骨气

有一次，小井冶郎博士用很鄙视的口气对科员丙说话。科员丙不服气，顶撞了几句，而且顶嘴的声音很大。

小井冶郎博士很奇怪，继续教训道："你应该准确定位，用中国人的话说，你就是我的下人。"

一听到下人这两个字，科员丙更是恼了，咬牙切齿地说："小井冶郎，你给我记住，我的命不好，可能是奴才的命，所以成为你的部下，只有听你的使唤。但是，我没长奴才的骨头，各人有各人的骨气。"

正是"客气与热情，服从与尊重，命运与骨气，样样都不同，若要获得民拥护，以心换心要真功。"

要知故事后戏，请君续看下回。

第三十五回　考勤机难管人心　井田一雄干瞪眼

全昌县煤气公司总经理万虎调走了。

调到千业星光集团公司本部调研室当调研员。全昌县煤气公司总经理万虎是位优秀的企业家，员工非常尊敬他，非常顺从他，顺从得他任何一句话，员工都会自觉地拿来奉作圣旨。当年单志总经理也很喜欢他这个实干家，非常看重他的能力。全昌县煤气公司从筹建到运行，他是筹建办副主任，单志兼主任。他全程参与工程建设，单志没到工地时他总是先到工地。单志没来时，他还是坚守在工地。

公司投产那天，是单志亲自来宣布任命的，任命万虎为全昌县煤气公司总经理。

万虎也有缺憾，起始学历太低，才是个中专。尽管后天努力，业余时间一级一级地爬成人教育，也拿到了硕士证书，但改变不了他起始学历中专的事实，铁的历史成为他人生最大的耻辱。

全昌县煤气公司总经理万虎被免职了，日籍井田一雄博士取而代之。

公司的欢送会与欢迎会一起开，任命书一宣读，万虎掉下了眼泪："我爱我们的员工，我爱我们的厂。"

然而，爱与不爱都得走人。任命书都下了，新的总经理井田一雄也到任了，双方表态。万虎哽咽泣不成声，在场员工无不落泪。

万虎是真的热爱这个厂，更关爱每一位员工。这个历史不长的企业，是他亲自陪着单志组建起来的，每一个员工都是他精心挑选的。招聘会上，他的注意力总是集中在被招员工的品德上，首选品德。当然，水平能力也要好中选好。

万虎执行的每一项制度，都是经过每一个员工讨论过的。所以，制度的执行都非常顺利，公司利润逐年上涨。

每天上下班时，他总是要求门卫将厂大门敞开。他爱看这涌进涌出的人流，尤其是进出大门的员工频频向他招手或点头致意，让他感觉自己有如检阅麾下部队的司令官。

可这些都成为了过去，万虎要离任了，这是铁的事实。

新来的井田一雄，管理学博士。据说，考取博士的成绩是他所学专业的第一名，他为此很自豪。

井田一雄凭着有日本管理理论作后盾，心里非常充实、自信，热情，坚定。这便是他的最初表现。

通过这次欢送会，他很佩服万虎这位土专家。能做到全厂都尊敬，这是非常不容易的事。为此，他不小看万虎，对他的为人也很尊敬。当然，他并不在意他的管理方法与能力，甚至压根从心底里看不起这位土生土长的老总的管理能力。

井田一雄博士上任的第三天，上下班时大门便不再敞开，取而代之的是走侧门。小小的侧门，小得只能一次通过一个人。门边多了个"考勤机"，是很先进的"指纹考勤机"，员工们鱼贯而入，很新鲜地在考勤机上用拇指按一下，很新鲜地听到"嘟"的一声响。

员工们便有了很新鲜的话题："到底是洋博士，跟别人就是不一样，用手指头认人的东西都用上了。"

新鲜了三天之后，员工的新鲜感便烟消云散，取而代之的是无名的恐惧。因为厂门口贴出了一个白底黑字的公告栏，里面写着一个扣奖名单。这三天，迟到和早退者，人均每次扣50元。

扣罚的钱数并不多，可这无形的闷棍却打在全厂员工的心里。被罚者便心生怨恨，心生怨恨便工作消极。

有些员工便开始怀念总经理万虎在任时，个个也都能自觉按时上下班，偶然家中有点事，迟到了几分钟，上班后也会加速把手头的事赶完，就是不休息也会优质地完成任务。

有时小孩病了，或家里来了客人，需要提前二十分钟下班或者晚半个小时来厂，决不影响任务的质量和数量，员工个个明白，这数量和质量是自己的铁饭碗。这下好，迟到早退被扣50元奖金不说，还挂着后进的名。

越是怀念，便越是怨恨。有些人干脆上班生闷气，活儿自然就干得少了。第一个季度下来，生产量下降，设备故障率却明显上升。井田一雄博士便抽调生产员工担任统计员，本班没完成生产任务。出现事故和故障的便再扣奖金。

第二季度任务数量上去了，可设备更换率明显上升。井田一雄博士便再从生产人员中，挑出几个技术好的人员担任备件和配件检修员。

修配件是省了成本，可使用时间有限。有的配件修后根本不能再用，反而动辄停机停运。生产线上的人少了，运行维护又人手不够，一些被扣过几次钱的员工都很恼火，有时看到事故的苗头也不管不问，导致事故更多。井田一雄想抽调人员加班抢修，每人增加一些工作任务，但员工说什么也不干，除非增加加班费。

半年下来，勉强维持运行，生产量基本满足。但财务部报告，加班费明显增加，成本提升很大。

初生牛犊有些无计可施，陷入了苦苦的深思。

到底是高材生，他想到集大家的智慧，于是眼光从车间转到了管理科室。他认真地巡视了每一个管理科室，发现与自己原先在日本国内实习的现代化公司有明显的差别。员工尽管都在认认真真地忙自己的事，但多数办公室都堆了不少文件资料。最让他受不了的是，员工的办公室与室主任办公室没什么两样，只不过是科员办公室里多坐一个人。

他三番五次地巡视，有几次是悄悄地巡视，竟发现有个科员关上门打私人电话，也发现几个科员串到别人的科室聊天。

于是，第二月，便有了科室扣奖金的名单公布在厂门口。

井田一雄突然发现，之后的科室办公室门全部都关着，而且上了锁，要巡视必须敲门，可敲门之后看到的都是完美无缺的，他知道这是员工在做假给他看。

一纸办公楼重新装修的命令在公司总经理办公会上通过了，科室的隔墙被打掉，每层一个大厅。从家具城运来现代化办公桌，给每个员工围出一个小方块天地。大厅的东西两个方向，靠墙围了一排小玻璃屋，正副室主任们便像商场橱窗里的模特似的，被安坐在玻璃屋内办公。

接着整顿科室的一连串文件下发了，不穿工作服上班的扣奖，不挂岗位牌的扣奖，穿着不整洁的扣奖，串科室的扣奖，大声喧哗的扣奖……

井田一雄邀请古清强和枝冈次郎来视察，让其大开眼界，赞不绝口。送走领导，生产部长来报告，生产车间又出现问题，设备配件备品经常不齐。财务部长报告，本季累计严重亏损。

两份报告，犹如给了井田一雄博士当头一闷棍。他百思不得其解，这可是他在日本大学里学来的管理经验，并借鉴哈佛和其他先进国家的管理模式，怎么会是这个结果呢？

学者型企业家，在重翻了一遍自己学校读书念过的所有教材之后，他觉得问题在于"要用中国的理论管理中国的企业"。于是他来到全昌县的图书馆，决心用新的知识征服自己这个公司。

有两本书跃入他的眼眶，一本是《执行力决定成败》，另一本是《企业精神就是效益》，他如获至宝，认为这可是中国流行的理论，当即买回连夜阅读，得到了很大的启发。

不久，他花高价请来中国某高级咨询公司，帮他在厂大门内竖起一个巨大宣传牌，上面写着："拼搏，至尚，奋进。"几个大字，下面一行小字：全昌县煤气公司企业精神。

又自作主张，从书市订购了两百多本《执行力决定成败》，发给每一个职工。并高价请来咨询师，给全公司员工作了一次有关加强执行力的讲座。之后，又颁布了几道有关执行力的奖惩条例。

到了年底，井田一雄接到财务部门一份报表，公司全年亏损近四十万。枝冈次郎好生惊讶，古清强更惊讶得目瞪口呆。

枝冈次郎嗔怒地："你怎么管成这样？"

井田一雄博士讷讷地，低着头不敢正视头儿："我尽力了，我用了世界最新的现代管理方法，不知道为什么就不如一个土生土长的万虎厂长。"

一句话提醒了枝冈次郎。他及时把这一情况向古清强作了汇报，并希望董事长去找原全昌县煤气公司总经理万虎一道去公司巡察，现场汇报，看看到底问题出在哪。

看完车间，看完科室，看遍全公司的厂房，古清强和枝冈次郎越发不解。现代化的公司景象，着装整齐的员工，个个坚守岗位的管理人员，咋看都不像亏损企业。

原总经理万虎却越看脸越阴沉，一言不发，临出门，他恨恨指着考勤机："中国人的企业需要管心，要用管中国人的方法来管中国人。你这个破考勤机只能管住人的身子，管不住人的心。"

正是"考勤机让人勤，考勤机伤人心。灵与肉，身与心。强制管人容易事，只怕人勤心不勤。"

要知故事后戏，请君续看下回。

第三十六回　红劲宇怀才不遇　写博客一夜走红

自从千业星光集团启用了大量的日本籍管理人员之后，古清强听到了不少的怨言。正好最近闲来无事，他便有下基层调研的想法。

他想了想，觉得应该到集团公司的子公司或是子公司的控股公司走走。胖胖的古清强品了一口茶，品着清香，靠在豪华大班椅上，轻轻地摇着。

"还是先看看新闻吧。"最近，枝冈次郎给古清强配备了一台35吋的液晶显示屏电脑，并让信息中心帮着联上了网。只要古清强用鼠标一点，全国乃至世界新闻，都会跃入眼眶，有时还有视频新闻。

他鼠标左点右点，不知点到哪。好像是一个什么论坛，有好多各种各样的奇谈怪论。忽然，一个熟悉的名字在闪烁的字条里——"杨州山水电站红劲宇写的怪事"。

"杨州山水电站有个叫红劲宇的吗？"古清强立马打电话问秘书。

"是的，他写了一篇《红劲宇的怪事》，现在成网络红人了。"秘书肯定地说。

"他都写了些什么？"古清强问。

"您还是先看看他写了些什么吧。"秘书担心古清强找不到网址，几分钟内就跑过来，帮他点开了这网页。

下面是红劲宇写的内容，古清强好奇地认真读着：

题目：红劲宇的怪事

我名叫'红劲宇'。

我感到憋屈，憋屈的心肺都快炸了。

下面是我以自己的名字写的个人经历，不为别的，只因憋屈。

红劲宇是个副主任，叫做副科长，其实什么都不是，因为单位才是个股级单位。我作为单位的中层副职，号称副科长，实际上是个骗孙子的头衔。还是叫副主任实在，部门二把手，副主任确实没假。副了十多年了，今年仍只是个副的主任。

并不是没有能力，许多比本人次等的，个个都升上去了，唯独本人'涛声依旧'。

后备干部培训班我每年都参加一次，公司副主任级的干部名单中，我由最后一名，逐年上升，已经连续三年名列第一了。可这三年提拔的干部都不是我，每年都有人由副主任提为正主任，我却纹丝不动。

今年集团总部的后备干部培训班要开始了，仍是集中学习了一个月，我早已在家收拾了东西，只要一接到通知，立马就可以动身。可昨天下午，组织人事部门通知我："今年可以不参加培训了，原因是上级有规定，年满45岁的人，不再提拔，不再安排参加培训。"

我红劲宇失眠了，整整一晚上坐在那里抽烟，烧掉家里的整条香烟，我感到奇怪："所有的政策利好，怎么一到我身上全都变为利空了。"

无奈之下，我打开电脑，将自己所有的不解问题，一一写下来：

一是年龄怪事。

不到25岁的那年，我红劲宇参加了厂里的技术创新小组，具体地说，是以我红劲宇为核心骨干的技术攻关小组。组里有6个人，技术科的主任担任组长，指定我红劲宇为主要攻关人。经过8个月的努力，我们研究的项目，就获省总工会金奖，并上报全国总工会参加技术创新竞赛，又获金奖。

回来后，小组6名成员中，有5名先后被提拔，唯独我红劲宇只得了500块的奖金。红劲宇当然很是不舒服，尽管工作照干，但真的郁郁寡欢，常常生气地撇个嘴。水电站长知道后，将我唤去，拍着肩膀说："你太年轻啦，难以服众，过两年成熟一点后，会得到提拔的，你还年轻，还有机会。"

我记得出门时，站长又叮嘱一句："好好干，做些成绩出来。"

我没有忘记站长的话，努力工作，继续攻关创新。三年后，我得知又有一个全国性的技能比赛，是科技创新内容，这次不同往年的是，单位和职工个人都可以申报参赛。我红劲宇将自己业余弄出来的一个项目报了上去，又获得金奖。

得知我夺金后，水电站长有些恼火："这事我怎么不知道。"

第二天，整个水电站里大会小会地开，主题就是一个："员工任何事情必须通过单位上报材料，反对自转，提倡公转。所有的员工，必须以组织单位为中心，反对个人英雄主义。"

一时间，我红劲宇像过街老鼠，像犯了错误的反面典型，被不点名地批评着。正在这时，有一家省级发电集团的技术部主任来了，说要调走我红劲宇。

站长一听，马上表态，不行，他是我们单位的骨干，我们正准备提他当技术部副主任。

站长态度坚决，丝毫没有商量的余地。某发电集团的技术部长只好作罢，悻悻地回了北京。

我红劲宇，就这样被提拔为副主任了，时年36岁。

当副主任的第二年，星光集团公司总部就向所属公司推行后备干部制度。副主任和正主任、公司副总、总经理等都抢着找人，有许多人都被推举为后备干部，比例是1：2。也就是说，一位实职，就可以推举两名后备干部。

我很高兴，因为本人所在的技术科只有我一个副主任。也就是说，主任的后备干部只有我一个人。

但是，高兴没多久，便调来一位副主任，是站长以前的司机，四十来岁。

我还是很高兴，因为新来的副主任对技术一窍不通，只能管理科室的行政工作，不具备竞争力。

第二年，技术主任退休了，站里便召开了职工代表大会，推荐后备干部，也就是让职工表态技术主任由谁接替。

我红劲宇得票第一。这件事，我并不知道，考核组有纪律，不可以泄露给本人。

但事实我是知道的，那就是我并没有被提拔，而是新来的副科长任职不到一年就荣升为正职主任了。

站长又找到我红劲宇谈话："你还年轻，还有机会。"

机会的确很多，我红劲宇几年下来，慢慢地变成了元老。我的正职被换了5次，每次都被以年轻为由让别人先上了。

水电站的站长也换了，我仍然坚守在副主任的岗位，认真地当着副职。

近三年，千业星光改革后备干部的管理方法，后备干部按单位排名。这不，我红劲宇连续三年都排第一。

可是，我红劲宇却仍未被提拔，每次仍然没有份。年年的后备干部排名第一，有多次机会，但都没有轮到我红劲宇。

站长大人知道我红劲宇有情绪，又找来谈话："我知道你是我们公司的老招牌骨干，但现在提倡提拔年轻干部，你年纪偏大，40多岁了，如果你提拔了，群众会有意见的。有机会，以后职位多时，提拔年轻人的同时，再提拔你，会反映小一些。"

现在可好，都不用参加培训了，原来是我太年轻不能提，现在变成太老职工有意见了。这也就意味着，我从今年开始已经不是后备干部了。

二是盈亏怪事。

我红劲宇记得，王宏兰当主任时发生了一件怪事，有一桩技术合作的事，要技术科签订合同。

王宏兰是一名司机转行过来的，哪里会懂得技术上的事，整天只管办公室物件的标准放置，抓办公室的卫生和科员的劳动纪律，管得是蛮紧。科员的办公用品稍微放错了位，就会轻则招批评，重则扣奖金，迟到早退更是如此。为此，技术科在公司大会上受到站长的表扬。

拿到技术合同，王宏兰就像拿到了外星人的武器，不知从何下手。于是唤来我红劲宇，交代审核这个合同。

合作单位明白情况后，连夜派人找到我家，送上现钞万元，还有名烟名酒。我没收，不敢收也不想收，再三表示明天会秉公办事，明天就签合同。

我红劲宇说话算数，不收礼，事照办。当然，只秉公办，合作单位想多要的经费，我视为无理要求，给划掉了。对方心服口服，一拍即合，签了合同，声称合作开始。

主任王宏兰一听签了合同，很是不爽，逼着我从对方取回了签的合同，当面用碎纸机给碎了。

我气得没话说，撒手不管了。王宏兰更是不在乎，没了张屠夫，难道要吃带毛猪不成。他还再次喊来合作单位代表，说是技术部的副职不能签署对外合同，要重签。

对方一看合同又变成了空白，于是将原来想要的十多万改成八十万，一一填写，签了字。王宏兰看也不看，看了也看不懂，于是签了，乐得对方差点笑掉大牙。

我一看那合同，当即找到站长办公室，汇报了原委。站长一点也不惊讶，只是一笑："这个王宏兰，真是个外行，行啦，算交学费吧。"

后来红劲宇才明白，这花的是公家的钱，没人心疼。

三是举报怪事。

王宏兰不懂专业，可王宏兰人缘好。说到底，有总裁这棵大树，王宏兰日子过得惬意。

科里的事由我红劲宇做，做得好，王宏兰去领功；做得差了，总裁的板子直接打到了我红劲宇的头上。站长的话很在理："王宏兰不懂，你红劲宇也不懂？你的工作责任心到哪去啦，你当这个副主任干什么吃的？"

现在站长升官了，到了集团部门任职，有一名副站长被升为站长，公司便少了一名副站长。于是，王宏兰很自然被提名，作为副站长的人选。

民主推荐，群众谈话了，正常的考核程序有条不紊地进行了。

"王宏兰是个贪官。"技术部有个科员小马找到了我，一五一十地说出了他掌握的事实。

尽管是铁的事实，我红劲宇还是无奈地摇了摇头。谁都明白，这事任何人反对都无效。

小马没有办法，晚上直接找到集团总部派来的考核组，诉说着王宏兰不懂专业和如何贪污的事实。

　　第二天，考核组照常进行考核，民主程序全部合法地走完。但细心的我发现，小马没到考核现场，职工都到了，唯独没有小马。

　　有消息灵通人士说，看病去了。被保卫陪着去看病的，看的是精神科。

　　王宏兰没有当上副站长，据说是小马的缘故。王宏兰调到另一个的公司当副总经理了，也是集团公司的分支机构。

　　小马后来被人鄙视，原因是："在人家升迁的时候使坏，这个小马绝对不是好人，害得人家王宏兰成了交流干部，成天背井离乡在外，好辛苦。"

　　我感觉这事很怪，本来是人家的错，现在全变成小马的不是了。开始觉得很憋屈，不过慢慢地也就理解了。兄弟公司也有同样的事，一些别的同样让人憋屈的事发生在别人身边。比如：赵兰是煤气公司最廉政的部门中层干部，工作非常优秀，结果推荐后备干部也排名在最后，反倒是另一位头脑灵活，爱捞油水的排在第一。最明显的是县供电公司梁科长，本是技术科的专业尖子，干得好的，却被派变电站当站长。虽属平调，但是从机关到基层，岗位的重要性差多了，据说接替他位子的是位外行，是县供电公司总经理的秘书。

　　反复想想，我红劲宇也就感觉不奇怪了，有些事只是自己不理解而已。只要理解了，憋屈的心肺也就不再要爆炸了。

　　看完之后，古清强大口喘着粗气，又打电话问秘书："红劲宇写的这些都是真事么？"

　　秘书沉默了一会儿，说："这要问红劲宇本人。应该是有这么回事。现在已经有跟帖一万多了，县里办公室领导都打电话到我们集团办公室问过这事了。"

"什么叫跟帖？县办公室领导为什么会过问这事，这是我们企业内部的事呀？"古清强还是搞不明白。

"县办公室领导说，这叫'民愤'，要尽快平息这件事。"

"怎么平息？"

"提拔红劲宇。"

"什么！我要处分他。"古清强火了，"我早就宣布了，下属公司任何人不能直接向媒体发布新闻。这是纪律，他红劲宇触犯了纪律，就必须受到处分。"

秘书一听马上急着跑过来了，气喘吁吁地："不能处分。如果你一处分他，你就是打击人才，你的大名就会在网上被网民骂。"

"这网是个什么吊东西？有这么厉害？"古清强火烧火燎，想摔掉这计算机。

这时王任伍县长打电话过来了："你这董事长打算怎么处理红劲宇的事呀？"

"我要处分他。"古清强说。

"放肆。你必须马上开会，派人考核并提拔他，越快越好。"王任伍不等古清强再解释，不高兴地挂了电话。

三天后，集团公司根据对红劲宇的考核，决定提拔他为扬州山水电站副总经理。并按县办公室的意思，将这一决定在网上发布了。当天就有许多评论，有骂人的，但多数对结果表示肯定。

正是"网络好网络坏，网络实在太厉害。无名小卒红劲宇，一夜走红成人才。"

要知故事后戏，请君续看下回。

第八章

灵肉夜话

一个星高月圆的晴夜，一向和谐的灵魂与肉体好像产生了隔阂，无语地并排走着。

肉体指着地上完全重叠的影子，语重心长地说："我们应该是一个整体，灵肉要一致，不要相互矛盾，更不能逼着我去干不情愿的事情。"

灵魂仰脸望着皓月，叹了口气说："要是在过去的岁月，我可以完全跟你保持一致，可现在没有办法。"

肉体忧心重重地说："你变坏了。你已经沦为罪恶的灵魂了，你本能地毫无目的地作恶，值得吗？"

灵魂申辩道："我有明确的目的。"

肉体说："不，你没有目的。你不缺钱，可你常常要我去捞钱。你还为了征服别人，而拼命捞权。你的所谓目的，并不是目的。你享受不完你掌握的钱，还要以捞钱为目的。你在小天地里有至高无上的权力，可你还拼命以捞权为目的。"

灵魂有些惭愧，问："那我该怎么办？"

肉体见灵魂有转变，非常高兴："高尚的目的应该是'真、善、美'，你应该摒弃世俗的具体的物欲和肉欲，不能把它作为所谓的奋斗目的。"

灵魂内疚地："我做不到，对于'真、善、美'，最多只能装装样子。"

肉体非常不高兴："那你也不能反差太大。私底下专门逼着我去干坏事。在大众面前，你让我装扮成高尚君子，出了问题又让我去受处罚。"

灵魂一脸苦楚，为难地说："公开场合，我必须让你去这么做，装样子是必须的。为了掩盖罪恶，只能把你包装起来，表现出华丽的一面。"

肉体："你不能再去命令我干坏事。法律管不了你，只能用道德来惩罚你。可我这个肉体却倒了霉，总是因为你，逃脱不了法律的制裁。"

灵魂："所以说，为了不被制裁，只能人前人后两个样子。再说，法律不一定只盯着你一个肉体。只要逃脱制裁，还是能捞取更多的钱财和利益，你必须得人前人后两个样子。"

"你不作恶，就用不着人前人后两个样子。"

"不行。我受不了寂寞，你还得接着人前人后地干。"

"不干。"

"干吧。"

"不。"

"会没事的，干吧。"

肉体一阵颤抖，痛苦地晕倒在重影里。

第三十七回　同窗同事难同心　求人无助空望月

古清强想提拔使用一个人，用官场的话说是培养一个得力的助手，心底里却是想培养一个能推心置腹能为自己办私事的人。

最近与枝冈次郎的较量中，古清强明显感觉自己有点力不从心，有一种高处不胜寒的味道。有些心思想找人聊聊，却寻不着一个能真正倾诉内心的对象，对不知底的人又怎敢说心里话呢？

小时候他常常听长辈说："一个好汉三个帮，一个篱笆三个桩。"

经过几次与枝冈次郎的权力较量，古清强发现自己的信息非常闭塞，手底下没有一个自己的耳目，常常非常被动。还有一个致命的事情，就是几乎没有一个"铁杆子"，遇事没有人帮腔。

经过多日的细心寻访，古清强发现了黄小金这个中年人，论人品论才华论经验都是最佳的人选。古清强立马吩咐董事工作部和人事部人员对黄小金进行程序式官样考察，但心里早就决定非起用这个人不可。

人事部主任孙老四带领考察组经过一番考查之后，向古清强递交了一份汇报材料。结论上写道：黄小金没有廉政问题，人品好能力又强，是个各方面都非常优秀的人才。工作汇报完之后，孙老四没有立即离开，而是欲言又止。

"还有事？"古清强问。

"黄小金与肖副总是同学。"孙老四说。

"是嘛？"古清强心里一惊，感觉很意外，使用黄小金的决心顿时打了五折，急忙问："他俩的关系如何？"

"不过他们俩关系相当不好。"孙老四又补充了一句，"不是一般的不好，黄小金有些仇恨肖副总……"

"你把话说完好不好，怎么一句一句地蹦出来，听得让人受累。"古清强有点不高兴，"坐下说，慢慢地给我说清楚。"

"我给您讲讲他们的故事吧。"孙老四听命坐下来，想了想，最终还是没能忍住，给古清强讲述了黄小金一个让人哭笑不得的故事。

原来，黄小金与肖保江比，各方面的才能都强许多，但就是阴差阳错，生活跟黄小金开了一个人生的大玩笑。

黄小金和肖保江是好朋友，很小从儿时光屁股玩耍时就是好朋友。一同上大学，住在同一个宿舍，一同毕业分配进全昌县农电局，同时安排在局办公室里工作。

年轻浪漫的岁月里，他们喜欢并肩在月下散步，回味那同坐一课桌的年华。黄小金常问肖保江："你说永恒的月亮，为什么面孔老是千变万化。"

肖保江总是笑着摇摇头。大学那时候，黄小金的成绩很好，门门优秀，肖保江却勉强跟班，称得上是六十分的万岁爷。黄小金的字美，且文章写得好，行云流水般的顺当，大报小报常常有他的大作。肖保江样样平平，今生今世没在报刊上发表过一个字。这些，并不影响他们交好朋友。

公司办公室空着两个岗位，一个秘书，一个文印员。办公室主任和人事科长为了省事，把黄小金和肖保江叫来，问："谁的文字水平更好些？"

"黄小金。"肖保江不假思索地脱口而出。

"不，肖保江比我强。"黄小金正色道，"肖保江思维敏捷，文才不错。"

肖保江被说得不好意思，正欲解释。人事科长开腔了："既然肖保江的文才好，那么肖保江就当秘书，黄小金就当文印员。反正两个岗位，待遇一样。"

第二天，他们便有了形式上的分工。肖保江不久便遇到了难题，拟草文件感到力不从心，黄小金就鼎力相助，甚至代写，且从不留名，让肖保江独自享受经理的赞誉。

事隔半年，上司发文，秘书岗位列为中层副职，享受副股长待遇，并配备了笔记本电脑和大哥大移动电话。从此，肖保江总感到占了黄小金的便宜，再请他代拟文稿时，或多或少地总要带些东西表示谢意。

"秘书只是享受待遇，不是实职。如果我要是当了办公室副主任实职，一定推荐你当秘书。"肖保江真心诚意地说。

黄小金笑了笑，没在意，倒也没忘记。偶尔还会真的有过几回盼肖保江早日高升副主任实职的念头。

没多久，老主任退休了，肖保江真的当上了办公室副主任。黄小金便心里一喜，捉摸着自己也该弄个副股级秘书干干，一高兴就进门出门甜甜地喊："肖主任。"

结果秘书这岗位很快被别的科室调来的人占领。

肖保江便很内疚，对黄小金说："一个副主任，没有人事建议权，要转为正主任才能向局长提人事方面的建议。"

黄小金笑笑，表示理解，好在他没什么官瘾，不大重名利，这事就这样过去了，心里便盼着好朋友早日转为正主任。

又一日，肖保江的头衔真的换成了正职。黄小金心里又是一喜，心想这回总该轮到自己挪个岗位了。几天之后，肖保江将黄小金拉到僻静处，又内疚地说："真对不起，原来副股级以上的中层干部任免，是由局长办公会决定的，一般的科长根本没权，除非当了副局长。"

黄小金照旧笑笑，对肖保江表示理解，声明将继续帮他拟文稿。朋友嘛，友谊第一。但是，肖保江再也不好意思要黄小金写东西，自己动手干，不分黑夜白天地捣鼓，倒是真的长进不少。

一个激动人心的日子终于来了。农电局改制时，肖保江荣升为公司副经理。黄小金大喜，心想这次搞个头衔是没问题，副总经理啊，而且是管人事的。然而，几天之后，从基层调来了两名干部，占去了主任和秘书两个位子，黄小金却仍当他的文印员。

黄小金心里便有点儿不舒服，遇到肖保江时故意大声喊："肖总好。"

肖保江便十分窘迫，苦着脸诉说："真没办法，现在权力都集中在总经理手上。他是法人代表啊，我这个副职只是作个陪衬。"

黄小金冷笑着，不再听肖保江的话，不再盼肖保江升官。

"肖总好。"再见面时，黄小金仍大声喊着，

再见面时，是一个明月高悬的晴夜。黄小金从职工食堂出来，正好遇到从小食堂出来的肖保江。肖保江支走前呼后拥的陪伴，赶到黄小金跟前，涨红的脸上，挂着惭愧，喷着浓浓的酒气，两手一摊："真没办法，说是说放权，让企业自主安排人事，可事实上，公公婆婆多着呢。局里那些个股长副股长的亲戚，能不管么？放心，你的事我记在心上……"

不待肖保江讲完，黄小金就悄然离去。他抬头叹了口气，望着如玉般的月亮，忽然明白了永恒不变的皎月为什么会时圆时缺。

从此以后，黄小金再也不理肖保江了，虽说没成仇人，但也几乎成了陌路人。

听完这个故事，古清强心里舒服多了。刚才还在心里把黄小金与肖保江划在一边，差点打消提拔他的念头。听孙老四这么一解释，黄小金并不是肖副总的人，两个人不是一路的，便又重新拾起使用黄小金的打算，他必须要培养自己的党羽。

"国有企业使用干部，关键是要看干部本身的品质。不能因为是某个领导人的同学或朋友，就放弃使用人才。这种奇才不用，是我们国有企业管理者的耻辱，是国有企业人事管理者的无知。"古清强郑重其事

地打着官腔。其实，他的内心最忌讳使用其他班子成员的亲信："我们要更加坚定启用黄小金的决心。"

有歌谣调侃："朋友如赤金，忠义第一诚和信。若为私利玩挚友，就算风光也小人。"

要知故事后戏，请君续看下回。

第三十八回　神机妙算藏心机　左右逢源假真诚

"古清强董事长在物色董秘。"这消息在集团上下不胫而走。

千业星光集团的中方中层头儿们都开始蠢蠢欲动，有到办公室求情的，有提着烟酒到家里来的。还有些本事大的人，找到县领导打电话说情。有更大神通的人，还能找到市里或省里的领导打电话写条子求情。

古清强面临强大的攻势和压力，但这些攻关最初并没有改变他启用黄小金的打算。

他甚至亲自找到黄小金谈话，言语间流露出要提拔使用的暗示。老秘书当然非常激动，感激涕零，发出由衷的心声："董事长，你让我终于遇上一位明主了。"

面对这样露骨的拍马屁，古清强不但不反感，反而心里美滋滋的。当然，他喜好的不是这夸赞之词，而是确信自己终于发现一个被人遗忘的人才，感觉自己真的有点像伯乐了。

好景不长。没过几天，古清强还是改变了初衷。

古清强后悔自己没能提前预测结果的逆转。

他本应该知道是这个结果，上次杨州山水电站戴少军卖官的事，应该受到启发。人家班长的职位都可以卖钱，何况是享受公司高层管理待遇的董事长秘书。

古清强最终还是放弃了提拔使用黄小金。

促使他改变初衷的有两件事。一是有人报告，黄小金昨晚请了副总肖保江吃晚饭。请吃饭并不是什么问题，问题在于黄小金请的是答谢饭。据说是感谢老同学肖保江向董事长推荐他，终于有机会进入企业高管层。

主张提拔黄小金的是他古清强，现在人家却去真诚地感谢肖保江，这是件非常让人光火的事。肖保江与黄小金的提拔半毛钱关系都没有，是他董事长古清强偶尔发现了黄小金这个人，只不过为了显示民主作风，他提前给几位副总先透了个风。当时，肖保江还持反对态度，说了不少贬人的话来损黄小金。但越是这样，古清强越是坚定信心要启用黄小金，临别还警告肖保江："这事，你别唱反调，我是铁了心要提拔这个人。"

这下好，好人倒让肖保江先做了。暗地里反对的肖保江反倒成为有功之臣，成为提拔黄小金的恩人。古清强心里非常不痛快，就像是饭后有人说厨房锅里发现有死老鼠一样，恶心而又吐不出来，烦躁之极。

促使古清强坚决放弃提拔黄小金的另一事，是有人在古清强放风提拔黄小金时，也瞄准了这个董秘的位子，想从中插队。这个人就是后勤部副主任季章。前任总经理单志看走了眼，亲自考察和提拔了平庸至极的季章。要说季章这个人是地地道道的老好人，做个科员倒是很本分，要说当中层干部搞后勤管理，能力却是差到了底。

当年单志提拔季章，非常偶然。有一次，单志一个人步行回家，正好遇上暴风雨，单志没带雨具，让季章看见了，跑过来撑伞，一路护送单志回家。当到家门口时，单志发现这个小伙子自己却是全身湿透。回到单位，他打听了一下季章，人并不懒，也没什么坏心眼，老实极了。单志心想，心眼好，老实人，管管后勤总是不错的。于是，点名提拔了这位小伙子。

小伙子上任之后，实在不知道自己怎么做和该做些什么，常常出洋相闹笑话。为此，单志总经理多次送季章参加省内外干部培训班参加培训，但能力没有丝毫的提高。单志叹气，说："麻袋绣花，基础太差。"

这一回，就是这么个平庸非常的季章，又让古清强彻底改变了提拔黄小金的初衷。事实上，季章并没有做什么思想工作，是一公斤黄金让古清强放弃了黄小金。季章能力差是事实，可他提了一公斤黄金上古清强家。实实在在的黄灿灿的黄金金条，每条黄金都有权威机构出具的鉴定证书。

古清强原先本质并不贪婪，但近来一两年由于枝冈次郎的大方，将古清强推进奢华生活圈，使他对金钱和物质产生了依赖。他的简单生活已经成为历史，现在的生活吃穿都很讲究，生活成本比以前高多了。

此时，面对金光灿灿的一大堆黄金金条，古清强表面上沉默，心动却是肯定的。

"董事长，求你了。"季章读懂了古清强的眼神，知道他在激烈地思想斗争。

"你这不是让我为难吗？"古清强沉默了良久，叹气道，"黄小金是个才子。"

"领导不承认他是才子，他就没有才华。"季章说，"如果用我，我一辈子都会感激您，忠于您。而用他，他会认为是他自己有才华，是他应该得到的职位。"

"你不懂专业，没有专长。"古清强说。

"当官不需要做事。"季章说，"只要会指挥有本事的人去做应做的事。"

"董事会秘书尽管是企业高管，但不是官职，要做很多具体事情的。"

"可董秘属于高层管理人员，高管就是官。"季章说。

"……"又是一阵沉默。

"你走吧，让我想想。"古清强打破沉默说，"记得把东西带走。"

"好。"季章爽快地答应了一句，不但没拿走金条，反而将购买黄金的发票也拿了出来，一并压在黄金之下，走了。

季章走后，古清强静静地坐在那里思考了许久。之后，他拿起黄金块，欣赏了很久，又按照黄金上的编号，上网查了真伪，结论："序列号正确。"

一周之后，季章被董事会聘任为董事会秘书。宣布的当天，黄小金弄了一大堆狗屎，装在一个精美的盒子里，送到了肖保江的家里。气得肖保江暴跳如雷，狂怒之后，只能自己忍着。他知道这回他是聪明反被聪明误。本来他想抢在古清强之前做个好人，一是为了消除黄小金多年对自己的成见。二来借机抬高自己的身价，显示自己的推荐是有分量的。于是他有意在其他职工中间散布：黄小金是他肖保江推荐的，要当董事会秘书了。

现在看来开了个大玩笑，职工都觉得他肖保江说话没用。

季章的被提拔，让人浮想联翩。当年单志提拔季章，被人举报到县纪委，说是单志得了人家6000块钱的贿赂。这回没有举报，现在是合资企业。员工心里认可了合资企业就应该是由企业一把手说了算，百姓们个个心想忍吧。但忍归忍，群众背后议论和猜想谁也禁止不了。

有些思维敏感活跃的人，便开始行动，有事没事上古清强家拉近乎。古清强扒着指头数了一下，约有三分之一的中层正副职来过他家，而且来过的人几乎都是与季章类似，多数是没有什么真本事的人，绝大多数都提了东西来。也有空手没提东西的人，不过走的时候都塞了一个大红包，里面当然是厚厚一叠的百元钞票。

古清强安排人事部门，对全集团的员工进行了一次摸底，结果令他非常吃惊。集团员工竟然有不少优秀的专业人才，有三人参加社会统考，获得并持有《会计证书》，而从事非财务工作。有五人获得注册工程师证，也从事非本专业工作。最让他惊讶的是人事部副主任徐义，成人硕士毕业不说，还发表了四部小说，全国作家协会会员里有他的名字。工程部副主任鲁程，竟然工商管理研究生主攻方向是人力资源，有十多篇人事管理论文获奖。而且他们都毕业四五年了，学习档案也交人事部归入了个人档案。

以前，古清强以为自己很优秀，很了不起，职工群众会很喜欢他。最近，他发现有为数不少的人在背后骂他，用恶毒的语言咒他。

之所以这样，并不是他古清强舍不得发钱给职工，自从他当集团老总以来，一直在提高职工待遇，特别是合资集团成立后，员工的工资更是让县城其他企业员工眼红。

他明白，职工恨他古清强主要是恨他糊涂用人，恨他用人不公，恨他官僚不下基层了解职工状况，恨他主观臆断而又独断专行，恨他顺我者昌逆我者亡的做人原则。季章被提拔重用之后，让更多的人才自觉地离他远了。甚至连一些为人正直的职工见了他，再也没有以前的那种发自内心的尊重，而是能避则避开，迎面相遇绕道走者，慢慢地多起来。

想到这些，古清强心里有些后怕。他把这些个情况说给妻子听，表达了自己内心的忧虑。

"没什么，以前你正直，可正直能卖钱么。"妻子满不在乎，"要想住别墅，你还得弄钱。这年头钱是硬货。那些个住别墅的，有几个是靠工资买的？"

古清强愣住了，陷入了深思，他不知妻子讲的是对还是错。

古清强的用人，或多或少反映到了枝冈次郎的耳朵里，他并不在意，而是比赛似的在千业星光集团下属子公司和下属控股集团公司安插自己的日本籍经理和副经理。

有歌谣调侃："指鹿为马自古有，屈才任庸积民仇。黑白为何要颠倒，只因金银和铜臭。"

要知故事后戏，请君续看下回。

第三十九回 大丈夫谁不好色 硬汉子也贪性欢

戴少军非常地郁闷。

自从调任离退休职工管理部主任这个闲职，整天无所事事。

枝冈次郎早就强烈要求撤掉这个管离退休职工的部门，只是奈古清强不何。

戴少军琢磨着，自己被免掉杨州山水电站总经理职务，主要是得罪了董事长古清强。通过这次教训，使他明白一个道理：任何一位下级，无论工作如何，都不能挑战上级主管领导的权威。另外，下属独得好处，这是上司最忌讳的事。他本着从哪跌下去就从哪爬起来的道理，琢磨着想个法子讨古清强的好。于是，他选了个黄道吉日，请古清强吃饭。

在县城最高档的绿茂酒店定了个豪华大包间，叫来了原杨州山水电站的老部下罗喻莉作陪。罗喻莉原来是一名运行值班工，是戴少军发现了这个女酒仙。有一次他参加水电站的团委活动，吃饭时见到了这位美貌动人的新员工，一高兴夸了她几句。众位团委们为了给领导助兴，硬是逼着要罗喻莉单独给戴总敬酒。

戴少军一时兴起，端起杯子："咱们不能欺负女员工，来，我两杯你一杯。"

说完戴少军连饮两杯，本以为可以吓唬一下罗喻莉，顺便向在座各位炫耀一下自己的好酒量。哪知道罗喻莉并不领情，也自愿干了两杯。之后，她提出回敬两杯。结果那天，戴少军醉了，醉得不省人事，被团委们架着回家。

第二天，他就下令把罗喻莉调到了水电站的办公室当干事，专门负责接待上级领导。从此以后，凡是上级或是地方官员要检查工作，他戴少军都会带上罗喻莉陪酒。大专毕业的罗喻莉，水蛇腰仙女貌，加之不亢不卑很有分寸。每次都把领导们哄得高高兴兴，非得弄个七八分醉，几乎是每战必胜。

今天的酒桌上只有他们三个人。古清强一开始还以为人太少，气势场面不够大，摆不了谱。但一开席美女罗喻莉就举杯敬酒，那含情脉脉的眼神，令人丢魂的微笑，他古清强感觉还是人少一点好。面对一位眼前楚楚动人的美少女，他有些云里雾里飘飘然。

几杯酒下肚，古清强感觉到自己道貌岸然的躯壳里面，也仍然蕴藏着好色的原动力。闻着夹杂着香水味的女人肉香，面对着白皙丰腴、面容姣好的罗喻莉。他如痴如醉，傻傻地盯着她丰满的酥胸不眨眼，有几次还大胆地趁机摸人家的手一把。

戴少军大感意外，原本是想利用罗喻莉的酒量大，请她来陪酒。没想到一向严肃一本正经的董事长，也是一个好色之徒的凡夫俗子。他有点担心古清强的粗鲁会罗让喻莉反感，心想不该带她来这种场合，正琢磨着找个理由结束战斗，好让罗喻莉回家。

没想到罗喻莉酒兴很浓，不但频频举杯敬酒，还趁古清强高兴时主动开口为戴少军求情："董事长，你得关照我们戴总呀！"

古清强："我已经关照了他，把他调到机关本部了。"

罗喻莉："可那是个闲职，无所事事。戴总是个干事业的人，你给他安排个实职罢。"

"对了，你为什么要为戴总说情。"古清强警觉地问，"是他请你说的吧？"

"不是的，是您董事长做事不公平。他以前非常关心我，把我从运行班调到办公室。"罗喻莉又端来一杯酒，"我一直都没有机会报答戴总。来，我再敬董事长一杯，你必须答应我帮戴总。"

"怎么喝？"

"随便你。"罗喻莉仍微笑着，直勾勾地盯着古清强。

"唉，女人不好让男人随便的。"古清强开始装酒疯，"一随便，我就会以为什么事都可以干了。"

戴少军见状，忙借故上厕所。

罗喻莉呶着小嘴，借酒力厚着脸皮大胆地说："没事，就让你董事长占点便宜。说，想怎么随便？"

"真的。"古清强趁戴少军上洗手间的空当，淫猥地笑着试探地在她的大腿上捏了一把。

罗喻莉却装着什么事也没发生，仍装着酒疯笑着说："来，你手脚不老实，罚酒。"古清强酒壮色胆："过会儿，你单独陪我去跳会舞行么。"

"能陪董事长跳舞是我们员工的荣幸。"罗喻莉却爽快地答应了。古清强一想到马上能抱着她跳舞，显得非常兴奋："我马上让戴总安排。"

"今天不行。"罗喻莉说。

"为什么？"古清强有点茫然。

"我老公明天出差，过一会儿得回家帮他准备行李。"罗喻莉又抛过一媚眼，说，"哪天我单独请董事长跳舞。"

"你这是缓兵之计，就是推辞。"古清强不甘心地说，"你这是口是心非。"

"下次，我一定会请您单独跳，你放心。"她见古清强有些失望，就温情地笑着捏了一下古清强的手，附上他耳边说，"你给我手机号，有空我打电话给您。"

古清强这才高兴地掏出电话给罗喻莉，让她拨通了自己的手机，互存了号码。

戴少军从洗手间出来，并不知道刚才发生了什么，仍兴致勃勃地举杯敬酒。

罗喻莉提出要回家，古清强立马表示同意。

送走了美女，戴少军见董事长有些意犹未尽，心想总算找到了古清强的爱好了。也就趁着酒兴，把古清强拖进一家桃色的歌厅，包了个雅间请了个舞伴，自己独守在大厅的一角。

一直玩到半夜，才在歌厅门口等到疲惫的古清强，打出租车将古清强送到了家。

几天后，戴少军接到集团人事部一纸任命，是到后勤工作部当主任。一般人眼里，这是个非常有油水的实职。当天晚上，戴少军就打电话感谢罗喻莉，说了许多道谢的话。当天晚上，古清强也打电话给罗喻莉，说是按她的吩咐安排了戴军。

罗喻莉知道这是古清强借机讨好她，在这之前他已经打过几次电话，都是约她出来玩的，但都被她拒绝了，再三表示："不方便，方便的时候会主动约你。"

也正是这个拒绝起了作用，古清强以为是戴少军的任职之事让她拒绝，也就急着帮戴少军找了个有油水的实职。

戴少军上任的第二天下午四点半钟，古清强接到罗喻莉的电话，她娇滴滴地邀请古总到自己家里来玩。

"你家？"古清强感觉心跳加快。他很少到过职工家，更没到过女职工家。他感觉有些突然，但又不想放过这次难得的机会，心里浮想起许多偷情的电影画面，连忙问："什么时间？"

"今天晚上，晚一点。六点半钟天暗后再来吧，我做好饭等你。"罗喻莉用最温情的柔声小声地说着。

"好，好，我准时到。"古清强热血沸腾，只差没跳起来。罗喻莉接着详细地告诉了自己的住址。

古清强坐在椅子上，认真回想着她所在小区的方位，又在全昌县城区图上找到了确切的地点，捉摸该是走路、自驾车还是打出租车。考虑再三，他决定还是打出租车更方便。一是自驾车显眼，容易被人发现，二是坐公交和走路太累，打出租车更灵活。

一下班，他就高兴地离开办公室，到发廊洗了个头，让理发师吹了又吹，弄得有模有样，这才精神抖擞地打了个出租车奔向罗喻莉家。

下车之后，古清强努力地挺直身子，好让自己在美人面前更精神更阳刚一点。很可惜，老男人就是老男人，哪怕是很费劲地挺，也还是有点勾腰驼背的形象。

正是："七情六欲人之常，君子好述要合规。为人做事讲原则，不可偷欢去违纪。"

要知故事后戏，请君续看下回。

第四十回　同是偷盗龌龊人　窃贼半途遇真贼

几个衣冠不整、行为猥琐且贼眉鼠眼的人想混进住宅区。或许是着装和举止太引人注目，进入时被小区物业公司的保安拦在小区门外盘问。

小偷贡金来眼看着无奈的同伙被赶出小区的院门，心生抱怨，自叹世道不好，这年头小偷的日子越来越难过了。他是这群小偷的王，也就是贼头，负有领导和指挥这群小偷的任务。他一般只负责踩点和发号施令，很少亲自行窃。他不同于其他的小偷同伙，皮肤白皙，西装革履，表面上给人一种从事斯文职业的感觉。他拉了拉衣角，平抑了一下惶恐的心，昂首挺胸，两眼目视前方，大方地走进了小区的大门。

物业保安没有拦他，因为他不像另外几位同伙那样猥琐，不像同伙那样让人一眼就看穿了是个无业游民。他的名牌西装，擦了护肤露的白净皮肤，梳得溜光的头发，加上他那昂首挺胸的气势，像个斯文的干部。小偷贡金来在整个小区里悠闲地转了一圈，心情越发沉重，每个单元门都是新式的电子锁，多数小区都安装了可视对讲门铃。更让他不安的是，小区每个角落都安装了监视器，新建住宅楼的外墙不像过去的老式住宅，所有的管道都安装在室内，外面没有一根管道，无法攀爬。他心里一阵苦楚，苦楚到伤心时，不由得哼起失恋的歌。

连续走了三个豪华小区，均没有发现可以行窃的机会。越是豪华小区，保安措施越是严格，有些小区里还有巡逻。小偷贡金来在十分失望的时候，看到不远有地方还有一个新启用的新楼盘。他快速赶过去踩点，看得出这是刚交房不久的小区，绝大多数是空置房，只有少数几家安装了窗帘，还有几家正在装修，从楼上传出装修工的电锯和电锤敲打声音。

正想转身离开的小偷贡金来，看见有一辆豪华的小轿车驶进小区，楚楚动人的美女罗喻莉从车上下来。他心头一震，绝伦的美艳。进城以后，他见过许许多多的美女，可眼前这位美人柔美的曲线和款款扭动的腰臀太性感了。贡金来呆呆地看了半天，燎得那颗狂躁的心小兔子似的，欲火中烧。好半天才醒过神来，明白自己在踩点行窃，这才失望地悻悻地离开这个小区。

一天下来，贡金来跑了十几个小区，都没有找到作案目标，饥肠辘辘，仰天长叹："天，小偷的日子真是越来越难过了！"

返回到住处的贡金来，突然想到上午从那豪华车上下来的美女，便再次春心涌动，生理的欲火再一次燃烧。他转了几道公交车，又来到上午那个小区。这里新入住的人很少，小区里的行人也就少。门口两个保安或许是太累，不像白天那样装样子站得笔直，只是懒懒散散地倚靠在桌边的椅子上打瞌睡，偶尔有几个进出小区的人，根本就看不见。

小偷贡金来整了整衣饰，夹着尾巴溜进了小区。在每栋楼下都转了一圈，发现所有的门洞虽然都安装了防盗门，但都没有启用。有的连电子锁都没装，有的可视摄像头没装好，只有一两栋装好了电子门锁的，但也还没有启用，几乎所有的大门全是敞开的，即使有关着的也是虚掩着。

他便认真观察这里的住户，每个门洞最多住进一两户人家，其余全是空房。

他来到上午美女下车的地方，发现这个门洞只有一家人住，上下左右全是空置房，他便有了进入此位美女家里作案的念头。下午四点钟的时候，他仔细地观察了一下地形，回来计算一下从这门洞走到小区门口的路程和行走时间，又仔细琢磨了攀爬入室的方位和途径。正准备离开时，看见上午的美女罗喻莉正挽着一个帅哥从门洞里出来。他又一次春心荡漾，急忙走近来窥视这位美人儿。

小帅哥手里还拖着一个行李箱深情地说："亲爱的，第一次把你一个人丢在家里，我有些舍不得。"

"没事，不就两个晚上么，我看看电视就过来了。"美女罗喻莉妩媚地说着，抱住小帅哥亲了一口，然后立住脚，目送着小帅哥拖着行李走向大门。

小偷贡金来欣喜若狂，心想美人家里只有一个人了，这真是天助我也。他装着路人，与小帅哥擦肩而过，然后再走近美女，贪婪地窥视着美人儿，他闻到一股浓重的廉价的香水味。

今晚就偷一家。贡金来心里琢磨着，打算亲自光顾这位美人儿家里。面对她这么个孱弱的女子，就算入室被她发现了，也风险不大。他高兴地转身快步走出小区，在一家小餐馆要了几个小菜，一瓶啤酒，慢慢地品着酒菜。他打算在这家餐馆里磨蹭到天黑，再到美女罗喻莉家行窃。幻想着自己成功行窃，心中不由得暗暗欢喜。他预料着，自己突然出现在这位弱小的女子面前，估摸着只要一亮出身上那把发着寒光的尖刀，定会吓她个惊魂落魄，说不定美女会发抖地蜷在一个角落不敢吱声。

不到十点，贡金来就被小餐馆店家轰了出来。这儿偏僻，十点后便没了生意，店家要关门打烊了。

贡金来认为这个时间作案太早，就在外面转悠了两个小时。临近午夜外面行人全无时，他才溜进小区。单元的门敞开着，跟白天一样。此时的小区静得可怕，没有丁点灯光，大概是住户不多，物业为了节省电费，一到夜半十点多钟便把全部的路灯都熄了。

贡金来摸黑从隔壁一家空置房的阳台翻窗进了罗喻莉的家，轻手轻脚来到客厅。借着灯光，他摸到了大门，将保险门锁打开，以防被主人发现后随时可以逃跑。

客厅里没有什么值钱的东西可偷，倒是茶几上有个男士钱包和一个男士夹包，一包香烟和一个打火机。

他拿起烟闻了闻，至少是大中华一类的，烟瘾便上来了。他抽出一支，想点火，又有些惧怕，便轻手轻脚地到了卧室门口，想听听动静，观察一下女主人是否睡熟。

房内鼾声浓烈，像是个老男人的鼾声。他心里便笑，这么个漂亮好看的女人，鼾声这么难听。琢磨着女人睡熟了，他放心地关上了房门，点燃了一支烟。

贡金来想看钱包里是否有钱，太黑看不清，就索性开了灯，翻开夹包一看，嗨，有一大沓钞票，足有两千块钱。他喜上眉梢，将现金全部抽出，装进衣兜里。这时，房门突然开了，裸体的古清强睡意朦胧地急急忙忙冲进厕所，待他小解出来，发现了小偷贡金来。

古清强惊慌万分，腿肚子发软，待在那里动弹不得。

贡金来也十分惶恐，但多年的小偷经验，使他没有露出半点惧怕的神色。

对峙了半晌，古清强才语无伦次地："你—你—你—回来了？"

小偷贡金来诧异地僵在那里，手里捏着那抽空了钱的钱包，准备逃走。

"我是第一次来。"古清强解释了一句，心虚得直冒汗。

"……"贡金来什么也没听见，静观古清强的反应，头脑极快地琢磨着跳跑的路线。

"我以后再也不敢了。"古清强摸不清眼前男人的反应，胆怯地又补充了一句。

"……"古清强的心虚表现，让贡金来恢复了镇静。他搞清古清强不是这家男主人，心里便胆大了一些，放弃了跳跑的念头。

"我这就走，你放我走好吗？夹包里的钱全给你，我衣服口袋里还有钱，都给你。"古清强见小偷贡金来不反对，一溜烟冲进卧室，急急地穿了外衣，手提着一个包，出来就丢下三万块钱，从小偷贡金来手里拿回夹包，狼狈地逃走了。

接着房里便有了动静。小偷贡金自知女主人出来一定会发现的，必须尽快离开。这时，房里传出罗喻莉的哭泣声："原谅我，真的，我这是第一次。"

小偷贡金来恍然大悟，得意地笑了，抓起钱，飞也似的逃走。

正是："知足常足不受辱，知正常正不会耻。为人莫做亏心事，不怕半夜遇生人。"

要知故事后戏，请君续看下回。

第四十一回　是非曲直谁评说　狼狈本来性相近

自从在罗喻莉家被抓现行逃跑之后，古清强心里着实慌了几天。到目前为止，他还以为那天晚上遇到的贡金来是她丈夫，时刻担心小伙子会找上门来闹事。越是没有动静，他越是担心，不知道这对年轻夫妇会设什么圈套。一天一天地挨，没事。一个星期一个星期过去了，仍然没有丝毫动静。

他不相信就这么过去了，现实生活中有多少桃色艳事传闻搞得轰轰烈烈，估计这回自己一定会发生点什么事来。于是，心里琢磨着各种对付预案，包括小伙子来斯文的软缠软磨闹法和来粗鲁的动手动脚式的对策。但是，一个月过去了，还是平安无事。

心里有负担，日子便过得特别地慢。食不甘味，睡不落神，有时一个晚上坐在床上胡思乱想，恨自己不争气，为什么要跑到人家妻子床上去。恨自己运气不好，第一回偷情就被抓个现行。当然，他多少也有些埋怨罗喻莉，怪她没有完全把住丈夫的行踪，被丈夫杀了个回马枪。

让古清强感觉奇怪的是，她丈夫见到他并没有特别的表现，就像是什么事也没有发生一样。倒是罗喻莉再见到他时，有些脸红不自在的感觉。

古清强忍不住背地里找了个机会，悄声问罗喻莉："他有什么反应？对你还好吗？"

"奇怪，他还是跟以前一样对我好。"罗喻莉有些不解地，"当天晚上你走后，他没见我的面也跟着走了。几天后才回来，装着什么事也没发生一样。"

"平时是你怕他，还是他怕你。"古清强问。

"他很怕我。"罗喻莉说，"在家里，我说一不二。只要我一不高兴，他就吓得要死。"

古清强自作聪明地："可能他是不敢提这件事，估计也是怕你生气。你对他好点，做出点弥补过错的举动，让他感觉你还是对他好。这件事，只要他不提，你千万别提起。"

慢慢地，古清强一颗悬着的心放下来了。

罗喻莉还是见了古清强就脸红。

有一回，古清强又谈到这个事。罗喻莉就说了句："不用担心，他不会再计较这件事了。"

古清强越发对她的丈夫有些感激，感激年轻人明白事理，明明可以抓住他古清强不放，却没有丝毫为难他古清强。

感激归感激，古清强还是不大放心。他不明白小伙子内心的真正意图，想来想去，心里感觉也有些后怕，担心小伙子秋后算账，这事要是被捅出来，会非常难堪的。

当然，古清强不知道那天晚上遇到的是小偷贡金来，并非罗喻莉丈夫，就连罗喻莉也不知道。她当时都吓得不敢出房门，贡金来都走了良久，她还一个劲在床上抱着被子道歉和解释："我这样做，也是为了你，这年月不拉点关系，一辈子都不会有出息……"

贡金来走了后，她感觉外面没什么动静，才敢走出房间。以为是丈夫接受了自己的观点，才自觉当作什么事也没发生，以为是丈夫识大体顾全她的面子，故意出门回避。

几天后，丈夫真正地出差回来了。她悄悄地观察他，不敢提那天偷情的事。她作好思想准备，只要丈夫一讲起这件事，自己就跪下求饶，请他原谅。

然而，丈夫非常大度，就当什么事也没发生，夫妻俩感情依旧亲密。

自从有了第一回偷情的刺激，古清强便多了一份花心。再看到美女时，就有一种生理上的淫邪冲动，总琢磨着再找个机会去偷情，近来枝冈次郎什么事也不让古清强做，让古清强更加清闲了，一颗不安的心变得年轻，就不再安分了，整天色迷迷地喜笑颜开，有一种梅开二度的感觉。回想自己过去的日子，他觉得简直就是苦行僧。

古清强便有一个打算，要趁着身子骨还行的时候，好好及时行乐。他琢磨着，自己要开放一些，要在有生之年，多多享受让人销魂的富豪生活。

得安抚他们俩，古清强在办公室徘徊着。心里琢磨，既然他不怪罪自己偷玩他老婆，说不定他就默认了这件事，得表示感激，不能让事态往坏的方面发展。

拿定主意后，他亲自召见杨州山水电站的总经理和集团人事部主任，决定将罗喻莉调集团总部办公室当秘书，享受副股级待遇。之后，他又将杨州山水电站的总经理留下来，单独交代：将罗喻莉的丈夫，从水电运行班调生技科当技术员，岗级上调二档。

古清强的理由非常简单："有上级领导给罗喻莉夫妻打招呼。"

几天之后，罗喻莉的丈夫专程到古清强办公室道谢，小伙子还送上一座从外地带来的水晶雕塑——步步高升。

古清强非常高兴，更加感激年轻小两口。小伙子对他古清强偷情一事闭口不提，就像没有发生过一样，这让这个权力老大以为自己的无尚权威发生了作用。

送走小伙子，古清强一身轻松，非常地愉悦。他琢磨着，可以继续找罗喻莉玩，于是轻轻地关上门，对罗喻莉述说着上次惊心动魄的一幕。罗喻莉也非常兴奋，述说自己的丈夫明白事理。一激动，两个人又不顾一切地抱到一起。

之后，古清强在自己的办公室里哼着小曲跳起舞来。正在兴头上，办公室罗叶新神经兮兮地闯了进来，吓得古清强一跳，骂道："疯了呀，门也不会敲。"

罗喻莉向罗叶新点了一下头，镇静地退了出去。

罗叶新并不怕古清强的骂，而是神秘地、声音颤抖地小声说："董事长，有人发现戴少军偷女人。"

古清强一惊，以为他是含沙射影，抓住他古清强与戴少军一道干的什么风流事，便老大不高兴地："无聊不无聊，一天到晚正经事不做，专管这些偷鸡摸狗的事。"

"是真的，这个人表面正人君子，其实作风有问题。"罗叶新不死心，又补充了一句。

"有证据吗？不要见了风就是雨。"古清强轻蔑地说了一句，尽量显得漠不关心。

"是真的，我亲眼所见。"罗叶新坚持说。

"你亲眼所见？开玩笑，你能看到这些个事情？"古清强仍不在乎，没正眼看一下罗叶新。

"是真的，我当时就在场。"罗叶新斩钉截铁地说。

"你在现场，你也去偷女人了？"古清强总算抓到把柄了，严厉地大声质问。这一来，把罗叶新给镇住了，傻乎乎地瞪着两眼不知如何是好。

古清强怒火还没消除，继续训斥道："一个集团办公室主任，正事不管，还专门到风化场所，一门心事搞这些鸡鸣狗盗之事，一天到晚就琢磨这些个歪门邪道的东西。我看你这个主任是当到头了，你就等着纪委派人来调查吧。"

罗叶新不明白自己触怒了古清强哪根神经，吓得贼也似的逃回了自己的办公室。

几天后，古清强力排众议，说服所有的董事，让枝冈次郎任命戴少军担任千业星光集团人事董事部主任。为了显示重视，古清强亲自进行任前谈话，罗叶新在场作记录。

古清强话中有话说："以后，集团公司的中层干部考核与培养，你要多动心思，要严格管理，对年度考核不合格的中层干部，要坚决撤下来……"

这些话，吓得罗叶新一身冷汗。原本想通过偷女人这件事把戴少军告下来，没想到他有哪根神经通到了天。否则，谁有这么大的神通，犯了错不降反升。

罗叶新的心情坏透了，不明白这世道是怎么回事，以后的日子等着挨整吧。现在唯一的愿望，就是希望古清强没有将上次告状的事告诉戴少军本人。

不久，千业星光集团公司上下都在神秘地传闻："戴少军市里有人……"

"戴少军省里有人，连古清强都怕他……"

对此，戴少军装作没有听到，自己也闭口不谈，任凭大家猜测和评论。

有歌谣调侃："狼狈本来性相近，才会同行同为伍。一日同流做坏事，必定事事会合污。"

要知故事后戏，请君续看下回。

第九章

灵肉夜话

仲春暖夜，桃花园里，肉体与灵魂在漫步。

灵魂一会儿捧住一朵桃花闻，一会儿又使劲摇着桃树，弄得花瓣撒满一地。

肉体忧郁地："你一点定性都没有，变脸也太快了。"

灵魂："哎，不要一天到晚都一副面孔，让人一看就读懂了你。"

肉体："被人读懂不好吗？"

灵魂："不安全，要给人以神秘感。特别是位高权重时，更要让人捉摸不透。"

肉体："不可思议。我不知道这有什么好处。"

灵魂："对部下有一种无形的压力，让权力达到神圣的地步。有了这种权力，就可以为所欲为了。"

肉体："你已经病得不轻了。"

第四十二回　颠倒是非同情贼　有道君子受冷落

红劲宇事件，让古清强很有感触。他明白，要真正用好一个人才是不容易的事，不但要过甄别人才这一关，更难的是，企业领导人自身要过重视人才理念这一关。

领导用人是一面旗帜，古清强最近的用人之道，让整个集团炸开了锅。集团上下有人高兴、有人伤心，更多的员工则是失望或是心存愤慨。让所有员工感到迷惘的是，在千业星光集团工作，职务的升迁与员工的事业心和技能的高低无关。最让人浮想联翩的，是草包类型的员工季章都可以升职，就是用无声的语言告诉集团内的所有员工："我古清强想提拔谁，就提拔谁，不管是否有才。"

一时间，拉关系找门路成为千业星光集团的一种时尚。谁亮的牌子大、谁亮的牌子响，谁就有机会获得提拔，毫不含糊。

可在台面上，古清强还装出一副廉洁干部的样子，口口声声唱着廉洁从业的高调。

他后来去了一趟扬州山水电站，见了一次红劲宇本人，装出一副爱才的样子，非常热情地接见了这位网络高手，痛心疾首地再三表白："这么一个优秀的人才，不应该等到现在才启用。是我这个董事长失职，让你白白地浪费了青春，让你在毫无作为的岗位上变老了许多。"

一番话，让红劲宇感动得流下了眼泪。

各子公司经理可不是吃素的，清楚古清强是说一套做一套，清楚古清强玩权用人的花招和手段。各子公司总经理纷纷效仿，也学着做两面派，大会小会上一面唱着高调，呼吁廉洁从业，私下里，却比赛似的卖官敛财。

古清强还蒙在鼓里，他还打算摆点谱，扩大自己的廉洁形象，借机扩大自己的权力影响。

无所事事的古清强，决心到下面单位去走走。于是，他嘴里喊着："到基层去，了解基层的员工思想，了解基层的员工动态。"做出一副微服私访的态势，到久违的子公司去转转。

有一天上午，他着便装来到了县供电公司的一个边远的变电站，混到站里，与一个中年员工聊天。

看到一个头儿模样的人，在汽车油箱里往自己摩托车上灌油。

"你这是损公肥私。"古清强说。

"这算什么。"中年员工不屑地说，"这只不过是贪点小便宜，少见多怪。"

"一派胡言。"古清强很生气，怒骂了一句粗话。

"听说过牟家仄的故事吗？"中年员工不以为然，反问了古清强一句。

古清强被问得莫名其妙，木然地摇摇头。问："给我讲讲，到底是怎么一回事？"

中年员沉思了片刻，说："好吧？我满足你的好奇心。这个故事在我们单位已经家喻户晓了，故事是这样的。

"牟家仄很贪。"县供电公司员工都这么议论着。

牟家仄是公司管后勤的总管——后勤部主任。这位老兄，别的没学会，学会了靠山吃山这一套本领。利用职务之便隔三差五地从公司食堂提些腊肉、蔬菜之类的回家。没有人制止，一是没有人好意思制止，二是没人敢制止。食堂管理员甚至还会拍马屁地帮着找塑料袋，帮着挑选上好的蔬菜和新鲜的猪肉。

据说牟家仄从来不用买菜，每天上午十点多钟总要到食堂视察工作。到伙房里面转一圈，有时还亲自动手洗菜和拣菜。但走的时候，总不会忘记随手带一把蔬菜和一点鱼肉之类。

这事被后勤人员说道和议论，议论归议论，没有人告牟家仄的状。大家都习惯了，认为没什么了不起，不就是爱捞小便宜么，反正都是姓公不是自家的，公家的东西让他拿走好了。

没人告发牟家仄还有一个原因——牟家仄会做人。县供电公司上上下下有谁病了，他立马从食堂拿些水果之类的到人家家里看望。有一次，职工小马感冒发烧，牟家仄临时从伙房拿走一条洗清要下锅的大草鱼，弄得伙房临时改菜谱。更多的时候，他是临时割下一块一斤两斤要下锅的猪肉，拎着到生病的职工家去，让病人感激涕零。

牟家仄便继续拿公家的东西，拿得很坦然，拿得有恃无恐。拿到后来，不满足于两斤蔬菜三斤猪肉，他开始对钱感兴趣，先是拿家里的灯头灯管之类的发票到食堂报销，后来是高档水龙头之类的，一报就好几百块。

牟家仄买了一套房子之后，县供电公司的管理费便急剧地上涨。一年下来，公司的报账发票显示，一年下来全公司消耗了二千根灯管，新装了九十副门把手。

财务部小黄看不过去，问主任："这些个东西，我们单位真的消费了么？这是有人用假发票套取现金。"

主任一脸苦相："明知道是假的领导仍在发票上签了字，谁再去当这个恶人头？"

牟家仄便继续捞便宜。几个月下来，家里的装修材料都置齐了，全是化整为零用公家的钱买的。

县供电公司有个副总到了退二线的年龄，集团总部便派来几个人考察后备干部。有三个人作为最有希望的苗子，一是总经理助理，懂生产；二是财务主任，会经营；三是后勤主任牟家仄，会管理。

据消息灵通人士透露，牟家仄最有希望，另两个人只不过是作为陪衬。

财务部小黄很不服气。他认为这几个人中，自己的主任最有资格被提拔，无论人品还是工作能力，都是三个备选人中最优秀的，最不该上的就是牟家仄。于是将一些牟家仄的报账财务凭证复印了，连同一封举报信送到了考核组。

牟家仄便很自然地被刷掉了，没有被提拔。另两位候选人中的总经理助理和财务主任，谁也没有获得这次提升的机会。陪衬嘛，当然不能顶上去，是千业星光集团人事部从另一个单位提拔了一位完全不懂专业的干部，交流到这里来当副总。

事后牟家仄便无精打采，牢骚满腹，脾气大了许多，常常无故骂人，抓食堂的员工出气发泄。

被骂的员工便埋怨小黄，同情牟家仄。

公司的员工再看到小黄时，眼神都是怪怪的，好像他是贼似的。多数人都离他远远的，担心自己被举报。

牟家仄工作时天天甩大牌发牢骚，总是一副受委屈的样子，见了小黄更是恨之入骨。于是，有不少人便在牟家仄面前说些安慰话，要他想开些。

食堂管理员遇到牟家仄来拿菜时，总要挑些贵的菜，让他多拿些。后来，很奇怪的是有不少职工便远离小黄，孤独小黄。总是有人在他身后指指点点，使年轻人非常难受。

小黄便感到委屈，问主任："我做错了什么？明明是牟家仄的错，怎么好像我是贼似的，都怪起我来呢？"

主任说："这是同情弱者啊。"

"他是弱者？"小黄不解。

"本该提拔的，没有提拔，还不够倒霉吗。"主任反问。

"那我呢？我是强者还是弱者。"小黄有些愤怒，"以后谁还敢主持正义，谁还敢说真话？"

"……"主任无语地摇着头，不知是说小黄错了，还是表示不明白。

听完这个故事，古清强心里刀割似的痛。他心里非常清楚，那位交流到供电公司的干部，本不是后备干部。是他古清强不顾众人的反对，强行要求枝冈次郎通过这个任命的，想不到自己那么神秘的手段还是被下属员工发现了。他后悔没有做得更隐秘些，不敢再进公司，以免被公司的领导认出来，反而更难堪。他悻悻地出了门，打了个出租，拐弯来到了县自来水厂。

正是"同情弱者有原则，贱被口诛理应当。切莫乱用怜悯心，混淆道德与人情。"

要知故事后戏，请君续看下回。

第四十三回 喜欢笑脸假成真 以诚相待真亦假

县自来水厂也是个老厂，有许多员工都上了年纪。

门卫是个外聘的老头，60来岁。他很悠闲，正背着个手踱步健身，已经走离大门百十米了。

古清强进门，被老人家看见了，准备喊却没吱声，大概古清强不像是坏人吧。走到公告栏前，有一则任职公示：马雯晴任审计部主任。

门卫慢慢踱步过来，问："你认识这位马文晴？"

古清强摇了摇头："不认得。"

"他叫'变脸马'"。门卫自豪地说。

"噢，为什么叫'变脸马'？"古清强玩笑地问。

"说来话长，'变脸马'的故事多着呢。"

古清强兴趣来了，忙掏出中华牌香烟，递了一根给门卫。

门卫一看这么好的烟，眼睛一亮。古清强顺手给点了火，也给自己点着一根。门卫老头深深地吸了一口，陶醉地闭眼咂咂嘴，讲述了下面这个故事。

有人说马雯晴很优秀。

也有人说马雯晴少根筋。

说马雯晴优秀的人是公司总裁，说马雯晴少根筋的是那些不守规矩的业务员。

马雯晴是学会计学的，名校本科。公司财务满员，他被分配到车间当统计员，兼管合同监督。

能分配在车间办公室，马雯晴很满足，能进这家国有公司，已是幸运，而且能坐办公室。小伙子从来没有想过进公司总部财务科，他的观念是，新进来的大学生，肯定要到生产一线。

他怀着感恩的心踏实地工作，统计每一项指标，审查每一个合同。有几个老到的业务员，凭借自己熟练的业务技术，总要在合同上玩些手脚，与客户勾结弄些外快。因为合同做得天衣无缝，以往的监管根本发现不了。但到了马雯晴手里就麻烦了，这小伙子财务会计精通，经济法律娴熟，左推算，右论证，硬是发现问题，一算下来挽回公司损失近百万。

马雯晴这样的人头儿们喜欢，打心眼里欣赏这个人才。

马雯晴这样的人业务员们嫉恨，从心底仇恨这颗眼中钉。

年底考评时马雯晴只得了个中评。据考评组的人说，幸亏头儿们给的分高，否则马雯晴会得个不及格。

中评归中评，头儿们照样给马雯晴重奖，而且是特别贡献奖。有些业务员却受到处罚，有些业务员受到处分。

如是三年，马雯晴成为公司里守规守纪的化身，所监管的业务合同的规范性明显提高。

公司头儿们考虑别的车间和分公司也有类似情况，琢磨给马雯晴一个更能发挥作用的职位——公司审计部副主任。

上任头三个月，马雯晴翻遍公司所有的合同，查对了所有的举报，堵塞了一个又一个漏洞，公司的头儿们万万没有想到内部审计有这么大的作用。

同事们无意中发现，马雯晴有着一张晴雨脸，时而阳光灿烂，时而狂风骤雨。每每接到公司总裁的审计令时，他严肃毫无表情，查对账时他常常是渐渐放晴，或越来越阴，严重时，他会将五官扭曲，常常吓得被查人前言不搭后语，多问几句就漏了嘴。

有一次，他遇到了麻烦，非常大的麻烦。有一个合同的违规是公司管后勤的副总管的，他想压住不查，但那张脸却明白地告诉所有人，这合同有问题。

总裁也不想捅出这事，想内部处理和了结这事，只要追回损失就够了。可马雯晴的这张脸不争气，似乎向全公司的人公告："管后勤的副总是贪官。"

总裁恼了，把马雯晴叫来训斥了一顿："该成熟了，你是公司中层干部了。这么感情用事，以后怎么工作。"

马雯晴认了错，却改不过来，做了努力也改不过来，还是天天顶着个晴雨脸上班，同事送他一个外号"变脸马"。

倒也没多少人在意他的外号，只是相关的业务人员，心里非常不喜欢他，个个心存怨恨。还有个别副总经理一级的干部，不满马雯晴那一套，不满灰色利益的链条被打断，更担心原先不光彩的事也被揭示出来。于是恼怒，表面上不满马雯晴那张脸，实质是不满马雯晴严格认真的工作态度。

每每遇到与某副总一级干部相关的事时，公司一把手总想打圆场。

"你看你那张卖棺材的脸。"有次管后勤的副总恼怒地骂开了。

之后有几个副总经理都跑到总经理处告状，说这样的中层干部，有损于公司的形象。每家公司都有些商业机密，哪些能说的，哪些不能说，要有分寸。可马雯晴，一张无遮拦的脸，全都写在脸上，无密可保了。

总裁也有感觉，但苦于无奈。他原本是想借提携马雯晴来树自己的廉政形象，没想到会是这个结果。他于是一个电话，把马雯晴拉到办公室，想教训几句。

"汇报一下最近的工作吧。"总经理不露声色地翻着手里的材料，偶尔不经意地瞅了马雯晴一眼。

马雯晴有些紧张，鼻尖都在往外冒汗。听到汇报工作，他长舒一口气。肃然的脸又开始眉飞色舞。某某车间经营的成绩，某某公司利润可观，某某部门工作严谨等等，讲到正面的方面时，马雯晴语气轻松，眉宇间飞出喜悦。可汇报到最后，某一项基建工作的审计时，他立马晴转阴，脸拉长了三分不说，鼻子嘴巴扭曲到一边，连嘴唇都由于脸部一边的神经不停地抽搐而不时地歪向一边。

"这事以后再说。"总裁想止住马雯晴的汇报，可没那么简单。这位马雯晴，俨然自己是魏征再世，一副大义凛然的神情，滔滔不绝地汇报着。

"算啦！别讲啦。"总经理不高兴，提高了嗓门。

"让我把这事讲完——"

"够啦。"总裁怒吼着，"看看你这张脸。得改改，否则真得去卖棺材了。"

这一吼，马雯晴戛然而止，脸又开始抽搐。眼神里露出蔑视的光，恨恨地盯着总裁。这一盯不打紧，总裁心里打战，从心底里不喜欢这表情。

总裁挥挥手："走吧。"

"让我把这件事讲完——"

"走吧。"总裁不高兴地说，"以后再说，我见不得你这张难看的脸。"

马雯晴的脸立马变得死灰，脸部急剧拉扯了一阵，慌张地退了出来。他不知道自己到底做错了什么。

回到家里，他痛苦地闭门不出，拿出镜子一瞧，天，真是好难看。他努力挤眉弄眼，想弄出几个笑脸，但此时的心情，就是笑不出来。怎么拉扯脸部的肌肉，都很不好看。心情越搞越坏，连老娘叫吃饭也不肯出来。

马雯晴父亲是市剧团的道具工作负责人，最近有一台拜年戏，团里的头儿们要他弄几个笑脸面具，而且要求逼真喜气。他见儿子叫不出门，心想有点什么心事，也就戴着刚研制出的一个笑脸面具，进了马雯晴的房间。

马雯晴抬头一看，那脸喜气而亲和，登时心情受到感染，阳光了许多，就高兴地问："爸，你咋笑得这么甜。"

父亲摘下面具，露出真面目，笑着说："这是我刚做出的一个逼真面具，看不出来吧？"

"太逼真了，如果不摘下来，我还不知道你戴了面具。"

"你想要吗？我帮你也做一个。"

"太想要了。"马雯晴喜出望外，拉着父亲的手，恳切地说，"做喜气一点的笑脸，赶快给我做一个。"

"要么就用我这一个吧。"父亲随手一摘，取下面具套在儿子头上，瞬间，一张阳光的脸，立马展现在马雯晴的脸上。

他到镜子面前一照，看到自己一副喜笑颜开的样子，不由得高兴得手舞足蹈。

"我就用这个。"马雯晴兴奋地尖叫，"做得太合适了，简直就是为我定做的。"

第二天，马雯晴戴着面具上班，完全是一副笑脸。同事和头儿们以为是马雯晴思想发生了转变，精神状态也变得讨人喜欢了，于是人人见了人人夸，再也没有人讨厌他那张晴雨脸了。

再汇报工作时，他那固定的微笑的脸，获得头儿们的好感，只要头儿们一皱眉头，他就立马打住，该干的不该干的非常清楚。就连原来非常讨厌马文晴的后勤副总，也不再讨厌他了，以为马雯晴改变了对自己的态度。

内审嘛，头儿们叫干的就干，不叫干的就坚决不干。无论内心如何想，无论多么愤怒，笑脸里面的真脸是何表情，他也要坚持'令行禁止'这个原理。

一年下来，年底考核得了满堂红，破天荒上上下下干部和职工全都给了满分。

头儿们一开会，决定提拔马雯晴为审计部主任。

宣布那天，公司召开中层干部会。马雯晴感觉自己的心情好极了，不用再戴面具了，便溜进厕所将面具摘了，笑呵呵地走进会议室。总经理一看就恼了："这个马雯晴，刚提拔，就摆谱。怎么又变成这副嘴脸，一点也不中看。"

听完这个故事，古清强陷入深思。难道下面公司的领导都是非不分了么，是什么原因导致这种现象发生了呢？

有歌谣调侃："笑脸假笑脸喜，笑脸原是假面具。摘掉面具露本色，就算欢喜也不美。"

要知故事后戏，请君续看下回。

第四十四回　人事权力很神秘　猜来猜去都是个谜

走访了几个下属公司之后，古清强坐在大班椅子里，前后摇着。他在清理自己的思路，慢慢地，他得意地笑了。

事实证明了一个道理：千业星光集团对他古清强来说，犹如自己的一亩三分地，有着绝对的控制力。

古清强好笑，近年来千业星光集团也效仿政府机关，设置了类似的管理部门和监督部门，名义上是监督和限制企业一把手的滥用权力，事实上，由于这些个部门和机构均是企业本体的自我设置，仍归他古清强一把手管理和任命，这些部门空有职权。有敢挑战他古清强权威者，一律给点颜色。

"谁也无法实现对我古清强的监督，我在这里是总经理。"古清强得意地用手指敲打着桌子，心里美极了。

古清强又细细回忆着品味着走访时耳闻目睹的故事，心情慢慢地变得沉闷起来。近两年，自己手下一些精明的部属，一个个开始腐败。

有些事情，集团部门主任甚至会做好圈子让他钻。就拿二级公司班子成员的任命来说，上古清强家说情打关节的有不少。但更多的并不认识，集团人事主任和二级公司总经理的推荐就非常关键。于是，有些找不到古清强家门的人，就找集团人事主任，或者本单位的一把手。

"权力和好处就这样流失了。"古清强想。

细细想来，自己严格控制下的分公司，作为法人代表的子公司经理权力仍然非常大，集团还有好多方面约束不了他们。以权谋利方面，与下属子公司经理相比还是自愧不如。自己作为集团总公司的一把手，控制力还够。有些小公司总经理，活得很滋润。

如果说以前走访几个公司的目的是为了了解情况，那么，他决定继续走访，要管一管自己的手下，不能让他们太胡来。

古清强理了一下思路，决心下一个走访县供电公司。

他决定来县供电公司走访，有两个原因。一是县供电公司是本集团级别最高规模的一个下属公司，正因为如此，他古清强对该公司几乎没有控制力。不要说中层的任命，他管不了，就是供电公司的副职，他也没插上手。他决心下去了解一下情况，一定要消灭权力管控空白。另一个原因是，前几天他收到一封未署名信。信中说："听说古清强董事长正在调查基层用人问题，我对古董事长的公正用人作风表示敬佩，同时希望调查一下'叶翔的提拔问题'。"

带着问题下基层，很快就了解了个八九不离十。

古清强发现所谓的"叶翔的提拔问题"是个问题，但又是一个说不明道不清的问题，因为人事权很神秘。

故事是这样的。

县供电公司原是归属县水电局管辖的一个最大的企业，政改企时也就一并划归星光集团管理，但级别比另外几个分公司和子公司高半级，总经理属副科待遇。因此，县供电公司的机构设置几乎与星光集团总部相同，当时属正规的国有企业设置。

改制成为千业星光集团之后，虽然没有重新明确县供电公司的级别，但部门机构设置和班子配备仍维持原样。

县供电公司纪委书记还有8个月就要退休了，公司领导安排叶翔到监察室当主任。有些敏感的人认为，很明显，这是准备让叶翔接任纪委书记之职的。

公司上下都认为叶翔是个好人，生来就是个助人为乐者。同事之间不管是谁家有事，只要用得着，他总是热情而无私地帮助，全公司每个人都喜欢他这个热心肠的人。

叶翔为人正直，从站（所）技术员到班长、站长，总是公私分明，从不以权谋私。

叶翔技术棒，名牌大学毕业，十年的基层工作经验，多年的班组长历练，使他熟悉子公司所有生产流程。

叶翔管理能力强，当过三年的变电站长，所在站各项工作处理得井然有序。

叶翔是后备干部，连续两年后备干部推荐，群众推选、领导推荐都是名列第一。

让他接任纪委书记，群众信服。

提前8个月进入纪检监察岗位，意在过渡，以便熟悉业务。

不到3个月叶翔便摸清了道道，很快就进入了角色。

叶翔进入纪检监察角色之后，麻烦就来了。他无意中发现公司班子中有一位姓陆的副总有严重问题。于是，他悄悄地调查，结果让他触目惊心，农网改造过程中，这位副老总凭借自己的职务之便，在招投标过程中，收受厂家的好处费，购买厂家不合格的电线电缆。

叶翔犹豫再三，不知如何是好。最后一咬牙，凭着他一向的处事原则，凭着他刚正不阿的秉性，他同时向所在公司领导和集团公司的监察室作了汇报。

陆副总被法办了，数额巨大。

叶翔的举动为公司里挽回了数百万的经济损失，为此，获得了上级的通报表扬。

8个月的时间很快就过去了。集团公司人事部戴少军主任带队来考察后备干部，直接指明纪委书记的候补人选，可以选叶翔，如果有更优秀的，也可以另行推荐别人。

无记名投票，参与投票的有所在公司领导，公司的全体中层干部，还有职工代表。

叶翔心里美滋滋的，以往这种情况都是走个过场。本来嘛，和尚头上的虱子，明摆着。他就是厂领导8个月前安排过来的继任者，加上人品作风又是有口皆碑的。

考核会后，原变电站的老部下打来电话，预祝未来的纪委书记。

叶翔便虚假地客气："哪里，哪里，八字还没一撇呢！"

"放心，十拿九稳。"老部下中肯地说，"以后要多多关照部下呦。"

都认为十拿九稳的事，往往并不一定稳当，叶翔的提拔就是这样黄掉的。

二周后，任命书下来了，并不是叶翔，而是原定工会主席的后备干部丁二当上了纪委书记。

叶翔百思不得其解，自己又没犯错误，而且工作业绩很不错。

有好事者便打听，想探个究竟。

后来小道消息传出："叶翔得票不高，尤其是领导班子推荐的票数很少，几乎是零票。"

也有小道消息说："考核会之后，公司经理当天晚上找过古清强，专门为丁二说情。"

又有小道消息说："丁二亲自找过古清强，花了不少的钱。"

再后来还有小道消息说："叶翔对陆副总的举报是存有私心的，只是正巧碰上陆副总真的有问题。"

再后来又有小道消息说："考核会后，有人向上级部门举报了，说是叶翔在外面有情人。"

对于后两个说法，叶翔的妻子勇敢地站起来辟谣："纯属子虚乌有，上苍可以作证。"

上苍其实是无法作证的。本人也永远都不会知道原因。有领导告诉他："这是机密。"

古清强也不知道个中原因，他清楚地知道县供电公司的纪委书记丁二是他在党政联席会上拍板任命的。但丁二是何许人，他并不知道。只是凭人事部一纸考察报告，他感觉自己是有点官僚作风。

正是"任人唯贤是本职，不可偏私用庸人。民主民心要尊重，切忌主观凭感情。"

要知故事后戏，请君续看下回。

第四十五回　假借地方增税收　枝冈次郎玩阴谋

到年关了，县税务所长王来发坐在古清强办公室不肯走。星光集团变成中日合资的千业星光集团之后，企业的注册资产增加了，经营范围扩大了，营业额增加了，可交税比去年还少了200多万。

税务局长王来发发布命令，仍旧由王敏山股长来千业星光集团加收税款。可王敏山说什么也不受命，打死他今年都不来见古清强。王局长甚至用免除他股长职务来威胁，王敏山还是死活不来。他心里明白，去年骗了古清强300万，今年肯定弄不到。这事王来发是不清楚的，琢磨着去年能榨出300万，今年保本是应该的，按他的想法，今年还得涨个百分之十左右。

"真的没钱。"古清强一脸的无奈，"如果查出我漏税，认罚。"

"为什么要罚呢，我的董事长先生。"王来发嬉笑着说，"今年再来个纳税先进个人和先进单位。"

"这个先进，不加税现在也应该送给我们。"古清强说，"本来我们单位就是全县纳税第一大户，怎么还要加税。你怎么就不相信人呢？"

王来发无可奈何，就诡秘地笑了笑，起身就走。

"哎，别走哇，再坐会儿。"古清强得意地笑着，起身相送。

"你急什么，我马上就回来。我现在去做纳税先进个人的奖牌。"王来发快步走了。

王局长没有回县税务局，而是直接到县政府找到县长王任伍，请县长出面压一压古清强。全年的税收完不成任务，县财政就会完不成任务。

"合资了，就不听政府的了，这还得了。现在这些个合资企业家呀，刁滑得很，专门请人搞什么合理避税，就是变相逃税！千业星光集团公司是我们县头号企业，合资以前去年都加交了300万，今年的新集团公司注册资金和经营规模都扩大了许多，按理更应该比去年多交税才对。"王来发一见县长，就放机关枪似的，唠叨个没完，"可今年，竟然比去年还少。县长您得出面说说他，去年什么荣誉都给了他，总不能拿了荣誉就睡觉吧。听说，他们公司的高管和中层都搞年薪，几十万上百万的分光了，就是不肯交税，把利润和税收都分光了。"

王县长一听，这还了得，刚合资就不听使唤，这纳税大户不带头，其他企业不就乱了。他听完王来发的汇报就坐不住，风急火燎地起身带着王来发局长直奔千业星光集团。

古清强听说县长来了，知道是王来发搞的名堂，担心自己顶不住，就差人叫来枝冈次郎，又带着一个日本助理，亲自到集团的院大门恭候，心想："我用洋人来打发你。"

"欢迎县长阁下驾到。"枝冈次郎笑脸似花，第一个冲上前，用流利的普通话向县长打招呼。

"欢迎县长检查工作。"古清强双手握住王任伍，频频点头。

"是真欢迎，还是假欢迎。"王来发一脸的嬉笑，直朝古清强挤眉弄眼。

"什么话！"古清强跟县长握手之后，故意使劲捏王来发的手，直握得王来发疼痛难忍，"我就喜欢你。"

王来发疼得脸都快变形了，龇牙咧嘴地将手抽出："你放手，用不着这么恨我。"

古清强看见王来发甩着被捏得通红的手，高兴得哈哈大笑。

到会客房一坐下，县长王任伍就开门见山："今年缴税比去年增加15％。"

"具体数字是多少？"枝冈次郎问。

"去年加交了300万，今年至少要增加450万。"王来发说。

"哪有这样收税的，你到财务上算喽。"古清强叫道，"你这是鞭打快牛。以为是对小摊贩收税，随口编数字呀。"

"我们收税员查了你们的账，据称按公司的营业额和利润，就应交这么多。"王来发说，"如果按照有些项目违规罚款，就不止这么多了。"

"瞎扯。"古清强心虚，知道自己为避税做了些手脚，"我们实在是账上没钱。"

沉默，长时间的沉默。

"要增加税收可以，我们公司要进行改革，县长要支持我们。我们保证税额可以增加600万。"枝冈次郎说。

"600万？"王任伍一听，像吃了兴奋剂，高兴地问，"说，需要我们做什么？"

这时，枝冈次郎的日本助手一听急了，连忙在他耳边耳语几句日语，又将枝冈次郎拉出会客室，"600万，太多了，千业星光集团公司会因此资金运转困难，会出现经营风险。"

"这是我们日本公司的战略，你别管。"枝冈次郎即刻命令道，"你必须配合。"

"嗨！"

枝冈次郎回到会客室，坐下后看了看一脸疑惑的古清强，又看了看王任伍，笑着说："这事我还没来得及向董事会报告，就是公司进行增收减支的改革。"

"我们公司不是刚刚进行了改革吗？"古清强说，"刚刚成立了辅业集团。"

"这种改革是公司的内部操作。"枝冈次郎说，"下一步是要将公司的辅业人员从集团分离出去，让其独立经营。"

"分离出去，叫他们怎么活。"古清强急切地，"这些人可是星光集团的建厂元老，全都是国营身份的职工啊。"

"正因为全是国营身份的职工，才需要县政府的帮助和支持。"枝冈次郎说，"至于分出去的企业怎么活，我们千业星光的检修业务仍然会给他们做，维持企业的生存是没有问题的。当然，这些员工的收入，会比现在有所下降，但生存绝对没问题。"

"你这是过桥拆板，兔死狗烹。"古清强说，"当年这些人都是建厂的功臣。现在我们享受成果了，却一脚将他们踢开。"

"经济社会就是这样，要想提高劳动生产率，要想增加税收，促进全县GDP的增长，改革是必须的。"枝冈次郎说，"企业不是慈善业，以养人为专职。否则，我们公司不可能提高劳动生产率，不可能增加营业利润和税收，请王县长三思。"

王任伍深思了片刻，在他看来GDP的增加，是件好事，任期考核主要就看这个指标。为了慎重起见，他决定要稳妥推行，于是拍板说："企业主辅分离，如果更有利于专业化管理，你们组织有关部门拿出改革方案，县长办公会将专门讨论这件事。但今年的税，你们还得交足。"

古清强还想说什么，王任伍却起身离开坐椅，对他说："行了，你忙，我还有很多事，先走了。"

古清强望着匆匆离开的县长，追过去一句："这税——"

"450万还是600万，你与总经理商量。最少不能少于450万，如果能交600万，今年的纳税先进单位和个人就归你们了。至于怎么个交法，你跟王来发谈妥。"

王任伍发现古清强还想抵赖，不高兴地警告道："别以为千业星光集团是股份公司，县委县政府就管不着中外合资企业，我们可以照样更换中方董事和中方股东代表。"

古清强看着笑嘻嘻的枝冈次郎，好像企业纳税跟他一点关系都没有似的，不知道该说什么。

"税收任务，必须无条件完成。"王任伍说完起身就走，远远地扔回来几个字，硬梆梆的，砸得古清强傻了眼，愣愣地站在那里。等他回过神来看枝冈次郎时，洋先生还是一副笑嘻嘻的脸，两手一摊肩一耸。

古清强一头的雾水。

枝冈次郎得意地说："我们千业星光集团公司，只要一搞主辅分离，冗员少了，劳动生产率会直线上升。企业利润和税收就不是问题了。"

古清强仍是一头的雾水。

他转身走了，懒得去搞清这是为什么。他坚信，枝冈次郎只会让他的薪水更高。

最高兴的当然是王来发局长，有了县长的尚方宝剑，他表面强装平静，微笑着坐回椅子，等待古清强的下文。这450万的税款，他是要定了。

正是："企业奉献社会，贡献就是交税。履行社会责任，扶植地方财政。"

要知故事后戏，请君续看下回。

第四十六回　拼命建立关系圈　歪门生财有绝招

单位改革的传闻一出，古清强立马成了全县名噪一时的人物了。有路子的人，都纷纷找上层人物打招呼。他感觉有些飘飘然，一下子结识很多上层领导。

他感觉枝冈次郎太厉害，细想起来毛骨悚然。枝冈次郎的脑子太多道道，怎么这么多计谋。自打组建合资集团以来，古清强明显感觉枝冈次郎是自己的伙伴，也是对手。真的要斗起来不好对付，是他古清强充分用权的一大障碍。

古清强隐隐约约有一种不祥的感觉，这个枝冈次郎，表面上是宠着他古清强，实际上渐渐地有一种架空董事长权力的势态。

"这如何是好。"古清强忧心忡忡，担心自己有朝一日变成太上皇。

看到丈夫十分焦虑，妻子郑重其事地说："你手下得有人帮你说话才行。"

"俗。"古清强说，"这是妇人之见。"

他表面上不承认妻子的观点，但心里已经有几分认同妻子的理。是啊，如果底下的干部都听自己的，还担心枝冈次郎玩弄权谋么。但想到如何建立自己的敢死队，又为难了，怎样判断部下是否忠于自己呢？想来想去，只有一条路，重新考察，将不忠于自己的人排除在外。

为了实现甄别忠奸的目标，古清强仔细地琢磨了半天，终于推出三大举措：一、顺着枝冈次郎的原定计划，推进主辅分离方案，将一部分冗员和非专业人员，推出星光集团；二、推行机构改革，所有的中层干部及重要部门的班组长，重新竞争上岗；三、悄悄地提拔自己的大学校友，同乡，趁机构建关系圈子。

用人是当官的一面旗帜。用什么样的人，怎么样用人，明眼人立马知道是怎么回事。既然董事长重关系，那好，全体员工闻风而起，各显神通找关系。

有些人没有当官的关系，就到古清强读书的北方理工大学，找到古清强的班主任。还有一部分人，干脆直奔古清强出生地苟皮乡日山村，找到古清强的堂叔、堂伯，连98岁的堂爷爷也被逼得口齿不清地给古清强打电话。

这一热火朝天的情景，只有古清强有着深刻的体会。因为这些都是地下的活动，表面上千业星光集团公司内部异常平静。

枝冈次郎丝毫没有察觉，只是发现来千业星光集团公司视察的县市领导多了起来，还以为是格外受到了重视。

古清强找了个理由将大学校友罗银生提拔为董事会秘书，将自己的司机马群红提拔为办公室副主任，同乡童仪提拔为财务部副主任。这一人事任命引起了部分员工的不满，但更多的人坚信古清强是在用圈子里的人。要说德才兼备，罗银生还沾得上一点边，毕竟是大学毕业生。但提拔司机和童仪，几乎是提拔目不识丁的大老粗。

"为什么要用两个文盲？"枝冈次郎问。他明知自己干预不了，但还是要问原因。

古清强笑了笑说："有一技之长就行，这些人员没有科班学历，但有实际能力。中国有句老话，叫做不拘一格降人才。"

事实上，古清强明白自己是故意提拔两个大老粗，更能显示自己的权力和威信。

古清强的家门口出现车水马龙的现象。

每天晚上，他总是送走一批又一批客人。

家里的古董、字画之类的稀世珍宝很常见了，最让他赏心悦目的是刻有各种生肖和各种字体的"投资金条"。这些他以前想也不敢想的东西，如今已经摆在了面前。

有人不惜让他进这个"协"那个"会"的，也有承诺给个什么"代表"资格之类的。连市工会有个头面人物也来承诺，只要他古清强提拔自己的亲戚，今年给个"劳模"指标。还有承诺给职称的，连某杂志社的编辑，也拍着胸脯答应给个专版做宣传。

以前国有公司时段，权力也没有这么大，也不能这么独断专行。用一个人要经过民主考核程序，还要遵守国有企业廉洁从业准则，提拔干部还要民主测评，公示，然后才能上集团公司的班子会讨论。现在好了，他一个人垄断全部的用人权，可以像私人老板那样一个人说了算。

等枝冈次郎弄明白古清强在安插自己的人时，人事改革的工作已经进入尾声了，所有新任的中层以上干部全部到职到岗。枝冈次郎本想发作，与古清强作一番权力争斗。但发现公司出现一派欣欣向荣的景象，所有的新上任的干部，不管能力如何，个个劲头十足。

为了削弱古清强的权力，枝冈次郎还是采取了一些策略。一是扩张计划，吞并全昌县最大的一个房产公司，二是一口气成立了十多个具有独立法人资格的公司。这些投资新建的公司相互担保货款，一时间千业星光集团成了全昌县的巨无霸，而在市里也是挂上号数一数二的大企业。

一方面新的公司大量从人才市场招人，另一方面强硬地进行了主辅分离，将一些个没有关系和门路，家庭地位低下的人群驱进辅业公司，一脚踢开。

有些人在埋怨古清强用人不公，有些人，还生出恨意。

有几次，古清强家里收到包装精美的包裹。打开一看，有一个里面包了一包狗屎。

此刻，古清强心里发毛。

一开始，有二三十人到集团公司大门口静坐，但是维持秩序的保安请来了警察，将几个领头的人叫走后，人群即刻作鸟兽散。

古清强不安的情绪很快被拍马屁的感觉所取代，他在高傲地享受被人求的滋味。

枝冈次郎，一方面把古清强的年薪越涨越高，另一方面变着法子让十几个新公司都有县里权贵和要害部门家属入股，公司统一担保货款，个人不用出一分钱，即可拥有百分之几的股份。

到了年底，各公司都实现大额分红。实际上这些公司大多还没有利润，但照样大额分红，少则几万，多则几十万，用的全是注册资金的本钱。

千业星光集团成为县里人人颂扬的公司，巨额分红回报的消息不胫而走，有许多在外地打工的大学生、硕士生纷纷托人投递简历，要求进入千业星光集团效命。

正是："人生所贵在知己，知己之最忠与信。恩德相结是知己，酒肉相聚难同心。"

要知故事后戏，请君续看下回。

第四十七回　新贵新富皆欢喜　为利献色也心甘

古清强迁新居了，500平米的独栋别墅。虽然比不上当地首富，但在市民眼里也进入了富翁的行列。

古清强好几次进入小区时，看到许多羡慕赞许和妒忌的目光，他的自尊心有一种极大的满足。

乔迁新居当然要庆祝，有头面的人更要庆祝。古清感觉有许多亲朋好友想利用这个机会套近乎，有许多部下想利用这个机会送礼拉关系。他古清强决定要好好利用这次机会，多培养几个亲信。

乔迁晚宴理所当然在新居举行，本来就装潢得富丽堂皇的客厅又特地为晚宴增添了不少装扮，宽敞明亮而又喜庆。

为了显示气派，他没有订酒店，而是请来本县的名厨师，利用自己别墅里大得像会议室的餐厅，模仿豪华酒家摆了好几桌。

客厅更是大气，欧式风格装修，十足的洋气。

送贺礼的并不是每个人都有资格参加乔迁晚会，来参加晚会的贵宾只有两拨子人，一是亲戚圈子，有头有脸的亲戚，有身份和有钱的亲戚，一般没地位没钱的穷朋友，是接不到邀请的。另一拨子是朋友圈子，几乎都是自己几个铁杆属下。大学校友董事会秘书罗银生、原司机现集团公司办公室副主任马群红、同乡财务部副主任童仪之类都在邀请之列。

古清强的二姑妈古果珍，是首位被邀来的贵客。

并不是古清强非常尊重姑妈，而是为了雪耻。这位雍容华贵的妇人，笑嘻嘻地扭动着肥胖的身子来回忙着。谁曾想到，古果珍是一位非常势利的人。当时古清强家境贫寒，父母都是县扎花厂的小工人，二姑妈当时很看不起他的家。古清强没有发迹以前，她从不正眼看他，总是抬头用鼻孔看人。

如今古清强成了富人了，她的眼神变得热情而又温柔。这次乔迁庆贺，张罗得最起劲的就数这位姑妈了。今天的她，一身珠光宝气，漂亮的时装可怜地扯在身上。尽管皮裙在腰部扎得很紧，但还是无法掩饰那虎背熊腰。古果珍姑妈虽然真的很胖，但还不至于给人丑的感觉，她用昂贵的服饰显示自己的富有。人世间就这么回事，有钱人和有地位的人总是能让人肃然起敬，无论个子高矮长得美丑，都在尊重之列。

古果珍的公公是县级干部，丈夫原先也是国家干部，经济转轨时下海发了大财。

如今古清强翻身了，有钱了，有地位了，他特地让妻子请二姑妈夫妇喝乔迁喜酒，是想借机扬一下自己威风。

"恭喜呀，表哥。"花枝招展的杨凤雅在客厅串来串去，这位风华正茂的姑娘是古清强表得不能再表的亲戚。

她不是古清强请来的客人，是听到消息自己跑来的。这位风姿迷人的姑娘，古清强领教过，是个公关的角。几次找古清强办事，就凭那迷人的水汪汪的眼睛看上一眼，就让他投降了。她的哥哥和许多家人，都是她找古清强弄进千业星光集团的。

杨凤雅的出生得益于父亲的下海。如果不下海，她父母都是国家干部，按照计划生育规定是不准生二胎的，也就不会有这么漂亮的宝贝女儿了。

堂伯古欣福越发显得干瘪了。这位精瘦的老头对古清强一直非常关照，有什么体力活，只要他碰上了，都非常热心帮忙。为了报答这位好心的堂伯，他两年前就将堂弟古怪调进了公司，这不，正琢磨着分给他个职位。

"恭喜侄儿乔迁。"他捧来一个大鹏展翅的工艺品，"祝侄儿鹏程万里。"

"我说小气的老头，送礼要送个金的或是玉的，你倒好，弄了个石膏的。"古果珍二姑妈刻薄的嘲讽，把瘦老头说得怪不好意思的。

"大伯别听二姑妈的，我就喜欢你这个礼品，寓意深刻。"古清强热情地迎过去，接过这个廉价的石膏工艺品。

大姨妈罗丹是个活跃分子，最近她一直为今天的乔迁喜筵奔波。在他看来，古清强是个能办事的人物，于是她张罗着姐妹之间所有要办的事，并列了一个清单，就等今天一道来与古清强摊牌。不摊牌古清强还不知道，总的一数，他才明白，五年来，弄了十多个表亲进公司，而且有相当一部分是班组长的位子了。

"来，我代表姨娘舅舅等长者敬古清强董事长一杯。"大姨妈一开席就先举杯，"清强有出息，这是我们家的光荣，来，祝外甥事业发达，为古家亲戚办更多的事。”

“来——”

“恭喜——”

所有人异常兴奋，挨着个找古清强敬酒。几个老头也是非常起劲，个个都跑来用颤抖的手举着杯敬酒。

古果珍夫妇来敬酒的时候，古清强夫妇显得非常得意，看到二位老人眼里的佩服和羡慕，好比吃了一口蜜样甜甜的。

想当初，二姑妈可是看不起古清强夫妇的。他两口子曾经上门求二姑妈办事，那冷脸让人想起来都心寒。

“我儿子还指望侄子照应啊，给提拔提拔。”二姑妈古果珍笑得花似的，期盼地望着古清强。

古清强尽管比不上妻子记恨，但幼年受到的鄙视，还记忆犹新，也就想打哈哈推托。他故意开玩笑说：“帮二姑妈做事，有什么好处呀？”

尽管听起来是玩笑话，但二姑妈古果珍还是不高兴：“帮亲戚做事，你还敢收钱呀。”

“舍不得钱，那就算了。”古清强一副嬉皮笑脸、玩世不恭的样子。

要是以前的古清强，二姑妈古果珍肯定会骂人。可今天的古清强，她不想得罪，也开玩笑地大叫道：“亏你说得出口。”

“不是我要你的钱。”古清强解释说，“我们是国有企业，这事恐怕不是我一个人说了算。要办成一样事，得打点他们。”

“行，送礼的钱我们出。”二姑妈古果珍爽快地答应道，“只要你把事办成，送多少钱我都愿意出。”

“这就对了。”古清强嬉笑着说道。

杨凤雅妩媚地走过来，举着酒杯，两眼直勾勾地望着古清强，调侃道："这么说，清强表哥这个董事长也不清廉哟。"

面对美女的笑骂，古清强一脸的尴尬，不知如何对答。

杨凤雅是个聪明的姑娘，她拉着古清强的手，笑着对大家说："我跟哥哥说几句私密话，大家不介意吧。"

"不介意，不介意。"大家附和着。

"该不会是腐蚀哥哥吧？"

"哈哈哈——"

杨凤雅大方地将古清强拉到另一房间，转身挨得很近地回眸一笑，笑得很诡秘。

"说吧，什么事？"看着那肉麻的笑，古清强心里有些发毛，担心她提出要办什么难办的事。

"没事，就不可以独处呀。"

"外面大家都等我呢，说吧什么事。"

"你得先答应。"她附耳小声发嗲。

"得看什么事呀。"

"先答应我。"她迷人地一笑，悄悄地贴近他的身体，偷偷给了一个香吻。

古清强热血一下子沸腾起来，一时头脑空白："好，我答应。"

"帮我哥哥弄个官职。"她将胸贴得更近。

"行。"古清强爽快地答应了。这个色狼趁机一阵狂吻，并且双手极不老实地摸捏起来。因为她事先声明了是说私密话，大家都不好意思跟着，等了半天不见人出来，便有人在厅堂里大声叫唤："讲完了没有，大家等着敬酒哩。"

"再不出来，要罚酒啊……"

"奖酒。对，奖三杯酒……"

古清强这才兴致勃勃地与杨凤雅出来，满脸红光。

"放心，亲戚朋友的事，就是我的事。"古清强大声宣布。

"感谢董事长。"集团公司办公室副主任马群红端着酒杯过来，笑着拍马屁道，"还有我们呢。有些个小事，以后吩咐我们手下来办就是了，用不着董事长亲自操劳。"

"是啊！这不是有我们吗？" 董事会秘书罗银生和财务部副主任童仪也应付着。

一阵一阵嘻嘻哈哈的大笑。

欢庆的现场照样热烈，敬酒、碰杯、说恭维话，整个晚上祥和喜气。

正是"良师好友恭维少，酒肉朋友吹捧多。昔日家贫无人问，富贵天天有远亲。"

要知故事后戏，请君续看下回。

第十章

lianxin

灵肉夜话

一个闷热的初夏，夜空晴朗。

公园里，虫鸣蛙叫，好一片生机的印象。

肉体埋怨地："你不该把我的身体弄坏。胆子弄得这么大，如何是好。"

灵魂："不碍事，胆大点非常的爽，刺激。胆子太小了做不成事，捞钱都会小手小脚。"

肉体自悲地："跟你这个丑恶的灵魂做搭档，真是倒霉。"

灵魂："只能这样了，不用怕。"

肉体："你不但弄坏了我的胆，还弄坏了我的心脏。经常干些出格的事，干事没有规矩，让我整天提着心过日子。"

灵魂："时间长了就习惯了。我尽量把权力弄大一点，这样对心脏会压力轻点。"

肉体："总有一天，我会被你搞死。"

肉体悲戚流泪，捶胸顿足。

第四十八回　医胆神话世间有　扩胆图财太可悲

谢子正犯事了。

谢子正犯事是枝冈次郎手下失误举报造成的。

谢子正的态度非常的好，交待了收受贿赂的全部过程，也挽救了他自己一条命。

收受贿赂40多万，小小的科级主任被罢免了，公职开除了，成为无业游民。

都说谢子正收受贿赂的做法犯了一个低级错误，手段极其笨拙，以至于很容易被人抓住把柄。

谢子正是个非常聪明刁滑的人。非常聪明刁钻的人犯低级错误，就让人费解。

谢子正有个爷爷，住在乡下，是个无行医执照的乡村郎中，听说独孙犯事，连夜从乡下赶来。见了孙子，想劝几句，没想到未曾开口，到是谢子正先怨天尤人，说是自己搞得太晚，钱一分都没用又被收缴了，说是自己没注意方法，让人抓了把柄。唠唠叨叨，弄得爷爷没说话的机会。

"做犯法事，你就不后怕？"爷爷急不可耐地插了一句嘴。

"后怕什么？"孙子一副玩世不恭的样子。

"你绝对有病，做犯法的事，是会杀头的。"爷爷又插了一句。

"怕什么，死了拉倒。"谢子正还是一副满不在乎的样子。

爷爷一听："完了，你身体出大问题了。"

谢子正父母一听，有些慌神，他知道爷爷在乡村是个神医，祖传的一些绝招，让他诊病十拿九稳，至于没有行医执照，那是他大字不识几个，更不用说文凭，只会用山上的一些草药。乡村的父老却认可这位老人家，管他有没有行医执照，总是找上门来问病讨药。

"您说子正有病？"父母异口同声，急切地问。

"肝胆出了大问题。"爷爷拉过孙子的手把了脉，肯定地说，"胆的问题可能很大。你们城里人喜欢打B超，不信的话你去做个检查，确诊一下。"

谢子正不在乎，不肯去，说是自己吃得香，睡得着，好好的打什么B超。可拗不过父母，还是被硬拉着去市医院打了个B超。

"哇——"B超室实习生一个尖叫，吓得等在门口的父母奔了进来。主操作的老师骂了句大惊小怪，自己重新开机，亲自扫描。

"天——"这回轮到老师尖叫了，他不放心，急忙叫实习生去喊来科主任。

主任来了，也是惊愕得语无伦次。

谢子正不理解，毫不在乎地："怎么啦，这是怎么啦，我肚子里长了癌还是长了妖怪？"

"你的胆-----"一个实习生多了句嘴。

"胆怎么啦？"谢子正的父母想起了老人家的话。急忙问医生，"胆有什么病？"

"你的胆有茶杯那么大。"科主任又亲自扫描了一遍，肯定地说，"我从没见过长这么大胆的人。"

回到家里爷爷一看结果毫不惊讶，说："我就断出来了。要不，这小子这么聪明，怎么会犯这么低级的错误。"

"不要紧吧？"谢子正满不在乎，吃得香，睡得着。

"对生命没有影响。"爷爷说，"可对你以后的人生影响就大了。"

"那怎么办。"谢子正问爷爷，"你能治？"

"能。这是爷爷拿手的，手到病除。"

于是爷爷上了趟菜场，买来冬瓜、绿豆、苦瓜之类的一大堆，又去了趟中药铺，买了些中药材。亲手给孙子制作了一副清胆汤，让谢子正一天喝二大碗。

一个星期过去，谢子正便便大腹开始消了点。半个月过去，谢子正整整减了五公斤。一个月之后，谢子正的腹部变得平坦，再到市医院去打B超，嗨，怪了，胆脏完全恢复了正常。

"你用了什么好药？"B超主任拉住谢子正问，"最近我又发现几个胆大的，可消化科医生说没法治，只有拿掉。"

"我爷爷用祖传秘方。"谢子正神秘地说。

"祖传秘方？"正从病床上下来的记者邦仁忙问，"帮我治治，行么？"

"行，我带你去看我爷爷。"

谢子正将邦仁带回家，让爷爷给把了脉。

"你明天来拿药。"爷爷热情地将记者送出门。

接着又如法炮制了一大坛子汤药。记者第二天开了车来，取了药，问："多少钱？"

"算了，爷爷一挥手，都是便宜的东西。"

"那不行。"记者硬是掏出200块钱，放在桌上，"要是好了，我另外再谢。"

爷爷也不客气，就说："既然这样，下周再来取一次药。"

一周后，邦仁果真又来取了一次。之后就没来了，但来了很多陌生人，指明要谢子正的爷爷治病。

爷爷有点奇怪："你们是怎么知道的。"

"看了昨天的本市日报，说是有个祖传治胆的高手。"来人解释道，"记者邦仁忙用现身说法，介绍一个隐藏于乡村的中医高手，两副汤药把他的胆病给治好了。"

爷爷一听，忙将谢子正拉到一旁，说："这么多的人，我忙不过来。再说爷爷年纪也大了，受不了这个累。你反正现在不用上班，跟我到乡下学个一年半载，也是个谋生的办法。"

谢子正同意，父母也赞成。于是，出来对大家说："爷爷身体不能受累，再加上药材不全，要到乡下配药，约好下个月大家再来。"

谢子正变了，胆变小了之后，做事谨慎多了，而且又有耐心，性子也好，不再马大哈了。

回到乡下，爷爷本想从头到尾将自己的本事全教给孙子。可孙子惦记着那一大帮看胆的人，求爷爷先教怎么治疗胆上的毛病。爷爷一想也是，一个脏器一个专业慢慢地教，更容易学一些。

"治胆，先要诊胆。"爷爷说："胆的病可多呢，胆囊炎、胆结石……"

"小胆能不能变大？"谢子正玩笑地问了一句。

"可以，当然可以。"爷爷于是在胆病一栏里，又加了胆囊偏小。

"治胆要先清肝火，再清理多余的胆汁。"爷爷认真教着，接下来几天，爷爷俨然一个中医导师，背着手指挥谢子正如何配置清胆的药汁。谢子正学得也仔细，弄了一些坛子，写上标签："打石汤"、"消炎汤"、"调理汤"、"缩胆汤"、"扩胆汤"。

上山采药，配药，熬药。爷爷教得认真，谢子正也学得仔细，几天工夫就可以独立配药、熬药了。治胆病的本事是全学会了，而且熬了一大批治胆的药汤。

正准备进城时。爷爷难住了，自己无行医证，在乡村已经被查过几次了。要是进城行医被查出来，是要罚款的，很不划算。

考虑再三，爷爷决定放弃。

到了约定日子，讨药的人都来了。爷爷没敢把药带进城，自己与孙子双双空手回家。他还让谢子正向大家解释："不是不帮忙，没有行医执照手续，不敢开药。"

来寻医的人中有当官的，于是掏出手机给街办主任、给居委会打电话，让他们来帮忙做工作。

街办、居委会都来了。好说歹说，爷爷不敢，谢子正也不肯，说自己是犯过错误的人了，不敢再违法了。

大家没有办法，只好把那位记者邦仁找来。到底是个记者，他给出了个主意，说这不是行医看病，是给朋友帮忙。接着他又帮街办主任出了个主意，让他帮忙办个行医证。

谢子正还是不敢。有个当官的不管三七二十一，派来一辆车，和邦仁一道，硬是将谢子正和爷爷拖了上车，直奔乡下，将那一大堆的药汤给拉了回来。

爷爷给那一大堆人一一把脉，然后吩咐谢子正发药。也不讲价，爱给就给，不给也行，既然说是帮忙，也只能这样。

看病的人可不这样想，不给钱，人家不用真药怎么行！于是个个都要给钱，态度坚决。第一位是那个当官的，他问那位记者行情，先丢出500。谢子正知道药的价钱很便宜，说什么也不肯要这么多，推来推去，最后收下一张100块。后面的人也不再讲价，一律留下100块钱，拿药走人。

打发走了所有的人，一算钱，乖乖，半天工夫就3000多块。谢子正有些心虚，忙叫爷爷回乡下，自己也跟着回乡下继续学习。他打算好好学些真本事，另一方面也是躲到乡下，怕人查出来，毕竟是无照行医。

爷爷就带着他在乡下出诊，教他把脉，当然只教他胆上的病，有什么脉象，脉重，脉轻。几个礼拜下来，谢子正学会了胆病的诊断，而且八九不离十。开始是爷爷先把脉，然后再让他感觉。后来是谢子正先诊断，爷爷再确定。一来二去，他还真学会了。

谢子正的父母打电话来了，家里又来了不少的人。自从上次治胆后，好多患者不仅病情有很大的改善，性格也变了，原来胆大妄为的，变得谨慎了。原来胆小的，变得大方起来。再加上记者邦仁又刊出一篇报道，谢子正爷俩火了，连市领导都惊动了，街办主任一天到晚往陈家跑好几趟，没过多久还打电话过来，说市领导特批的行医证下来了，现在可以光明正大地坐诊了。

谢子正大喜，赶紧又捣鼓了一批药汤，一车子拖进了城。

病人多，关系就广。租门面，注册，几天就办好了。爷爷让谢子正专职坐诊，他自己在后面压阵。店面的招牌就写着："胆科诊所"。

开张后生意不错，一个月下来，净赚3万。谢子正变得为人谨慎，为保险起见，他每月按时上交税金。

一天晚上，在市里工作的大学同学陆三夫妇慕名前来。一阵寒暄之后，转入正题——"看胆。"

"没病。"谢子正把完脉说，"胆是好的。"

"可他胆太小。"陆三的老婆怨道，"人家当科长的呼风唤雨，可他窝囊死了，一点魄力都没有，有没有办法让他的胆子大一点。"

"这——"谢子正有些犯难，这可是他看过的第一个要求扩胆的人。于是便向爷爷请教。

"一定要慎重，如果扩得太大会害人的。"爷爷一再叮嘱。

谢子正按爷爷的方子，给同学熬了一些药汤，一再吩咐："千万别多喝，每天每次只能喝十毫升，也就是只能喝一小口。"

陆三夫妇再三感谢。

三天后，陆三老婆又来了。

"我不是刚给了一罐药汤么？"

"哎，我不小心打碎了。"陆三老婆解释道。

"有效果么？都吃了三天了？"谢子正问。

"有，非常有效。他工作时不再缩手缩脚，放得开。"

"这就好。"谢子正又装了一大瓶，"千万不要吃多，按量吃。"

"吃完药，让他来复诊一下，不行的话，要调回去。"谢子正嘱咐着。

过了许多日，陆三也没来。谢子正有些担心，打电话到他家，询问情况，还是陆三老婆接的电话，并热情地道谢，喜洋洋地告诉谢子正："他现在是个真正的男子汉了，比以前大胆多了。"

"没有什么别的问题吧？"谢子正还是不放心，"哪天过来，让我再看看。"

"没有、没有问题，好着呢！"

谢子正一颗悬着的心终于放下了，继续忙着照应自己的诊所。

几个月后，谢子正晚上看电视时，本地台的一则新闻让他吃了一惊："市H公司物资科长公开索贿，贪污挪用公款几百万，到了疯狂敛财的地步。目前，检察院已下达了逮捕令。"

谢子正急忙打车去了陆三家。他家只有老人小孩在，家里人估计还不知道发生什么事，只是告诉谢子正："陆三单位有事，他夫妻俩一起出差了。"

谢子正心里凉了，悻悻地回到家，一夜未眠。过了几日，多方打听，赶到市公安局看守所，见到了陆三。

"你吃了多少药？"谢子正急不可耐地问。

"你开的药加了一倍的量。"

"你不是打碎了一半么？"

"骗你的。"

谢子正无语，悄然离开。回到诊所，他摔碎了扩胆壮胆的汤药坛子，又用小刀把治胆项目里的"壮胆扩胆"一栏划掉。

从此以后，谢子正依旧治胆病，只是绝不壮胆扩胆。

正是："胆大是病要医治，否则发作会犯事。生来胆小无大碍，扩胆容易越雷池。"

要知故事后戏，请君续看下回。

第四十九回　权贵不花自家钱　行偷窃电丢名声

古清强入住新宅之后，感觉非常的爽，尤其是宽敞的客厅和气派的书房。豪华的主卧室，更是让人有一种享受豪宅的惬意。

入住半年后，古清强感觉住豪宅也有伤脑筋的地方，那就是数额巨大的电费单。一个月下来，少则三百五百。客人一来，楼上楼下的电热水器，空调器一运转，达到八九百块或一千多块钱的电费，加上几百块钱的水费，基本开销几乎用完他的月薪。他并不是付不起这个水电费，而是心疼这钱。

这年月，有不少当官都有个毛病，那就是从不花自己私人的钱。个别活得滋润的当权者，还不断往家收钱。如今每月大笔的水电费得交出去，他古清强心里便有了强烈的剧痛感。

他想到过利用权力签字免单，又担心属下人举报廉政问题，也想到过让所属供电公司的电工动动手脚，让电表不跳字，又担心属下会效仿，集团上下全员偷电会更麻烦。但要是不想办法的话，这眼下的费用实在是太高了，这钱用得心疼。

古清强于是向朋友和亲戚讨教，如何能节省这水电费。有一个小学同学看不惯他贪小便宜的为人，不冷不热地抛出一句："我有个节电省水的绝招。"

"是什么？讲来听听。"古清强极有兴趣地扑至近前。

"不用或少用呀。"

一句嘲弄人的话，将古清强弄了个大红脸，很懊恼，想发作又不好意思。这位同学见好就收，赔礼似的笑着又抛出一句："去看街上的膏药广告，有不少是卖偷电偷水工具的，说不准有你想要的。"

他看同学这句话不像是开玩笑，也就真的趁同事不注意，上街去转，果然有一些省水节电妙招的广告。于是按号码打了个电话，还真有人接听，一番讨价还价之后，约好当天在某地点见面。古清强偷偷约人家到僻静处，毕竟是有身份有头有脸的人，他尽量避免遇到熟人。

古清强第二天就变得聪明了。他从出妙招的人手里买来一块大的磁铁，将其吸在水表上，水表转速立马慢了起来。他很得意自己的杰作，于是再接再厉，动起电费的脑筋来。

他听说街上有些个专门帮人偷电的无业人员，又悄悄地四下去寻。他贼头贼脑的，很有些心虚，也有点儿心烧，毕竟是去做不光彩的事——自己偷自己下属公司的电力产品。

找到的几个人专捣弄窃电工具的人，都非常心狠，各种偷电具器都要价很高，少的几百块钱，多的上千元。

古清强找来一本电工基础，想凭自己的文化水平想出几个偷电的法子。功夫不负有心人，古清强真的很快弄明白了电表的结构。于是，趁路人不注意时，悄悄地将电表盒撬开，作了一个短路处理。嗨，立马见效。当月的电费变成几十元钱，一连几月，均是如此。

几天后，古清强得意劲还没过去，就收到一封来自县纪委转来的供电公司某员工的举报信，里面有一张窃电电表的实况摄影照片。

市报纪者不知怎么得到这信息，直接来采访古清强，问："你们供电公司的员工都会这样靠山吃山吗？"

这下古清强傻眼了，急忙找到县委马三江书记，让其出面找市报报社，要求千万别登出来。

"为什么不让登？"值班编辑不解地反问马书记。他们的地位不一样，是市报记者和编辑，根本不在乎县委书记："我们有错吗？"

"古总是个有身份的人，他很爱面子，请你们关照。他毕竟是一个单位的主管，是我们县城的头号纳税企业，最好不要出现负面新闻。"

编辑心里好笑，谁不爱面子，有身份的人还做丢面子的事，敢做还不敢当。

"再说古清强是个斯文人，是一个好干部，平日里在单位威信蛮高。如果一曝光，会影响其工作。"书记语重心长地说。

编辑可能被说动了心，真诚地说："我理解，但编辑已经编好了版面呀，要撤稿子必须要社领导批，才能更改版面排好的稿子。这样吧，我向报社领导转达你的意思。"

马书记无奈地撂下电话："现在舆情很可怕。我只能做到这一步。值班编辑会不会向社长汇报，只能听天由命了。如果你运气好，社长会同意撤换稿子。"

古清强急得直搓手。

第二天可怕的事件终于出现了。

市报头版醒目的地方，刊出一篇题为："监守自偷，县供公司的顶头上司用电不花钱。"的文章。

新闻还附了一张被短路电表的照片。一篇五六百字的文章中，古清强的大名赫然出现三四回。

古清强并不知道，新闻效益会来得这么快。这一天出门前，照样将头发梳得溜光，整了整身上的名牌西装，拎着公文包，钻进了早就在门口等候的专用小车里。

自从当了董事长之后，他习惯于8点半到集团公司的办公室，然后8点40查岗，这是他考虑再三的成熟做法。在古清强看来，董事长和员工同时在8点整上班有失董事长的威严。再说刚上班时单位是乱哄哄的，如果这个时候走进部下的办公室，员工要打扫室内卫生，没有时间给他打招呼。

他8点半来上班，8点40查岗有三大好处，一可以照顾到个别偶尔有事迟到的员工的面子。二是可以彰显身份，董事长就是要摆谱，迟到是正常的，是特殊待遇。三是处罚比董事长来得还要晚的人，谁也不会有意见。

今天集团上下都怪怪的，他8点40查岗时，不少人都叽叽喳喳的。但只要他古清强一进门，就立马变得死一般的安静，谁都不说话。

当他逛完所有办公室，回到自己的办公室时，听到背后一阵不屑和鄙视的声音："真想不到，尊敬的董事长平时是个正人君子，教训我们时头头是道，自己也干偷鸡摸狗的事，偷电也是偷啊！"

原来，有些员工清早就在网上看到市报电子版的新闻。集团董事长偷电，这可是出乎普通百姓意料。于是私下里一传十，十传百。

古清强的威信一落千丈，这让他面子上很过不去。也没有办法，只有天天厚着脸皮装作若无其事。

正在度日如年似地过日子时，县政府要来参观星光集团公司。可想而知，刚刚出了偷电这桩丑事，这个时候来参观，是明摆着看笑话的。

古清强急得像热锅上的蚂蚁，心想这真是应了古人一句话："屋漏偏遇连夜雨、船漏遇逢顶头风。"

很爱面子的古清强，决定要想办法挽回自己的面子。

天无绝人之路，几天后便遇上一个往脸上贴金的良好机会——县城关镇在推选优秀企业家。

古清强决定要当上这个优秀企业家。他心想，这是件光彩的事情，说不定可以抹掉偷电新闻的坏影响。

古清强现在有钱了。

不是一般的有钱，身价百万千万。

有钱了，出手便大方，酒肉朋友也就多起来。

有一天，古清强向酒肉朋友说出了自己的心事。古清强利用职务消费之便，天天请那些个酒肉朋友。又从办公室支取了几千块钱备用金，把钱交给酒肉朋友，请他们帮助。朋友们也很愿为他效劳，拿着古清强给的好处费，四下里拉选票。

嘿！神了。他居然高票当选为县城关镇优秀企业家。

他的下一步目标是再弄些别的什么荣誉之类，不管能否成功，但为了面子，他要朝这方面努力。

古清强很有感慨，钱有时也挺管用。

城关镇开会授予他镇优秀企业家称号的时候，他古清强又感觉自己很有面子了。

正是："君子为人坦荡荡，小人处世长戚戚。君子洁身应自重，不可金玉包败絮。"

要知故事后戏，请君续看下回。

第五十回　只顾自己拿高薪　昔日朋友不再亲

古清强买宝马了，国产最尖端最高档的那一款。本来想买原装进口的，他本性有些小气，舍不得花那么多钱，就放弃了。

买宝马的动机来自今年的分公司子公司的分红，尤其是参与房地产的子公司，一家伙给大股东古清强分了500多万。

董事会上，董事们笑着问古清强："拿着这些钱去干什么？"

"豪宅有了，美女有了，只剩下车子该换了。"

"是啊！还坐着不足50万的车，太跌董事长身价了。"一位董事嘻嘻哈哈地笑着抛过来一句。

"是啊，该换车了，太掉面子了。"

"是啊，该换——"众人附和着。

古清强的虚荣心很强。他受不了大家你一句我一句的怂恿，直接从会场去了宝马专卖店，很做派地挑了最贵的一款，潇洒地刷卡付款走人。

专卖店对有钱人的服务是非常周到的，一条龙服务，当天就将车子挂好牌照，连同所有的手续送上门。

古清强非常高兴，忙完手里的事，立即就下楼上车试驾。在千业星光集团的大院内转了几圈还觉得不过瘾，就掉转头向院外开去，却出不了门，大院的铁门紧闭着。有十来个人正围着大门，在外面吵吵嚷嚷的大声叫喊着什么，门卫不让其进来。古清强按了按喇叭，门卫并没有开门，而是从小门走出一个小伙子。

"董事长，外面来了十几个人闹事，门不能打开。"

"闹事？"古清强很不高兴，"为什么？"

"就是上次从集团主辅分离出去的人，他们闹着要求回集团公司工作。"门卫说。

"你把门开一下，我去劝劝他们。"古清强果断地说。

"这——"门卫有些迟疑，但还是反身进了门卫室。

古清强推开车门，步履坚定地走向铁门，他非常熟悉这些人，曾经在自己手下打拼和流汗，还与不少人结下了深厚感情。

电动门徐徐地推开一条缝，古清强从缝里钻了出来，朝最熟悉交情最深的老金头走过去，握住他的手："老金头，你们这是干什么？为什么要在这闹事？"

老金头双手紧握住古清强，忍不住伤心流泪："董事长啊，救救我们，我们活不下去了。"

古清强心里咯噔一下，情不自禁地问："为什么？"

"董事长啊，你是真不清楚还是假不明白。主辅分开之前，你们枝冈次郎总经理答应，将千业集团公司的检修维护业务仍留给我们辅业集团做。但我们一分出去，你们又成立了自己的检修队，使我们公司在社会上接不到一个业务项目。"老金头一激动，双膝跪下，"我们公司月月亏损，已经三个月没钱发工资了。董事长啊，我们可是为星光集团流过血流过汗的人呀，不能这么一脚就踢开啊！"

受到情绪的感动，古清强也两眼含泪。他心里明白，原先担心的事终于发生了。他心里更明白，正是因为将这些老弱病残和非专业员工赶出去了，现在的星光集团才会有这么高的效率，劳动率才得以大大提高。否则，今年的股东分红哪会有这么高。

他解决不了眼前的问题，也不想去解决眼前这问题，谁也不想将抛出去的包袱再接回来。但是，在老朋友面前他故作姿态："老同事，我现在要出门办一点事。你们的事，让我想想，过几天给你们答复。现在请大家让一下。"

老同事老朋友被古清强的态度说服了，自觉地让开了一个道。古清强摇开车窗，向众人招手。但车刚一出门，他马上加足油门向前逃也似的驰去。

老金头看着急速奔走的宝马，似乎悟出点什么，连忙大声惊呼道："同志们，我们上当了，他的宝马就是用我们的血汗钱买的，快拦住他！"

从反光镜里看着那一群惊慌失措的老同事，古清强有一种决斗胜利者的快感。如果说，刚才还面对那昔日生活几乎一模一样的同事有些感触，现在的他，仅剩一丁点儿的同情心也被成功的快感驱赶得一干二净，觉得自己已经是个成功人士。

围着县城兜了一圈，享受着速度冲刺的新鲜刺激，他不敢回单位，担心再次遇到那些分离出去的辅业人员，就径直将车开回自己家。

本想打电话告诉枝冈次郎今天不再回办公室了，没想到枝冈次郎带着彼拉·伍德一路追来。

古清强以为他们也在躲避那些辅业人员的纠缠。

古清强拿出家里最贵的、几千块钱一斤的茶叶招待他们。然后，翻出情节刺激的生活电影，准备与他们共同享受，以消磨时光。

"No，我们今天不是来玩的。"彼拉·伍德打手势，制止古清强放DVD，"我今天来，是谈合作的事。"

"合作？我还以为你们也是躲避那群闹事的人哩。"古清强不明白，笑着问枝冈次郎："我们与彼拉·伍德有啥合作吗？"

"与美国大集团的合作，是件愉快的事。我们可以考虑。"枝冈次郎向古清强笑着说。

彼拉·伍德接下来详细说明了来意。他代表美国威廉投资集团，希望参股千业星光集团。

"这个——"古清强一下子也没有了主意，不知是拒绝还是同意，更多的是不明白，"怎么个参股法呢？"

"我的美国公司，收购你们20%的股份，收购日本千业会社10%的股份。这样一来，你拥有40%的股份，我和千业会社各拥有30%的股份。"

"这——"古清强有些为难，故作推辞地说，"这个问题，我要请示县领导。"

"你考虑一下。与威廉公司合作有许多好处，投资规模会更大，股东的分红会更多。我有事先走一步。你再跟彼拉·伍德总裁详细谈谈，充分征求对方意见。"枝冈次郎起身告辞，说，"作为总经理我首先表个态，我个人希望与美国公司合作，这叫强强联合。如果可能的话，请董事长你召开一次董事会，我在会上作主讲，解释这合作的事情。"

古清强起身送走枝冈次郎，并没有立即坐下来，而是来回踱步。他已经没有了思想，只是做做样子而已，因为，凭他的判断，无法知道公司的未来。

"这点小意思请笑纳。"彼拉·伍德打开密码箱，整箱百元大钞展现在眼前。古清强这时才注意到这位美国佬随身带着一个大密码箱。他估量着，这一整箱约有百万之多。这时，他有些心动了，禁不住面露喜色。

"这是500万。"彼拉·伍德拿开几摞钞票，露出黄澄澄的金条。

超出预期。面对如此多的金钱，古清强由衷地欢喜。他不假思索，不再考虑，决心要得到这些。为了平抑激动的心情，不被彼拉·伍德看出他对金钱的渴望，有意不看这些钱。

近年来，古清强有太多机会享受富有和奢侈的生活了，甚至感觉有点糜烂的生活，也有别样的刺激。他非常清楚，这些享受都必须要有金钱作保证。

"董事长，意下如何？"彼拉·伍德笑着问。

"我个人没有意见。明天召开一个股东会，要听听大家的意见。"古清强说。

"好。"彼拉·伍德伸出肉乎乎的手，"爽快。"

送走客人，古清强一把将钱箱抱进了卧室，他急于知道底下藏有多少的金条。

正是："企业立足诚为本，兴旺发展信为基。铭记劳工曾流汗，不忘回报馈社会。"

要知故事后戏，请君续看下回。

第五十一回　养心要用营养养　权力养心不正常

"太多了吧？能不能得这么多哟？"面对一大堆黄金，古清强的妻子丁莉娜紧张得有些喘不过气来。她双手捂着心脏，不无担心地问。

"有这么多黄金，当不当官无所谓了。"古清强坚决地说。

"说得轻巧，我怕你没了官职，心里会受不了。"丁莉娜又揶揄地说，"像你这么重官瘾的人，不当官会发疯的。"

"六十岁的人，三十岁的心脏。"古清强抻抻双臂，广告语似的，向丁莉娜夸耀着。

近年来，古清强的心态非常好，这是真的。自从当上公司总经理后，心情就比当副总经理时好很多。当董事长之后，他心情更是一天比一天好。

这是因为，他感觉自己是个人物。上千号的人，就他一个人说了算，尽管班子成员也有六人，但每逢大事，都是他说了算。尤其是当大家的意见不一致时，他常常武断地一拍板，就再也没有人敢吱声了。每到这种时刻，他都有一种胜者的愉悦，心里总会一阵神怡的感觉。

"魄力可以养心。"古清强笑着告诉老婆，"不把任何人的意见放在心里，心里也就没有任何负担。心脏就会像吃了补药一样，健康地成长。"

他清楚地记得，自己处理了一位敢于跟他顶嘴的中层干部，当天开会研究，降为副职。当时也有班子成员强烈反对，他古清强一句也没听进去，强行通过并执行决议。古清强亲自谈话，他非常清楚地记得，那位被处理的中层干部的神态很可怜。那种委屈而无助的样子，让古清强有一种决斗胜利的感觉，心里的优越感油然生起。

他也非常清楚地记得，有位退休的中层领导找他，请他照顾一下自己的儿媳妇，想换个岗位，他斩钉截铁地拒绝了，气得老人家嘴唇都发抖，那副无奈、无助，想恼又不敢发作的神态，让他古清强很有一种满足感。他越来越感觉到，手中的权力是用来否决的，如果下属请示请求都得到满足的话，就不会有人怕他，也不会有人求他。只有一个人坚定地力排众议否决某一件事，才会让人家感觉到他的存在。

现在，哪怕是举手之劳的事，他都会坚决地否决。只有当人家单独提着东西求上门之后，他才以一副好人的样子，高抬贵手吩咐手下人去办。

古清强清楚地记得，有位集团副总想调换分管的一个部门主任，被他无情地否决。那位副总，当年在工作上是很有魄力的。古清强强硬的态度使对方非常郁闷，看到人家那种无可奈何的神态，让他有种王者的风范。慢慢地，有几位丢了人格的集团副总经理，常常谄媚地围着他转，让他更加感觉自己俨然是一位山大王。

"公家的资产，公家的权力，很神气，这是多么养心的事。"古清强得意地捧着金条，高兴地对丁莉娜说，"合资以后，集团就会有更多的外资成分。县长县政府的话也可以不完全听了，我这个董事长就真正是一家之长，没有我管不了的事，没有我做不了的决定，我完全可以听不进任何人的意见。"

"如果有人告状怎么办？"丁莉娜问。

"告状？告到最后，县领导还得听我的汇报。"古清强放下金条，仰靠在沙发上，两眼望着天花板，"我说是红的就是红的，我说是绿的就是绿的，只要我能自圆其说。"

正在这里，家里的电话响了。是在县监察室工作的一位远房亲戚杨规致打来的："事态非常严重，我刚收到一封举报信，你最好马上过来一下。"

古清强突然感觉心脏陡然收缩，有一阵闷闷的痛。

他非常快地冲出门去，但马上返身回来，装了二万块钱和一根金条在夹包里，风急火燎地赶到杨规致指定的茶厅包间。

人家早就候在那里，一见面就拿出一封厚厚的信。是千业集团公司员工吴耐生写给县监察局的，一叠厚厚的复印件，全是收集他古清强经济上不检点的证据，还有最近他腐败作风的证据。看完这些，古清强心里又是一阵抽搐，胸闷得不行。

"放心，这封信只有我一个人看到。我只要不向领导汇报，暂时不会有什么事。但是，如果他再次举报，或者向纪委和上级举报就无法控制了。你必须尽快摆平这个人，以免日久生出是非来。"

古清强非常感动，马上表示了"意思"。杨规致没有推辞，而是笑着点头致谢。

"能不能把这封信给我？"古清强问。

"这不行，我得保命。"杨规致当着古清强的面，将这封信撕得粉碎，再泡在一个大烟缸里。待完全泡涨后，再用手捏成纸浆，倒进垃圾筒里。

古清强舒心地笑了笑，伸出手紧紧地握了一下，表示感谢。

他们无言地分手了。古清强一回到家里，就认真琢磨起这个吴耐生来。这个人本是一介文静的书生，大学毕业分配来的，有些工作能力。几年前就被提拔为生技部主任科员，后又被提拔为生技部副主任。几个月前，有一个关系人物找到古清强，要求当生技部副主任。面对一大笔钱和有职有权的领导，古清强只好先委屈吴耐生，将他调到营销部任主任科员，但给了一个括符副股级待遇。

古清强清楚，生技部有三位副主任。之所以动吴耐生，是因为他没有一丁点社会关系，加上父母早亡。他古清强原以为作为单身汉，又是一个文弱的小伙子，闹不出什么大动静来，没想到会来这一手。

当即招来同乡古筱志，提出让他摆平吴耐生。

"他刚刚被你免掉副主任职务，心理不平衡。"古筱志鄙视地说，

"这个混蛋，竟干出这等事来。"

"不管原因了，我是问怎么摆平他。"古清强着急地问。

"没有办法。灭口又犯法，除非送疯人院。"古筱志为难地说。

"这行么。"古清强不放心地问，"精神病院也不收呀。"

"我明天让人刺激他，想办法让他动手打架。"古筱志拍马屁地说，"这事与你没关系，我与保卫部来办。"

第二天，不知古筱志用了什么法子，果真让吴耐生发疯似地打起架来，当时好多人都劝不住。保卫部打了110叫来了警察，保卫部的人都说这个员工疯了，要求警察帮助送精神病院。警察也就信了集团保卫部的话，当即用车将吴耐生送到了精神病院。

为这事有个别员工路见不平，到县政府上访。县领导派来调查组了解情况，古清强就告诉调查组："听保卫部的人说，吴耐生精神真的是有问题。这个人平日里就不做事，不比工作比待遇，一换岗位就心理受不了，精神崩溃。"

好在几位主要县领导有一个非常让他古清强得意的习惯，就是所有的头儿只听得进单位一把手的话。不要说是告状者，就是集团公司的副职的话，也不爱听，说这是维护单位一把手的威信，是正常的管理程序。

除去了吴耐生，古清强心里又好受了许多。

为了显示自己工作积极，古清强改变了8点半到单位的习惯，从此之后总是7点半到单位食堂吃早餐。8点不到，就神气地挺胸收腹站在公司大门口，检阅似的，看着一张张笑脸，一个个热情地点头。

凭借着权力，古清强感觉自己的心脏特别地好。

正是："静以修身俭养德，权利私欲心相克。淡泊明志静致远，无欲则刚志如铁。"

要知故事后戏，请君续看下回。

第五十二回　聪明一世被算计　丢官免职成平民

要开董事会了，古清强的心情非常好，今天的参会者除往日董事之外，又增加了彼拉·伍德及美国籍罗金博士。

古清强迈着坚毅的步伐走进会议室，气宇轩昂地坐在主席的位置上。他礼节性地朝枝冈次郎和彼拉·伍德点了点头，清了清嗓子，宣布："董事会开始了，请枝冈次郎通报会议议程。"

会前不知道议程的情况有两年了。每次都是由枝冈次郎临时通知古清强召集会议，开会时他会按照临时发的议程主持会议。也有来不及打印议程的，就由古清宣布枝冈次郎通报会议议程。

古清强感觉自己有点像三国时期受曹操控制的皇帝，但想到是枝冈次郎让他拿高薪一夜之间变成富人，也就没有什么心理不平衡了。

枝冈次郎站起，向会议室各位代表施礼，然后正襟坐好，用不完全标准的普通话宣读："今天会议有三个议程……"

古清强才知道今天会议有三个议程。这种情况有一年多了，他懒得操这份心，只要拿着高薪就行，乐得全部工作都由枝冈次郎一手操控。他心想，只管住人事任命权，别的不用管。

枝冈次郎大声道："第一议程，增补董事……"

预料中的事，美国威廉集团现在拥有了30%的股份了，当然应该与日本千业会社一样，派出两名专职董事。古清强会意地朝枝冈次郎点了点头，表示这事他早就知道并认可。

枝冈次郎接着念："第二项议程，重新推选董事长……"

这一点出乎古清强意料之外，他没想到还会重新推选董事长，心里有些责怪枝冈次郎，这么大的事项并没有向自己报告。但转念一想，或许是增加新董事之后都有这一操作，反正自己仍是第一大股东的代表，理所当然照旧稳坐董事长的交椅。算了，不再计较。

枝冈次郎接着念："第三项议程，由彼拉·伍德通报美国——集团的经营信息……"

"会议主席，请将第三项议程与第二项议程互调，能否我们先通报美国威廉集团的经营信息。"彼拉·伍德站起来，向古清强点头请示。

"就按伍德先生说的办，两个议程互调一下。"古清强装模作样地用权威的口气说道，"尊重新股事。"

枝冈次郎起身施礼，表示同意，接着介绍了彼拉·伍德和罗金博士的简历情况。各位代表无动于衷，表决时各个都将手举得高高的。

接下来，彼拉·伍德通报其公司的重大经营信息。彼拉·伍德站了起来，他宣读了美国威廉集团董事会的一份文件："美国威廉集团关于收购日本千业会社的决定……"

古清强有些奇怪，心想你美国公司收购别的公司与我星光集团有什么关系。

彼拉·伍德接着说："从即日起，枝冈次郎等两名日籍董事都自然成为美国威廉集团的职员。"

古清强还是纳闷，这难道也算公司经营大事。

"千业会社的所有债权和债务，将全部转入美国威廉集团，也就是说，千业会社占千业星光集团的30%股份，也将转入美国威廉集团。因此，美国威廉集团将拥有千业星光集团60%的股份……"

这一句，古清强听懂了。

他的头"嗡"的一声炸雷，心咯噔一下，只差没晕过去。他明白，自己的第一大股东地位将一去不复返。

以此类推，他的董事长地位也将不保。他愣住了，心里恨恨的，恨这两个帝国主义资本家，玩阴谋诡计，将自己一步步从董事长的宝座上赶走。

古清强更多的是心生恐慌，不知道如何是好。他琢磨着要马上向王任伍县长报告，但慌了神的他，不知如何面对。上次向王县长汇报威廉参股千业星光集团的事，他古清强还说了许多的好话。告诉王县长，说是合资之后有很多的好处。

枝冈次郎接着主持："会议第三项，按常规，最大股东方将派出一人任董事长。美国威廉集团现在是第一大股东，集团决定派彼拉·伍德任千业星光集团董事长，现在提交会议表决……"

古清强再也听不进去什么了。失去董事长的头衔对他来说是致命的打击，以后怎么办？权威、财富以后还会有吗？

会议室骚动起来，董事们交头接耳。这是个炸雷般震惊的消息，有茫然的，有纳闷的，更多的是担心自己以后的股东分红。

中方董事和股东都不同意，最后实行表决。但由于日本千业会社和美国威廉集团两家公司的股东和董事加起来形成了多数，会议表决结果，多数票同意彼拉·伍德当选董事长。

枝冈次郎看出了大家的心情，站起来说："大家放心，各位股东的分红绝对不会比现在差，只会高于现在，包括古清强同志的股份，除掉职务分红以外，自身的股份分红照样获利，再说啦，古清强同志仍然是董事嘛，只不过由董事长变为独立董事了。"

独立董事，这是个什么头衔，古清强一点也不清楚，他后悔这两年对枝冈次郎的依赖性太强，只顾享清福，这下好啦，被算计了。

古清强没有争辩。他看到那些董事们无动于衷的样子，很少有几个人投来同情的目光，多数人麻木不仁，特别是枝冈次郎宣布股东分红不变，只会高不会低时，那些个股东更加沉浸在喜悦之中。还有少数几个人在幸灾乐祸。

他浑浑噩噩地坐在那里，散会了，还愣在那里发呆。枝冈次郎礼貌地推醒他，说："新董事长有请古清强独立董事。"

他清楚这是新董事长的谈话，更明确地说是指示。谈话的内容有三点：一是从董事长的办公室撤出来，安排在顶楼的另一间小小的办公室。二是通知他，专车没有了，自行解决交通问题。三是家里有事的话，可以不用天天来上班，说白了就是完全变成一个闲人了。

还能说什么，只有服从。

顶楼早就准备了一间独立董事的办公室，新楼装修时就准备好了。古清强恍然大悟，原来枝冈次郎早有预谋。

坐在小小的办公室里，古清强有一种窒息的感觉。他突然想起，自己从此不用天天来上班，也就是个闲职。他急忙收拾东西，准备回家。

在走向电梯间的走道上，古清强听到有几个职工在窃窃议论今天发生的事。见他走近，一个个都怪里怪气地点头打招呼，再也没有原先那种热情。无意中，他听到有几个中层干部在低声议论他古清强，说是骗了他们的钱，现在撒手不管了。

古清强心里也回骂了一句："他娘的，我倒是想管，又不是我古清强自愿撒手不管。"他转身向安全门走去，他不想混进人群，独自走楼梯。

下了楼，才想起自己已经没有专车了。宝马车在家中没有开过来，他平常不太用宝马，私家车耗的是自己的汽油，这油老虎耗油可厉害了，所以，他绝大多数时间是坐公司的专车。

走出院门的时候，门卫照旧毕恭毕敬地行了礼，讨好地："董事长锻炼身体步行呀。"

"对，锻炼身体。"古清强自嘲地回了一句。心想不知者无罪，这事，很多人还没来得及知道。

回到家里古清强的心一步步收紧，慢慢地有一种隐隐作痛的感觉。突然，古清强感到心脏一阵刺痛，尖叫一声，晕过去了。

等他醒来，已经躺在医院里，只有老伴静静地陪在一旁。见到古清强醒来，她赶紧抹掉眼泪，笑着说："你不是说你六十多岁的人，三十多岁的心脏么，怎么变成这个熊样了。"

古清强将老伴拉过来，耳语道："这心脏，要用权力来养护啊！"

歌谣调侃："聪明一世，糊涂一时。贪得眼前利，终于吃大亏。懒散之后是恶报，削职为民丢心魂。"

要知故事后戏，请君续看下回。

第十一章

灵肉夜话

盛夏的初夜，火炉般的广场绿地上，有许多人摇着扇子在纳凉。

肉体被闷得满头大汗，两眼木然发直，嘴里不断喃喃念叨着什么。

灵魂有些焦急："真是的。就算我再做了什么见不得人的事，你也用不着发疯呀。"

肉体听而不闻，继续念叨着什么。他朝广场一处闪着金光的地点走去，近了才发现有一围栏，上挂一告示牌："'道义广场'正在修缮，施工场地严禁入内。"

肉体看了一眼告示牌，略愣了片刻，跨过栏杆进入'道义广场'。

灵魂着急地追了进去，拦住肉体："危险，别往里走。"

肉体理也不理灵魂，继续往前走。这时他脚下被一块石头绊了一下，低头一看，是一块光芒四射的金砖。他弯下腰拣起一看，金砖上刻有"道德"两字。

灵魂感兴趣地附下身去看，问："是真金的么？"

肉体不言语，紧紧地握住这块金砖。

灵魂顾不了许多，扑过来在金砖的一角咬了一口，惊叫道："是真金的。"

灵魂马上抓住金砖，想夺过去："给我。"

肉体双手紧紧地握着金砖，一把夺回来，高高举过头项，狠狠地使劲砸在灵魂的头上。

灵魂即刻倒地死去。

失去灵魂的肉体，仍旧紧紧抱着这快金砖，两眼发直，僵尸般地继续往前走去。没几步，面前出现一个深深的黑黑的洞挡住了去路。

肉体没有丝毫察觉，继续往前走，抱着金砖一头栽进了黑洞。

奇怪，"道德"金砖顿时金光闪亮，将黑洞填平。

第五十三回　忘了名字忘自己　美梦之后成笑柄

古清强不当董事长了。

心烦了几天之后，他吃了安定片好不容易睡了一个完整的晚上，而且还睡到了早上八点多，应该算是懒觉了。

"无官一身轻嘛，忙忙碌碌一辈子，是该放松放松。"他自我嘲讽。

睁眼瞧瞧七色的阳光，慢腾腾地伸了个懒腰，好舒坦。古清强喜欢伸懒腰，已形成习惯。自从当局办公室主任时，他就发现了这一伸胳膊蹬腿好滋味。加上适时打个哈欠，浑身骨头都酥酥的，酥得有点儿酸，提神。当局长之后，古清强对伸懒腰更有研究，功夫练到了炉火纯青的地步。两拳用劲推出，似太极功中的嫦娥奔月。再两腿一夹，憋气片刻，然后如雄狮怒吼，将肺腑中污浊之气呵出，神志立刻清爽。有了神气，就想起床。古清强一个鹞子翻身，掀开被子。

应该先出哪个脚哩。

古清强遇到了难题，愣住了，傻傻地眨巴着双眼，这才发觉自己已经忘记了怎么走路。那原先是咋样走路的呢？古清强使劲地晃了晃脑袋，费神地回忆着。哦，想起来了。原先一起床就有人抬轿子过来，红轿子花轿子一大堆。有富丽堂皇、豪华气派的官轿；有无遮无挡、原形毕露的土轿；还有云缠雾绕、恍恍惚惚的迷魂轿。喜笑颜开的抬轿人中间，也常常挟挤着一些心思重重者，不过更多的是面具人。整个房间都塞得满满的。只要古清强一坐起来，立刻呼啦一声，争先恐后地挤过来抬他上轿，根本用不着自己走路。如今人去室空，只有他古清强茕茕孑立，形影相吊地坐在床沿发愣。

他娘的，管它先出哪个脚。古清强发蛮了，不假思索地抬起脚就往床下跳。嗨，想起来了，原来走路顶容易的。古清强有些儿得意，在屋里走了两个来回，又愣住了。现在干什么呢。他站在厅堂中央，像个伸长脖子的公鹅。要是以前，他被人一抬到办公室，秘书小姐就会笑嘻嘻地用甜得发涩的嗓音，汇报她制订的日程安排。可现在，谁来安排古清强的活动哩。他像走离父母的小孩，六神无主地烦躁地走来走去。就在他不知所措时，无意中发现有张不大的纸条压在茶几上的烟灰缸下。

"清强，早点在食品柜里，奶粉自己泡，别忘了放些蜂蜜。吃完之后，去前街照张两寸的相片，那个照相铺照相质量好人也多，我已经用你的名字去帮你登记挂号了。过几天，办理老干部活动室的出入证要照片。"

看毕，古清强鼻子一酸，打心眼里感谢老伴。他像久久被困的士兵被人解救了一样，神气地昂首挺胸走进厨房，细细地品着蛋糕和油条，喝着没搅匀的热奶。吃着、尝着，这才想起自己还没洗脸刷牙。心里便有点儿怪老伴，真是的，要是把洗脸刷牙的内容注明在纸条上多好。到底没干过专职秘书，伺候人的事就是干不好。吃完之后，他按照纸条上的安排去照相。一出门又犯愁了，这门是关还是不关呢。古清强用指头敲打着脑壳，琢磨着关与不关各有什么利弊，连那些个少得可怜的逻辑知识也用上了，还是理不出个子丑寅卯来。猛地想起，他原先是从来不关门的，于是，他无忧无虑地走了。嗨，还是当官好，什么都不用操心。走在大街上，古清强感慨万千。街上真吵，嘈杂之声不绝于耳，把头都吵昏了。他像逃亡分子一样，抱头鼠窜，根本没有考虑照相馆在什么地方。只知道要尽快躲到一方净土上去。待想起该找照相馆时，他迷路了，不得不见人就问：前街照相馆在什么地方。走哇，问呀。直到上午十一点多钟才寻到前街照相馆。古清强累了，累得上气不接下气，一进门就一屁股坐在凳子上。

"古清强。"一大堆顾客前面，照相老板大声呼叫着，"古清强来了没有？"

顾客们左顾右盼，纷纷把目光投向古清强。古清强却安如泰山，丝毫没有反应。边上一位顾客忍不住问道："是叫你吧？"

"叫我？"古清强莫名其妙，狐疑地走上前去，"是叫我么？"

"你不叫古清强么。"一个年轻的助手走过来冷冷地问。

古清强又愣住了，他只记得以前从未有人叫过他名字，只记得大家原先是叫"总经理"，后来喊"董事长"，社会上也有人呼他"总裁"。

"谁记得自己真正的名字哩。"古清强满腹抱怨。

正在苦思冥想时，店老板却热情地迎过来将古清强拉了过去。"轮到你了，嗯，是照快速成相，还是普通的相片？"

"哪一种质量好就照哪一种。"

"快速成相可以当场出相片，色彩也要鲜艳一些，不过贵一点儿。"

"贵一点怕什么，只要质量好。"古清强习惯性的表态脱口而出，但马上又后悔。这回是自己掏腰包啊，应该省一点才对。想改照便宜的，却不好意思开口，堂堂的男子汉，难道还计较那几块钱。他静下心来，昂首挺胸地端坐在镜头前，努力装出一副大官的派头来。随着快门的咔嚓一响，照片被慢慢地吐了出来。古清强正惊叹现代化的玩意真是快，喜滋滋地抢先一步抽出照片，立刻怒吼起来："这哪是照片，你做假，是事先准备好的花纸头。"

摄影师不乐意了，阴着个脸，像抢食的猫，恼怒地将古清强拉到落地镜前："你自己看，像不像你。人长得丑，还怪相片不好看。"

古清强心里一颤，呀，怎么变成这副模样。整个头就像一个红南瓜，眼睛小得只有一条缝，如果不是两条呲毛啦喳的眉毛，说不准连眼睛在啥地方都找不准。嘴巴却出奇大，此时正惊诧地张着，如血盆通红，耳朵小得丁点儿踪影都没有。古清强自知理亏，连连向摄影师道歉，态度极诚恳。

望着镜子里的自己，在众多的顾客面前古清强十二分的自卑，痛心疾首，巴不得找条地缝钻进去。摄影师动了恻隐之心，声称愿意帮忙，不过要加收50块情感激发服务费。到了这等地步，古清强只有点头认命。

收了钱，摄影师让古清强坐回原位，胸有成竹地从钱袋里掏出一叠百元大钞，在摄影机前这么一晃。嗨，神了，古清强的双眼顷刻间瞪得大大的，又圆又亮，炯炯有神。为了证明效果，摄影师递上小圆镜，让古清强自己欣赏。

"耳朵呢，能不能把耳朵也弄出来。"

摄影师答非所问，笑容可掬地说："我猜得出，你是位德高望重，很有建树的企业家，对么？"古清强一听，心里美滋滋的。他又举起小圆镜，准备再次提出那耳朵的问题。咦，怪了！古清强清清楚楚地看见自己的耳朵，气球般地长了出来，很快就正常了。

"坐好，就这么照。"摄影师催促着。

"嘴巴怎么办，能弄小点么。"

"没有办法。这是你长年累月的美食形成的，咀嚼过多，导致肌肉劳损，失去收缩力。"

第二张照片出来了。古清强有点儿兴奋，除了嘴形稍大以外，基本正常，跟在任时的模样差不多。他暗自幸运遇到了一位能干的摄影师。正得意地与摄影师告别时，猛然发现自己又变了回去，眼睛还是一条缝，耳朵又不见了。

摄影师抱歉地说："我这方法，只能保持很短的时间。回家后，你也可以照我这方法试试。"

"不能彻底恢复么。"古清强有点儿伤心。

摄影师摇了摇头："不可能，除非你官复原职。"

古清强叹了口气，悻悻地走出照相馆，悲戚地仰头看天，痛苦地："要是一直在任多好啊。"

有歌谣调侃："忘了名忘了姓，习惯人把职务称。整天醉在吹捧里，得意之时忘了形。"

要知故事后戏，请君续看下回。

第五十四回　疯子幻觉真或假　心灵毒魔是瘟神

路过全昌县时代广场，古清强遇见了衣着不整的李霞。

显得有些苍老的他，带着一片破碎的心快步走过去，真想抱住老同学大哭一场，把心中的委屈全抛出来。

李霞坐在花池边的大理石上，呆呆地看见古清强走过来却一点反应都没有，只顾两眼木讷无神地看着前方，手里抱着一个破旧的青花瓷瓶。

"李霞。"古清强呼唤着，渴望她给几句安慰的话。

她没有一点反应，事实上，她已经疯了，自从跟丈夫假离婚以后，她一直等待着丈夫的复婚。但是她没等到与丈夫的复合，却等来了谢子正的免职查处。他没有脸再要求李霞复婚，也断然拒绝了她的复婚要求。复婚的希望没有了，李霞也失去了生活下去的动力。

谢子正自从跟祖父学医之后，又遇上了一个漂亮的农村女子，就草草地结了婚。得知这个消息后，李霞三天三夜没睡，疯了。

古清强当然不知道这些情况，还以为是她在装酷，便径直走过去，挨着她坐下。

李霞没有理会他，自顾抱着那只青花瓷瓶，自言自语地："完了，完了，哪个畜生打开了这个魔瓶，毒魔全被放了出来。"

"什么？"古清强如入云里雾里，不知所云。

"你还不知道呀。"李霞指了指手里的青花瓷瓶，"这个瓶子现在是空瓶子，毒魔全放出来了。"

古清强以为她是在开玩笑，说："讲讲，告诉我是怎么回事。"

李霞神色庄重煞有介事地说："都是那个姓古的董事长干的好事。听好了，我告诉你是怎么回事。"

李霞并没有看古清强，但来了精神。她两眼目视前方，认真地说单口相声似地讲开了：

"离法门寺不远的那座鸡冠山上，妖气缭绕，一棵五百多年的槐树旁，一个偌大的山洞，洞里各色彩光闪烁，俨然一个地下宫殿。每天，魔魅都会威严地端坐在正殿的太师椅上召集妖魔开会，殿下站着几个五颜六色、形象各异的部下。

"你知道吗？现在世人有五个大毒魔。

"你知道哪五个大毒魔吗。我告诉你，他们是：慈眉善目的损德毒魔无德、五彩的淫亵毒魔妖妃、尖嘴猴腮的贪欲毒魔财精、半老徐娘的怒气毒魔郁娘、凶头巴脑的杀戮毒魔阮命。

"五个毒魔个个都好危险好厉害。

"有一天，魔魅又召集各位毒魔开会。

"魔魅说'我们终于有出头的机会了。昨天，我收到上苍发给我的五毒灵符。命令我等祸害人间。'

"殿下人作惊讶状，面面相觑无语。

"魔魅又说'命令尔等祸害人间。'魔魅又重复了一句。

"这时慈眉善目的损德毒魔无德上前一步，跪拜在地道：'我们有难处，魔魅。'

"'有什么难处。'魔魅一招手，说，'起来说话。'

"无德说：'当今社会正处盛世，百姓大多数都是良民，都有信仰，尽管有各种不同的教派，但都是些劝人行善积德的内容。百姓很虔诚，这样的王朝不容易灭亡。'

"魔魅用手势打断了无德的发言，正色道：'只要你五毒俱全，不愁祸害不了人间。你们要从富豪和当官的下手，让他们自乱信仰。'

"魔魅顿了顿，指着无德：'继续发言。'

"无德趋步像前，再次跪拜：'尊敬的魔魅，当官的更不好弄，有些人爱民如子，他心中装着正义，有很多当官的都不是坏人，无法下手。'

"魔魅想了想说：'要让他单兵作战是很困难，如果五毒俱全，五位毒魔都带领手下一齐上就容易多了。'

"当时，台下一片寂静。

"魔魅见大家都不发言，便大声道：'五位毒魔听旨。'

"五位毒魔便立即上前匍匐在地：'臣接旨。'

"魔魅说：'你们需要带领自己的毒兵，施展最大的毒法，上至当官的、下至百姓，要让你们的毒侵入他们的灵魂，全都不放过。要侵入他们的大脑，让他们打着各自教派的旗号帮助我们毒害祸害人间的官

民。'五毒魔齐声道：'尊旨。'

"魔魅便一一下令。首先喊道：'淫亵毒魔妖妃。'

"五彩妖艳的妖妃答应道：'在'。

"魔魅说：'你的第一个目标就是当官的，要让那些个爱民如子的官员乱伦，要想办法让更大一点的官员变得荒淫无度。要让天下的百姓，不讲伦理道德，让男人女人好色淫荡，让道德伦理堕落。'妖妃应道：'在下一定尽力。'

"魔魅又命令说：'损德毒魔无德听命。'

"慈眉善目的损德毒魔无德，迈着老者的步履上前施礼：'魔魅殿下有何吩咐。'

"魔魅又命令说：'你带着那帮毒子毒孙破坏人们的思想理念，让各级官吏和庶民不再受到各种教义和纲常的束缚，让他们的价值观发生扭曲，变得没有前进的动力，变得道德败坏，变得贪得无厌。'

"损德毒魔无德低头应道：'无德会竭尽全力。'

"魔魅又命令说：'贪欲毒魔财精听旨。'

"尖嘴猴腮的贪欲毒魔财精猿步前进，一脸玩世不恭的样子跪下接旨。

"魔魅又命令说：'让你的毒兵深入官吏的头脑，让他们对财物无限的迷恋。要让尽量多的官员变成搜刮民脂的高手，上侵国库、下榨民血，巧取豪夺。让百姓学会偷盗。'

"贪欲毒魔财精滑稽地：'尊旨。'

"魔魅接着命令道：'怨气毒魔郁娘听旨。'

"半老徐娘的郁娘摆弄着丰满的腰肢上前听旨。

"魔魅命令说：'你要制造充足的怨气，带领毒兵破坏吏治，让官吏与民争利，让朝野上下官怨民民怨官，最好让所有的百姓对官员咬牙切齿。'

"郁娘连忙答应：'好的，让大家都骂娘。'

"魔魅接着命令道：'杀戮毒魔阮命听旨。'

"凶头巴脑的杀戮毒魔阮命连忙伏地听命。

"魔魅说：'想办法让人的火气变大，打架斗殴。最好是动刀动枪的，来点猛烈的。'

"杀戮毒魔阮命答应道：'好的，让他们没事就打架去。'

"魔魅站起来，大声道：'各位毒魔，去寻找自己下手的目标。开工——'

李霞仍然两眼木讷，但讲起故事来绘声绘色，情绪非常激动。

她接着大声说："群魔出动了。千业星光集团的古清强董事长，可能被魔着了。他仗势玩权，胡作非为，只认金钱，六亲不认。我们原来是好同学，可连我都被害得没法活。"

古清强不高兴地大声叫道："我有那么坏吗？"

可李霞似乎一点没听到，继续自言自语道："这个天杀的古清强，只会玩权，不会有好下场的，毒魔会毒死他。"

望着呆呆的李霞，古清强心如死灰，悻悻地转身，向远处走去。他感到自己可笑，曾经权倾一时的铁腕人物，如今一无是处，连在疯子李霞的眼里也不是个好人，竟变成了放出毒魔的祸首。

有歌谣调侃："疯子说痴话，不要问真假，听了便听了，管你啥想法。"

要知故事后戏，请君续看下回。

第五十五回　贪婪之后是心悸　销声匿迹永成谜

清晨，古清强从噩梦中醒来，吓得满头大汗，心惊肉跳，再也无法入睡。

梦中，他梦见被手持钢刀的枝冈次郎和莉代·比莱逼到万丈深渊的崖边，恐惧得直哆嗦。

坐在床上，古清强喘着粗气，恨得牙根直痒痒。最近，他连续几天晚上都做着同一类的被枝冈次郎追杀的梦。

"不能这样坐以待毙。"古清强心想，"自己被弄成这个狼狈的样子，全是枝冈次郎和莉代·比莱害的。一定要挣扎，要奋起反击。"

他激动地跳下床，拿起笔，认真地回忆和记录着枝冈次郎的种种罪行：

"第一条　偷逃税款

第二条　骗取银行贷款

第三条　贿赂政府官员

第四条　制造假冒伪劣食品

……

第十条　……"

写完这十大罪状，古清强感觉枝冈次郎的罪行罄竹难书。心想，有这头十条，就足以让这个洋人坐牢。

吃完早餐，古清强又打扮得像往日上班一样神气，精神抖擞地开着自家的宝马，来到集团公司。有几个平日里感情好点的同事，很热情地跟他打招呼，这让他这个落魄的前董事长很感激。但更多的是不冷不热的点头，还有视而不见者。古清强来不及计较这些个态度，很严肃地板着个脸，心思重重地敲开了枝冈次郎的办公室。

枝冈次郎做出一份绅士的样子，热情地握手、让坐，然后吩咐秘书泡茶。

古清强一言不发，胸脯剧烈地起伏着。他在酝酿感情，心里再次把早晨准备好的"十大罪状"默念了一遍。琢磨着找个什么机会，以山洪暴发似的气势，对枝冈次郎发泄一通。

"喝点茶。"枝冈次郎笑容可掬地坐在他对面，递过来一支中华香烟。

古清强冷漠地摇了摇头，瞪着血红的双眼，欲言又止。

枝冈次郎看出点什么，挥挥手让秘书出去，并亲自起身上前关上办公室的大门。

"我要跟你谈谈。"古清强等不及枝冈次郎返回座位，就急切地说，"你们把我弄得这么惨！我要告你，让你也不得安生。"

古清强本以为会让枝冈次郎大吃一惊，没想到这位洋人经理真不是被吓大的，仍然保持着刚才的微笑，很淡定地回到座位。两手一摊："你接着说。"

"你有十大罪状……"古清强一条一条地，掷钢球似的，从牙缝里弹出来，扳着指头数落着。

看着一脸通红的古清强，枝冈次郎从纸巾盒里抽出一张纸巾递过去，笑着问："你这是告我呢，还是告你自己？"

"当然是告你。"古清强坚决地说。

"不对吧。"枝冈次郎说，"你数的这些罪状，有一大半是我趁你当董事长当法人的时候干的。要告，你得负主要责任。"

古清强一听变得张口结舌，傻呆呆地不知该说什么。心想，还真是这么回事。这时，他浑身一阵燥热，窘迫难堪非常不自在，一时无言以对。

枝冈次郎叹了口气，收住笑严肃地说："这两天我正在犯愁，你还有心事窝里斗。我们俩的犯法行为，很快就要被政府察觉。真不好办呐，弄不好都要去坐牢。"

古清强由燥热变为不安，一丝恐惧感袭上心。

"你我犯事是早晚的事。"枝冈次郎又一次重申，"你我做了太多犯法的事啊。"

"那怎么办？"古清强急切地说："你得想招呀。"

"难办。"枝冈次郎说："你想想。凭什么你几年功夫就收入三四千万，凭什么？合法收入你几十万顶天了。不犯法，你哪有这么多钱？一旦你被抓起来，几千万全部都要吐出来不说，小命可能都保不住了。"

"这——"古清强只差没被吓瘫，双手发抖地抓住枝冈次郎说，"你得救我，快想办法——"

"现在不告我啦？"枝冈次郎问。

"我错了。求求你，看在同事一场的分上，想办法帮帮我。"

"要想活命的话。只有一条路。"接着，枝冈次郎道出一个出逃国外的计划。

"事不宜迟，你马上帮我办啊。"古清强急不可耐地抓住枝冈次郎，近似于哀求。

枝冈次郎点了点头，表示同意。

……

几天后，古清强以出差的名义去了深圳。

一个月后，丁莉娜和古辰树发现古清强的手机关机了，之后再也没有人能联系上他。

正是"成功才智机会多，失败因少品和德。暮年大悟也不晚，后悔不如重选择。"

要知故事后戏，请君续看下回。

第五十六回　法网恢恢如天网　作恶就要受惩罚

县长王任伍接到县某银行行长报告："古清强的个人账户上有三千多万转到沿海城市。"

王任伍不以为然："大惊小怪，三千块钱都监控，你们银行吃了饭没事干。"

"不是三千块，是三千万。"

"三千万，他个人账户哪有这么多钱？"王任伍不相信自己的耳朵，"还有，这个家伙想干什么，不支持本县的经济，是不是想在外省办公司。"

此时的王任伍，并不知道古清强被免职了。在他的逻辑里，古清强不当董事长是不存在的事，免掉一家全县最大公司的董事长，他县长肯定要知道。

王县长还是及时将古清强向沿海划款的事，向县委书记作了汇报。他推断，这是古清强想在外地开办公司。他决定召集本县主要企业负责人开会，要求大家把主要精力放在本县的经济发展上。

各种信息很不妙，都一致回报："与古清强联系不上。不但公司的人无法联系上，就连其家人丁莉娜和古辰树也很久没有联系上。"

此时，作为千业星光集团董事长彼拉·伍德，接着干了两件惊动全昌县的大事：

一是下令各子公司巨额透支分红，让大部的分子公司资不抵债。然后，申请破产，导致县各商业银行的货款成为死货。

接着，董事长彼拉·伍德利用千业星光集团对全昌县水电气的垄断，向县政府物价局要挟提价。遭到拒绝后，竟然下令停水停电停气，引起县城居民强烈不满，情况极为混乱。

县政府及时提出整顿和改制千业星光集团，情况回报极为糟糕："轰轰烈烈的千业星光集团，属下几十个公司全是负债累累。几乎都是资不抵债，每个子公司都拖欠银行一大笔货款。"

县政府要求改组和收购千业星光集团公司，并拟将集团公司一分为五，组建"全昌县自来水有限责任公司"、"全昌县煤气公司"、"全昌县供电有限责任公司"、"全昌县中西结合医院",其余产业保留"千业星光集团公司"名号继续运营。

鉴于彼拉·伍德和枝冈次郎有破坏经济环境和社会治安的行为,县公安局决定对其进行立案侦查。但此时,俩人均已逃回本国,只好向国际刑警提出协助调查的申请。

全昌县检察院接到举报:"古清强有严重经济问题,且有巨额现金通过地下钱庄转到国外,其本人也逃往国外。"

检察院反贪局及时组织人员立案调查。

王任伍严厉批评了相关部门的失职。但相关部门负责人申辩:"我们接到指令,监控裸官,但古清强是裸逃,不在监控范围之内。我们接到指令,监控副县以上领导干部,但古清强只不过一个科级干部,也不在监控范围之内。"

王任伍一脸的阴沉,肺都快气炸,正想大发脾气。突然间,他秘书奔过来,递上手机,说:"是县委马书记的号码。"

王任伍还在气头上,喘着粗气,手微微有些发抖,按"接听"键时,按错了"免提"键。电话里传出马书记坚毅的声音:"王县长吗,告诉你一件事,关于古清强的问题,我们县纪委早就接到举报,一切都在控制之中。"

王任伍一听,大声回道:"太好了!"

马书记接着说:"我们已经向市纪委和省纪委做了汇报,省公安部门已经与国际刑警取得了联系,古清强在N国被监控,不日就可以遣送回来接受审判。"

王任伍舒服地大出了一口气,严肃地说:"对待腐败分子,我党一向是严惩不贷。"

他挂了手机,接着命令道:"对千业星光集团进行彻底严查。"

调查结果:"查出古清强枝冈次郎和彼拉·伍德等人犯有诈骗罪,

骗取各商业银行贷款共计近十亿，并查出串案，发现原千业星光集团各子公司总经理，有17人有经济犯罪行为。"

有歌谣调侃："轰轰烈烈虚繁荣，引资招狼引蛀虫，贷款被吃变死贷，亡羊补牢也没用。企业本是封闭地，国企资产本姓公，资产监管要加强，管家之人心要公。"

作者也作一顺口溜，调侃本书："书中没有真人事，不可对号找行踪。仁者见仁智者智，请君一笑放轻松。"